人生无大事

章晓 著

长江出版传媒 | 长江文艺出版社

图书在版编目（CIP）数据

此生无大事 / 章晓著. -- 武汉 ：长江文艺出版社，

2024. 7. --（大教育书系）. -- ISBN 978-7-5702

-3698-5

Ⅰ. I267

中国国家版本馆 CIP 数据核字第 2024CU5845 号

此生无大事

CI SHENG WU DA SHI

责任编辑：杨　岚　　　　　　　责任校对：毛季慧

封面设计：胡晏萍　　　　　　　责任印制：邱　莉　胡丽平

出版：长江出版传媒　长江文艺出版社

地址：武汉市雄楚大街 268 号　　　邮编：430070

发行：长江文艺出版社

http://www.cjlap.com

印刷：武汉珞珈山学苑印刷有限公司

开本：710 毫米×970 毫米　　 1/16　　　　印张：18　　　插页：4 页

版次：2024 年 7 月第 1 版　　　2024 年 7 月第 1 次印刷

字数：238 千字

定价：42.00 元

第 二 辑

第 三 辑

怀乡

第 四 辑

行远

第五辑

遇见

第 六 辑

杂 念

老章其人

我挺后悔认识老章的。我不太喜欢见到他。

老章是一面镜子。一站在他面前，就照出我的一串自卑。

老章是语文老师中的画家，画家中的书法家，书法家中的摄影师，摄影师里的耍酷达人。

真的，老章几乎每个领域都精通。

有这样一面镜子，是我的不幸。

偏偏，还和他成了朋友。

一

2014 年，成都。

某次教学研讨会，我上完课，接着是大名鼎鼎的马正平教授讲座。马教授讲座之后，一位男主持人，即兴做了简短点评："语言就是用来塑造形象，讲述事情，表达情思的，所以，我们的课堂，就是要带领学生走进语言文字之中去重塑形象，重述事情，领会情思的。"

言简意赅，掷地有声。

起初，我并未留意主持人是谁。翻看会议手册，得知是成都外国语学校附属小学的一位语文老师，章晓。

我记住了这个名字。

会后，一起用餐。马正平教授继续侃侃而谈。章晓坐在我边上，我趁马教授喝茶的空儿，跟他说句悄悄话："你刚才的几句点评，非常精彩，讲清了语文的要义。高手在民间啊！"

章晓谦虚了几句，我们互加了微信。

二

偶尔，会在朋友圈看到章晓分享一些水彩画，大多是山水风光和人物肖像。这些画，极有水准，油画的质感，可能是某位画家的作品。

直到有一天，章晓不经意晒出一句"这幅，荣幸入选了今年国展"，我这才悚然一惊。乖乖，这画家，是章晓本人啊！画作能入围国家级展览，属于画家中的翘楚。

我便对他刮目相看起来。

章晓的山水画，绝无艳丽色彩，更非小桥流水。他喜欢画大山大水，喜欢画粗犷、凄美、苦涩的事物。

我和建平兄经常逗他："老章，你这幅画，像用数码相机拍的一样！"

章晓立马严肃地纠正："别糟蹋我画儿，拍照，能拍出这画的灵魂来吗？"

章晓画藏族老人肖像，更是一绝。

黝黑的皮肤，深邃的眼窝，沟壑纵横的脸颊，五彩斑斓的头饰与独具一格的藏袍，活脱脱饱经风霜的老人。他也画藏族少女和小伙，一样的风姿卓绝。

也许孤陋寡闻，我所见过的肖像画，无人能出章晓其右。

老章还是个书法家，他的行书，潇洒秀逸。我的散文集《刚好遇见》，就是他题的书名。

<h1 style="text-align:center">三</h1>

因这画家身份，我常常忽略了章晓的本职。其实，章晓是个很出色的语文老师。

章晓写得一手好文章。

他写乡土风物，写家长里短，写鸡毛蒜皮，写人生感悟，写父母亲情。他的万字长文，感人肺腑；他的百字短文，玲珑剔透。

学画画的人，文章也有画家气质。他的文章，喜欢用画面、色彩、细节来表现，寥寥数语，境界全出。

他写父亲去世的散文《老屋之后，埋着我的父亲》，万余字，密密实实的细节里，藏着对父亲深沉的爱。父亲为了来看他，一天往返五六十公里那段，看得我泪眼婆娑。

他写咖啡馆里，一对男女的打情骂俏，短短三百字，写意流动的文字里，飘扬着他的八卦之心。俏皮，幽默，让人莞尔。

章晓给学生写品德评语，更是一绝。他用"饶舌"歌词的方式写学生表现，朗朗上口，文采飞扬，读来忍俊不禁。

这些文章，最初是在他的朋友圈或QQ群里看到的。

2018年10月，我在章晓的朋友圈读到一篇长文，是有关呼吁家长要敬畏学校、尊敬老师的。彼时，家校矛盾极其突出，不少老师遭家长举报。

征得章晓同意，我把他的文章一字不改地发在我的微信公众号"祖庆说"上，标题是：《学校是你必须敬畏的地方丨老师们，转起来！》。三天内，文章阅读量达68万。之后，几百家微信公众号转载此文。有些自媒体，以同样的内容，改头换面，全网继续发酵。此文，属于天王级爆款。

于是，我怂恿章晓，开个微信公众号。

四

不久，这世界上，便有了个好玩的微信公众号——"老章的杂货铺"。也因这个微信公众号，我从此喊章晓为"老章"。"老章的杂货铺"里，有老章写的文章，有学生写老章的文章，当然少不了老章的宝贝画儿。

老章发文章，丝毫不顾及读者的感受。常常，一篇文章里，狂发20多篇学生作文。一次，我吐槽他，你一次发这么多文章，读者会不会读啊。

他回答，读者不一定会读，但我的学生会读啊。

老章，在乎他的每一个学生。他教的学生，几乎每个都是写作高手。我在"喜马拉雅高分作文课"里的不少文章，选用的就是他班里学生的作文。

从学生的文章里，我们可以窥见老章教语文的风采。

学生喊他老不死——老而不死。

学生与他演绎《我与老章的战争与和平》。

他教《六月二十七日望湖楼醉书》时，为了让学生记住这首诗，引导学生关联生活想象诗中的场景。他说，这首诗写的就是学生见到老师的四部曲——

"黑云翻墨未遮山"，是不是没有老章的时候，教室里暗流涌动的场景？"白雨跳珠乱入船"，是不是像你们无所忌惮得意忘形的样子？突然，老章我从天而降，果断处置，那些显眼包会不会被老章以闪电般的速度给逮起来，气焰立刻被扑灭，局势立刻得到控制，动乱立刻被平息？是不是"卷地风来忽吹散"？再看看教室里，平静得如死寂一般，此刻，唯有老章风雨大作，电闪雷鸣。这画面不就是"望湖楼下水如天"？

……

——节选自《学生叫我》

这样的语文课，谁不喜欢？！

这样的语文老师，谁不痴迷？！

五

老章和我深度链接，有两个场景。一是"作文聊天吧"。

我们曾经在"作文聊天吧"里共同奋斗了两年多。那些年，走南闯北，我发现老师们最头疼的是作文教学。我想发起一个关于作文的QQ聊天群。我想到了老章。于是，我真诚邀请他："老章，我想办一个民间教研QQ群，请你当管理员。这是一件纯粹公益的事，可能会占用你很多的时间。愿意吗？"

老章答应了。

说干就干，雷厉风行。建群，做海报，第一场活动迅速而又隆重地张罗起来。以下文字，引自章晓《祖庆的草根情怀》——

2015年5月26日，"作文聊天吧"第一次讲座，在杭州的瓢泼大雨以及群里的鲜花与掌声中开启。主讲人是张祖庆和章晓。张祖庆，全国著名特级教师；章晓，一个默默无闻的一线教师。祖庆老师没有高谈阔论，没有引经据典，而从自己在一线教学生涯中看到的当下小学生的写作现状谈起；我用自己教学的点滴感受与发现和他互动。

我们谈论的焦点是：小学生为什么不喜欢写作文。这是一个老话题，也是一个不容忽视的话题。祖庆说，我们往往在研究学生写作技巧上着力很多，但对学生写作的动力研究不够。

这晚的讨论是这样开头的：

"这是一个草根的聊天群。谈笑有鸿儒，往来皆草根。大家敞开聊，发言要认真。"

"这是一个草根汇集的聊天群。我们来这里聚集的目的就是分享智慧，分享经验，结交朋友。除外，无他。"

那天，祖庆老师是冒着大雨赶回家，晚上7:45准时出现在"作文聊天吧"的。我想，但凡有建树者，定是历经风雨而坚守理想的人。

第一次群聊，很成功，我们信心大增。

后来，我们陆续邀请各路作文教学专家或草根写作教学达人，继续深度聊写作。我们先后邀请到张化万、叶黎明、管建刚、何捷、吴勇、朱煜、李祖文、董尚元、曹爱卫、袁艳等一大批在全国有名的专家和教师。

最让我感动的是，老章每次都极其认真、极有创意地设计"作文聊天吧"的活动海报。他从来都把这样的小事当作大事来对待。真的，他的海报，绝不逊于任何专业广告设计师的水准。我无端地觉得，很多设计师，达不到老章的水平。老章，是带着对写作的独特理解，带着对"作文聊天吧"的热爱，用灵魂和思想在设计每一幅海报。

每次活动前两天，老章海报一出，群里惊呼一片。伙伴们参与的热情，成功地被老章点燃。

这个"作文聊天吧"，虽然牵头人是我，但核心与灵魂，是老章。没有他如此倾情付出，我是绝无可能把这个公益活动坚持下来的。

六

老章和我深度链接的第二个场景，是"谷里书院"。

2019 年 8 月，我辞职创业，最先是与老章和建平兄一起商定下来的。在"作文聊天吧"，建平兄也是活跃分子。某次分享《割裤子》妙文，讲到建平兄的裤子被贼悄悄割破的故事，大家都呼他"破裤子"；另一次，老章在群里讲他的川西之游，插了一组照片，其中有穿"花裤子"的；再后来，老章不知从哪里挖出我穿中裤的照片，称我是"短裤子"。于是，我们被群友戏称"裤子三兄弟"。

三条"裤子"，爱写文，爱折腾，爱耍宝，价值观基本一致，很多事，一拍即合。

辞职之前，我们在成都一个小酒馆小聚。我把为什么要辞职，以及未来的规划朦朦胧胧地畅想了一下。为了不给自己留后路，我在三人群里发了10000 元的红包，承诺：假如没有辞职，这钱，充公，旅游去。

后来，我没有食言，果真辞职了。于我来说，辞职，也算是人生大事。当然，比起生死，都是小事。在老章眼里，就连生死都不是什么大事。他把这本散文集取名为《此生无大事》，大概寓意于此吧。

我辞职，两条"裤子"是怂恿者和见证人。我得拉着他们这两条"裤子"一起干。于是，"破裤子"赖建平步"短裤子"后尘，于 2019 年 10 月，"亲吻讲台，悄然离开"——其实，哪是什么"悄然"呀，像我一样，搞得半个教育界都知道了。后来，"破裤子"建平兄，一直和我一起干。

"花裤子"老章，没有辞职。挺好。万一另两条"裤子"没饭吃了，可以救济一下。嘿嘿。

后来，我们一起干了很多事——当然，也不是什么大事。

2020 年暑假，我在谷里书院做首期"亲子夏令营"。三条"裤子"，聚集谷里，和朋友干干、雪野、星星、尚元、袁艳等一起，带着来自全国各地四十多个家庭，学习读写。

"花裤子"老章，尽情施展画家语文老师的绝招。

他讲鬼故事，现场的熊孩子们听得毛骨悚然；他朗读散文，全场大人和小孩听得眼泪哗哗；他拍照，把谷里的小溪、小狗，变成打卡点。

我真没想到，老章的摄影技术，如此登峰造极。老章摄影，不拍大景大物，而是从小处着眼，捕光捉影，意境全出。一泓溪水，一片叶子，一只蚂蚱，一枝残荷，一个线团，一圈轮胎，一块石头，一堵矮墙……都是他镜头下的"好物"。老章摄影，那构图、那视角、那光影、那色彩，啧啧！

后来，成都三道堰、杜甫草堂，都被拍进"花裤子"老章的照片里。

老章特别喜欢给班里的"徒儿们"拍照，每每拍出满意的照片，他就晒在朋友圈，或发在"老章的杂货铺"里。

其实，他最爱自拍。九宫格里，常常晒满自己的照片。

他自以为酷酷的，拽拽的。

对他来说，这也是小事中的大事。

七

哎呀，本是答应写一篇序言，没想到，写了那么多跟书无关的小事儿。什么"花裤子""破裤子""短裤子"的，拉拉杂杂，离题万里。

其实，不离题呢！2024年夏天，"三条裤子"各有一本书，由长江文艺出版社出版。

"花裤子"老章：《此生无大事》；"破裤子"建平：《谢谢你路过我的生命》；"短裤子"祖庆：《修好一颗心：教育写作十二讲》。

这，也算是"三条裤子"搞出的又一件不大不小的事儿吧。

是为序。

张祖庆

2024年6月

都是小事

此生无紧要，
工作之外——
自念，
品味，
怀乡，
行远，
遇见，
杂念。
琐琐碎碎。
如此而已。

第 一 辑

自 念

我叫老章。

我期望老而不死的境界——老而不死板，

老而不死气，老而不死磕，老而不死守，

老而不死缠，老而不死心，老而不死亡。

1. 天命

老之将至，放下就是。

我的名字

1

初为人师，我身为人范，举止言谈，端端正正，衣帽整洁，动作正派，不苟言笑，说的全是书面语，讲的全是大道理。课堂上文以载道，课外与学生保持着距离。

于学生而言，我的形象应该是，有一点独特，有一点神秘，有一点傲气，有一点矜持，实在而又缥缈。

那时，学生称我"章老师"。语气里，有些敬畏。

2

教书几年后，我渐渐觉得学生这个生命个体复杂而丰富，需要用心相待，方可赢得尊重。

我渐渐放下架子，形象多变：有时，我严肃认真，一是一，二是二；有时，我灵活变通，一不一定是一，二不一定是二，不与学生死磕到底，不纠缠不放；有时，我疾风暴雨，雷霆万钧；但多时我会和风细雨，晓之以理，动之以情，教之以法，授之以渔，拓展以阅读，激趣以活动。那时，学生叫我"章老师"，轻松时，叫我"章哥"。

3

学生何时起叫我"老章"，我着实记不起来了。

最初，这个称呼起于我希望有一个朴素的称谓，便于35岁那年在班级推广这个称谓。久而久之，学生亲切自然地叫我"老章"，或者"老章老师"，我乐在其中。久而久之，全校上上下下都叫我"老章"。这个称谓我喜欢得不得了，它亲切，自然。冠以"老"字，合称"老章"。此处的"老"不是人老的老，而是一个词语的前缀，比如老板、老大。

老章老师给学生们朗读课文，品评文字；教他们关注生活，写写真作文；把他们写进日记，给他们写花样评语；给他们即兴演讲，当他们的精神导师。

那时，学生定义"老章"——老章老章，老带我们读文章，老叫我们写文章。语气里有些无奈。那些在我手下写过几百篇作文的孩子，也许会忘记我的真名"章晓"，却咬牙切齿、刻骨铭心地记得"老章"——一个鼓捣学生多读多写的"老章"。

记不得我"老章"其人无妨，我给他们奠定的文字、文学、文化基础，多多少少留存在他们的气质里了，想想，就足矣。

4

当然，我也被学生用其他称谓叫过。

在教《六月二十七日望湖楼醉书》时，为了让学生记住这首诗，我引导学生关联生活想象诗中的场景。我说，这首诗写的就是你们见到老章的四部曲——"黑云翻墨未遮山"，是不是没有老章的时候，教室里暗流涌动的场景？"白雨跳珠乱入船"是不是像你们无所忌惮得意忘形的样子？突然，老章我从天而降，果断处置，那些显眼包会不会被老章以闪电般的速度给逮起来，气焰立刻被扑灭，从而局势立刻得到控制，动乱立刻被平息？是不是"卷地风来忽吹散"？再看看教室里，平静得如死寂一般，此刻，唯有老章风雨大作，电闪雷鸣。这画面不就是"望湖楼下水如天"？

学生记住了这首诗，想到那狂风大作的场景就想到我。于是，有学生在作文里叫我"卷地风"，并生动地刻画我来无影去无踪、神出鬼没般扫荡一切魑魅魍魉的形象。他们还将这个场面写进《我与老章的战争与和平》：

……忽然，刮起一股卷地风……

我"卷地风"来也！

5

我很喜欢给学生分享我的文章，我会生动讲述我写的那些文章，我会故意设置悬念，让情节扣人心弦；我会添油加醋，让细节生动形象、活灵活现；我会添枝加叶，让故事曲折离奇……再辅以我丰富的表情、多变的腔调，让学生深陷其境，不能自拔。

这应该算是我的课中最讨娃娃喜欢的课了，这是我最令娃娃爱戴的原因，娃娃把它叫作"开胃菜"。

开胃菜多深得人心呀，以至，我先后给几个班娃娃代完课后，他们都似乎忘记了我的"官方称谓"，见我就喊"开胃菜，开胃菜，开胃菜"，像断奶的孩子对母爱的渴望、对母乳的不舍。

久而久之，我留给娃娃们的样子就抽象成了一个活色生香的记忆：开胃菜。

6

走到哪里都有认识我的小孩子。有时，我发现他们并不是真正认识我——

自我戴上老花镜以后，我就发现，学校里的小孩子，看我的眼光就异样了。起初，他们会眨巴眼睛，疑惑地看我，然后脆生生叫我："何校长好！"起初几个孩子这样叫我，我会意外。后来把我认成"何校长"的娃娃多了，我心中产生了疑问，这些小孩子什么眼神，居然把我和校长区别不开了。

渐渐地我明白了，何校长中等身材，我中等身材；何校长佩戴眼镜，我佩戴眼镜；何校长身背挎包，我身背挎包；何校长留平头，我留平头。仅这几个要素，就把小孩子弄糊涂了，小孩子就断定我是他们的校长——何校长。

小孩子不注意细节，对人的判断往往是粗放的、大概的、整体的、表象的。

所以，当有小孩叫我"周教授"时，我能理解他们的美好的错觉：仅凭我曾像周教授——七十多岁的周爷爷——一样给老师们讲教材，一样激情澎湃的样子，小孩子就傻傻地分不清谁是老章老师谁是周教授周爷爷了。

7

人，不得不服老。

佳佳老师的女儿和大萍老师的女儿是我们成外附小的学生，俩孩子长得乖极了，我对她们很慈祥，她们见我就会叫"章爷爷"。

不同的是，佳佳的女儿会在同学面前叫，很有礼貌，十分尊敬地大大方方地叫"章爷爷好"。那样子，在同学面前，她是有极强的优越感的。是呀，在他们班，只有她认识我，并且可以叫我"章爷爷"。大萍的女儿有些害羞，她会在同学面前用眼睛偷偷看我，等我用眼神给她回应了，她会低低地叫我"章爷爷"，细若蚊子叫。

每当听到小女孩叫我"章爷爷"，一方面我想，要是有个孙女儿，一声声叫我"爷爷"，我该会多开心，我会多么没有原则地宠她！一方面，我又觉得，我，已经不再年轻。

8

老章真的开始老了。

记得，从"老章"这个名字拓展开，几个调皮的学生衍生了一连串怪怪的名字，但都被我化腐朽为了神奇。

比如，有娃叫我"老不死"！了得！他立刻引起众怒，众怨。

我哈哈大笑，说，这个名字嘛，我喜欢。我一直在追求这种"老不死"的至高境界——

当我老了，别人已经步履艰难，我还行走如飞；别人思维僵化，我还与时俱进；别人年老多病，我还耳聪目明；别人行将就木，我还活力四射；别人已含笑于九泉，我还安然于世上……

岂不是老而不死板，老而不死气，老而不死磕，老而不死守，老而不死缠，老而不死心，老而不死亡？

学生直说"老不死"原来如此美妙。

当然，实在太美妙，留待我七老八十，再叫我"老而不死"吧。

眼镜

我的眼睛比较小，这一点像我妈。

我从未因为我的眼睛小而自卑过，因为，我从小就发现我的视力特别好，可以清楚地看见蜘蛛腿上的毛，蚊子翅膀上的纹路。上中学时用视力表测过，我能清清楚楚看到最后一排的"E"字的缺口并准确无误地说出来。我的视力为 2.0，飞行员的标准。

初中的时候，在我心里也曾经觉得那些戴着眼镜的人是很帅的，我也曾偷偷将他们的眼镜架在鼻梁上，对着窗玻璃照看，窗玻璃里映出的我温文尔雅，一副学识渊博的派头，但我渐觉眩晕，甚至感到反胃。

即使我初中的时候，夜里常常挑灯夜读，我的视力依旧保持着 2.0 的高水平。哪怕煤油灯的黑烟熏黑了我的额头，哪怕繁重的学业熬白了我青春的发丝，但我眼前的世界依旧清晰、明亮、光艳。

我哪里需要一副眼镜嘛！

我妈在我现在的年纪已视力衰退，她逢人就无奈地说"人老了，眼睛不好了"，她的鼻梁上架着一副老花镜，她在穿针的时候总是不能将线穿过针眼，线头总是在针眼周围试探、寻找，却总不能从针眼里穿过去。我拿过来，将线头捻细，一下子穿过去。妈妈说"还是我么儿眼睛好。"

时间如流，转眼妈妈老了，再也不能做针线活了，她的老么儿也人到中年，血糖渐高，膝盖常痛。头发已经大不如从前稠密，身躯大不如从前挺拔。

我本以为坚挺的视力也渐渐弱下去，无奈我已经到了妈妈当年找不到针眼的年龄。

我渐渐发现看不清楚碗里的饭、碗里的菜，看见的总是一团模糊，仿佛眼前隔着一块磨砂玻璃。我将头抬高，与碗保持足够的距离，碗里的一切又清清楚楚。

讲课的时候，书页上是一片模糊的斑点。我必须伸长手臂，将书放在离眼睛很远的地方，斜着眼睛看过去。

看手机的时候，手机屏里是一张张模糊的画面，我必须伸长手臂，将手机放在离眼睛很远的地方，斜着眼睛看过去。

学生的试卷有的印得太小，评讲的时候，我会说"我们来齐读一遍文章和问题"，其实这个环节是没必要的，我只是在掩盖我老花眼看不清太小的字的尴尬而已。

有时候，我需要阅读药品说明书，可那字实在太小，无论我把它放在离眼睛多远的地方，揉多少次眼睛，歪着头将眼睛放得多斜，皱着眉将眼睛缝眯得多窄，眼前还是一团模糊。

尽管老花眼给我的生活带来了些麻烦，但我不愿相信我老了，所以，我依旧没有佩戴眼镜的想法。

一次在一亲戚家吃饭，学医的亲戚说："你必须配眼镜了，戴眼镜其实是保护眼睛的最好办法。"她将她的眼镜给我戴上，哇，眼前的一切瞬间明亮了！桌上的美味清清楚楚，热汤面上的油珠、凉菜上的芝麻，甚至丝丝热气，如同我童年、青年时期的世界一般清晰。

我转身看见镜子中的自己，黑发里有几根白发，高鼻梁上有红色暗疮。黑边眼镜，透明镜片，似真似假双眼皮，真真切切小眼睛。眼眸平静，嘴角微动，欲言又止。

我再仔细看，皱纹沟壑纵横、纤毫毕现，胡茬密密麻麻、稳稳当当，零零星星的斑斑点点恰是时间的沉淀。相较于自然变老，所谓的"温文尔雅"的假象，有何意义呢？

接受老，就包容了一切。是不是有点道理？

半夜起床

1

小时候，梦里在路边撒尿，却实实在在将一大泡尿尿在了被窝里，惊醒后，实实在在地感觉到被窝里的湿度。不得不被大人叫起床，脱掉裤子，换了被子，迷迷瞪瞪再上床，稀里糊涂继续睡。

小时候半夜起床，是被我妈抱起来的，是被我妈抱着撒尿的。

2

大一些，与妈妈分床睡。半夜听见邻床的妈妈喊我："小春，起来，小春，起来……"我迷迷糊糊地起了床，迷迷糊糊地走到妈妈床头，摇醒她，她说，她梦见我掉进河里了，就拼命喊我。

妈妈说，好怪的梦。

我知道，我的小伙伴双喜刚刚淹死了，妈妈害怕了。

3

少年时，半夜被灯光晃醒。

灯下坐着父亲，他戴着老花镜，正在读大哥的信。

信里的内容我已经背得。我念给父亲听，父亲念给我听，我们一遍遍念给妈妈听，念给二叔听，念给老四听。

此时，在军营里的大哥也在灯下念父亲的上一封回信吧？父亲的信翻山越岭几个月才能到达西藏墨脱县。父亲的信简洁，每个字都弥足珍贵。

4

后来，偶尔半夜醒来，然后翻过身，换一个姿势，再睡。

半夜里的记忆几乎是一片空白。

妈妈老说，三十年前睡不醒，雷都打不动的好年纪呀。

但那时真不觉得有什么好。

5

儿子出生后，他白天睡大觉，晚上很清醒。一折腾就是一两个小时。

我得给他换尿布，兑奶粉，怪腔怪调与他说话，挤眉弄眼逗他玩耍。抱他，摇他，在屋子里走。

白天我给学生上完课，还得到河里钓鲫鱼，交给他妈熬鱼汤喝。

6

不知何时起，半夜会自然醒。醒来后，倚窗想问题。对面楼总有人家的灯亮着，大街上总有人的身影在走动，我想，总有许多故事在发生，醒着的人都是心里有事的人。

夜晚不能想事情的，要么越想越复杂，要么越想越简单。

真被妈妈说中了，三十年后睡不着哇！人到中年，瞌睡少，事情多，大多是庸人自扰，大多是杞人忧天。

7

今夜醒来，正是三点多。

窗外风声雨声大作。赶紧起床开窗，一股凉气进来，顿感神清气爽。更绝的是，头顶有闷雷滚动，远处有闪电隐现。雨渐歇，雷渐远，听取蛙声一片。

假期不用上班，放心大胆失眠，大不了，明日白天，补，觉。

失眠

失眠这个词语是我十岁那年一次从放电影的师傅徐三那里听到的。他一边倒着前夜里放过的电影胶片，一边与他的徒弟说昨晚他失眠了，说有心事就睡不着了。

这是我第一次听说"失眠"这个词语。当然压根不知道什么叫有心事。

我不明白，一个放电影的人天天看电影，怎么会睡不着呢？小时候不知道什么是失眠，也不会失眠的。

当屋后麻雀闹林渐渐平息的时候，我总会爬上堂屋的长凳，趴伏着，即刻睡去。直到第二天早上太阳出来的时候才会被母亲从床上叫醒。

母亲说："三十年前睡不醒，三十年后睡不着。太阳晒屁股了。"

我不理解睡不着的意思，只知道半夜里有时被父母聊天的声音吵醒，迷迷糊糊中看见他们坐在床头抽烟，火光若隐若现；迷迷糊糊中听见他们说着话，声音含含糊糊。

后来渐渐长大，理解了父母的心事：成年儿女的婚事、田里庄稼的农事、左邻右舍的闲事、屋里屋外的琐事。还有，我的上学之事、生病之事、惹祸之事。

那时父母均已五十开外，正是我现在的年纪，事情正多的年纪。

第一次失眠是在我二十六岁时的一次职称考试前夜，我在床上辗转反侧，始终睡不着。孩子他妈给我一颗安眠药，说，不要想那么多，一会儿就睡着了。果然，很快就入睡了。后来她告诉我，那天，她给我服的只是一片维生素 B 药片。由此，我明白，所有的烦忧不过是庸人自扰，想得多了，想得就复杂了。

三十一岁，我毅然决然辞掉县城最好学校的公职，只身到了成都。真验证了母亲说的"三十年前睡不醒，三十年后睡不着"了，也许是水土不服，也许是得失失衡，我常常失眠。我仰躺在床上，睁着眼望着天花板，屋外马路上偶尔开过的汽车轮胎碾过路面的声音由远及近，由近及远；车灯将窗子的影子投射在天花板上由暗到明，由明到暗。夜里总有一个不切实际的剧本在独自编撰，剧本不厌其烦，剧情杂乱无章。

至暗的夜深不可测却清晰无比，生活的电影胶片杂乱地倒放。

闭着眼想问题，往往冷静而缜密，可失眠的时候例外。翻身，起床，掀被子；解便，喝水，数绵羊；睁眼，闭眼，看手机……

失眠时更脆弱，失眠时更悲情；失眠时时间太慢，失眠时事情更糟……可，醒来面对五彩缤纷的现实，立即卷入生活的节拍，在洪流中奔跑，在微澜里荡漾，一切都在一种惯性里，该怎么还是怎么。现实哪有那么不堪！

就这样，一晃人到中年，失眠于我不只是一个概念、一个词语，它是我深刻的体会，最平素的常态。

大多中年人都有过，都懂。哪个的生活没有纠缠与撕扯？

有小孩在课上打瞌睡，头一点一点像啄食的小鸡。我会允许他放心地趴伏在桌上睡觉，我懂得小孩子对瞌睡的强大需求和无力抗拒。

我用母亲当年说我一样的语气说："三十年前睡不醒，三十年后睡不着。

小孩子是不懂什么叫失眠的，更不会体会到失眠的。"我被他们否定了，他们齐声说："老章错了！"

我说失眠过的请举手。他们纷纷举了手。

有的说，我从床的这头卷到床的那头，从床的那头挪到床的这头，不知多少遍；有的说，我数羊，十只羊，百只羊……一晚上数了五千多只羊，最后还是没睡着；有的说……

这难道不是我失眠时的那种纠缠与撕扯吗？

我深信，现在的小孩子也是会失眠的呀。

天命之痛

1

慵倦的暑假像河里绵软的狭长水草，随波摇曳，却始终裹足原地。

不出门，不示人，平躺。

换在平时，早上起床，鸡血沸腾，刷牙洗脸洗头洗澡刮胡子，让满是睡意的脸舒展开去。可此刻，我却既无赖床的睡意，也无起床的斗志，我仰躺在床上，将右手举在眼前，像一面旗子举在眼前，像一面投降的旗子举在眼前。

打败我的是这只手与肩之间的关节，它已经折磨我几个月了。

2

我一直以为我四肢灵活如弹簧，可，在一次偶然伸手拿东西时，我遭遇到如触电般的剧烈疼痛。接连好几次同样的猝不及防的疼痛之后，我开始思考我这只手的问题。

那种痛，是我这一生未曾经历过的痛，从右肩关节处，沿手臂下方的肌肉，流向肘关节，渐变着弱下去。它来得急促，起得突然，迅速至高潮，停住，达到极致，稳稳地保留十多秒后，逐渐退去痛苦的潮水，缓缓地下去，消失，烟消云散，完好如初。

随着这种独特的疼痛的来去，呼吸也轻重缓急地变化，汗水也随之涌出消退。

3

咬紧牙关不叫，比叫出来更痛，放声叫出来最痛。

咬紧牙关，让叫声从牙缝里随气息深深浅浅地进进出出是最能减少疼痛的一种方式。

于是，在忍无可忍之后，我有时也会左手托着右手肘，压抑而放肆，放肆而压抑地叫着，一起随那魔鬼般的痛消散。然后气息均匀，汗水蒸发，恢复如初。

缓过气来，回过神来，痛定思痛，生活美妙得如同什么事都没发生过一样，水波不兴。

4

第一个医生简单问询我的症状之后，叫我抬平手，抓着我的手掌，轻轻往我方向一送，他的力量精准地直达我的病灶，于是，那种已经被我熟知的且在我大脑的脑细胞里注入了的信息立刻演算出一个结论：痛。医生坐下去，在键盘上精准地敲击出病的名字。

实话讲，那是我从未听说过的一个名词。按照医生的方案，我脱下上衣，裸露着上身，护士将一根根银针插进我的右肩关节里。我能感觉到那种肿胀的感觉，它似乎触及了我的骨头。她接上电，银针所扎之处的肌肉开始各自弹跳，此起彼伏，很有节奏。

5

与第一个医生凭着经验诊治不一样，第二个骨科专业医生看过我的核磁共振的片子后，坚定地说："你这个病无须治疗！"

我一时蒙了！世上哪有不需要治疗的病！医生耐心地解释：这个病，缘起何因，不得而知，何时能好，难以预料。只是，它的发展一定会呈一个"U"字形结构。

医生举起他的右手，用食指在我眼前比画着，一个坐标图，说，它会让你的手臂慢慢慢慢慢慢地抬不起来，然后，慢慢慢慢慢慢地触底，停住，然后，慢慢慢慢慢慢地抬起来，直到完全抬起来。

医生说，这就叫触底反弹。医生的手举得高高的，他的手指指向天花板，仿佛那里就是我的希望与梦想，未来可期，道阻且长。

医生的话让我很快就明白了，这是一个必然规律，阻止不了；必经之路，逾越不了。药物是无用的，理疗是无用的。

6

我终于弄明白，这个病叫"冻结肩"，最大的症状就是痛与受限。在五十岁人群中较多出现，仿佛是为五十岁的人设计的人生答卷中一道最麻烦的难题，俗名"五十肩"。

我想，它也许就是中年人的标配吧，专属于五十岁人群的病。如果说啤酒肚是五十岁男人的油腻，肩周炎就是五十岁男人的梗阻。冻结肩是防不胜防的。

它又是一种无须治疗的自限性疾病。无须治疗，自己康复。它自有一套生长节奏与周期，不以人的意志为转移，不会因人的努力而改变它的发展路径与方向。

它就是这样任性。就像青春痘一样在青春的脸上任性地滋长，野火烧不尽，春风吹又生。

7

尽管无法改变，但医生还是给了我一套缓解疼痛的办法。特别是，那种像长脚蜘蛛巴在墙上往上拉伸的、名叫"爬墙"的办法应该是科学的。但这种办法是不舒服的，很不舒服的。将双手掌张开，贴在墙上，五根手指牵引着手掌，手掌带着手臂，一点点往上爬。开始，伸展困难；继续爬，开始疼痛；别停，继续爬，痛在关节；继续爬，肌肉撕裂般疼痛；继续爬，继续疼痛，痛彻心扉。想叫，想哭，想骂人。稳住，保持，让疼痛麻木你的整个肩部。放下，左手托起右肘，像托起一只残臂。

常人说得对，长痛不如短痛。医生的办法就是以痛制痛，等于以毒攻毒。我很文艺地认为，痛是一味药，越痛越有效。

8

夜是痛觉的温床。

躺在床上，那只残臂无处安放，无论放在哪里，都是痛，似乎手臂上的关节总无法耦合，它们仅仅因为一张薄薄的皮囊生拉活扯地连在一起。我恨不得丢掉这手臂！辗转反侧，翻来覆去，没有一种姿势是踏实的，唯有把手举起来，像一面旗子。似乎迷迷糊糊之中，整个晚上都在撕裂。

平哥是冻结肩资深经历者、受害者，灾难让她成了作家，她说，我最痛的时候还未来，她形容触底时候的那种痛叫"惨无人道的痛"。讲这句话时，她用手比画了一下，比医生的"U"形手势还形象，她本无皱纹的额头拧成了麻花，让我心生寒意。

9

五十而知天命，制造这句话的古人一定是得了冻结肩的，聪明的他一定知道这个病，有些人一定会得的，得过的人一定会痛的，痛到极致也一定会好的。

于是，他战胜了自己，夜夜安然。

我是一只光溜溜的青蛙

老虎与邓师将我送到医院时，已是深夜。一番简单检查后，医生诊断：急性阑尾炎，立即手术！

一袭白衣的护士扔下一套条纹的病员服，冷冷地说，穿上！那一刻，我知道，我已经身不由己了。

医院的过道里，我脱得一丝不挂，然后将薄薄的病员服穿上，病员服不合身，宽敞，感觉空荡荡的。

在医生处签完字，穿绿衣绿裤，戴绿帽子绿口罩的医院的工人推来一辆推车，命令道：上去！我忍住剧痛，在老虎的帮助下，爬上推车，仰面躺着。我正想挤出一丝必胜的微笑给老虎的时候，车已经推动了。走廊里的吸顶灯，从我眼前晃过。

辗转不到五分钟，绿衣男子将我推进漆黑的手术室。我正纳闷绿衣男子是不是将我推错了地方，推到了那个人人都不想去的地方。突然，灯光亮起，我睁不开眼。待我的眼睛习惯了这光线的时候，我才发现这里的光线其实很柔和，刚才，我太紧张了。

我眼前的天花板上悬挂的是我曾在电视里见过的无影灯，几个圆圆的碗口大小的灯，发出白炽的光，如九只野兽的巨大的眼睛，怒目而视，瞪得我通体透明，连五脏六腑都清晰可辨。我不能动弹，像一只光溜溜的青蛙，仰面朝天，等待医生的解剖，无可奈何。

护士们鱼贯而入，我听见刀子、钳子、镊子等金属碰撞的清脆的声音。护士们的笑声也同样悦耳。我仰躺着，看见她们的帽子和白口罩之间的美丽的眼睛，我敢肯定，这辈子我从来未看过这般美丽的眼睛。

医生来了，撩起我的上衣，让我的肚皮露了出来，然后自胃部至肚脐至小腹依次按遍，直按到我大叫"痛"的时候，他便像踏遍千山万水找到宝藏所在的考古专家一样，用大拇指和食指在疼痛之处比画出一个范围，毫不犹豫地说：就这里了！

护士叫我侧身而卧，蜷缩一团。那姿势我曾见过，就像婴儿在母体中的姿态一样。护士直夸我动作做得很符合她的要求。我正沉浸在被肯定的欢喜中时，一根钢针插入脊背，接着一股冰凉的液体浸入我的身体。

我的腹部渐渐失去知觉，因为护士用针插我的皮肤时，我只有触觉，没有痛感。医生护士的动作开始加快。我想，我必须在大脑迷糊之前在心里感叹，感叹自由的珍贵，可当我正要去感叹时，我已经没有了感叹和睁开眼皮的力量了……

　　等我再次看见眼前的无影灯，再次看见晃动在眼前的美丽的眼睛时，医生已经解剖完了我这只青蛙，正在缝合，而且在我不知不觉时，在医生用手比画的皮肤下的腹腔里，取出了那个小小的器官。

　　（文中的老虎非猫科老虎，系我的同事，人好，很男人，人称虎哥。）

2. 得失

希望不丢失，双脚为动力，同样可以向前方，去他乡！

钥匙掉了

1

从楼上下来，走向沉沉的夜，走向我的车。

手伸进挎包里，我触不到那把方方的钥匙。我习惯将它放在我那黑色牛皮挎包贴身一面的口袋里，但，我从贴身一面摸到最外一面的各个口袋，却没有找到它。我想，我把钥匙落在了楼上。

我飞快地跑上楼，可在我刚才搁放包包的地方我没有看到钥匙的影子。我翻遍了每一张桌子，每一个柜子，每一个垃圾桶后，把包包里面的所有东西一股脑倒出来，再伸手试图在包包的某个不为人知的角落里找到它，但，我触到的是金丝绒一般滑滑的里子，余外，是焦急的心情。

我呼啦一下将所有的东西装进去，呼啦一下冲下楼去，沿着街奔向那家叫板房菜的饭馆，我期望是在我点菜的时候呼啦一下将钥匙搁在了饭桌上，然后在结完账后呼啦一声离开，将它落在了板房菜饭馆的饭桌上。

饭店人很少，几个店员在收拾，一个大姐在拖地，我冲过去，问："看到钥匙没有？"她指了指柜台，那里，老板娘在数钱。我冲过去："老板，看到一把车钥匙没有？"她抬起头，头摇动起来："没有哇……"我赶紧冲出店去，身后传来老板娘的声音："如果捡到，我一定会还的！"我知道的，老板娘的人品很好，但我没有时间来听她的往事，我呼啦一下冲向了夜色里。

2

我之所以如此着急，是因为，如果没有钥匙我是无法打开车门，无法开动车，无法回家的！在这个夜晚，我也不敢将车丢在这个城市里，让捡到车钥匙的人钻进车里，开走我的车的。所以，我必须找到那把钥匙，否则，后患无穷。

我奔向那条小路，那是背街那条紧挨庄稼地的小路。我记得，在板房菜饭馆里吃完晚饭后，我和一个朋友揉着肚子，聊着天在那里散步；我记得，我没有跳过跑过，甚至，我压根就没有将手插进过衣兜里，不可能将钥匙不小心带出来。但，我还是奔向了那里，借着手机屏的莹莹的光，一寸寸地搜寻着。

与此同时，我第 N 次摸了摸我的衣兜，我断定，它没有破洞，它很深，它一定不会从里面逃出来。远处的楼黑黑地耸立着，窗户里的光在变幻着颜色，我想，今夜的电视节目里一定有惊心动魄的情节，但他们不知，在他们的窗外，有多么鬼魅的身影，想到这里，我忽然觉得好笑！一个身影在窗前定立着，他一定看到了我这团莹莹的光和荧光照耀下的我的脸吧。

在路的尽头就是大街，通亮的路灯把夜晚照得一览无余，几个醉酒的男人大声讲着笑话走过，从他们蹒跚的脚步走过的地方，我看过去，只看到揩嘴丢下的纸团，没有看到钥匙。我掏出手机，手机显示 22:12，电量 1%。我来不及考虑即将可能到来的麻烦，赶紧在手机关机前拨打一个求助电话：

"我的车钥匙丢了！"

"你仔细找找看！"儿子他妈在那边平静地说。

我要疯狂了！

"头都找晕了，找不到。你马上把钥匙送来，我现在就在路边！"没有了回音，我将手机缓缓地从耳边拿下来，我看不到那团莹莹的光，手机没电了。

这是很悲催的事情！

3

我将手揣进了上衣口袋里，坐到街边的路灯下。我把上衣裹紧了，将脖子缩进衣领里。路灯上有尚未冻死的蚊虫在扑腾，灯光很静，像流水倾泻。

有车开进小区，司机熟练地刷卡，回家的感觉真好！

路上有车灯远远地来，临近了，它照出了一大片温暖的地方，然后呼啦啦远去，留下两只红红的尾灯，然后在漫长的街的尽头消失了。一辆辆车骄傲地来，骄傲地去。车轮擦着地面吱吱地轻响。

我看看我的车，那尾灯多漂亮，它有水滴一般的小灯泡，我第一次发现它是如此漂亮。我想，平时我开着它，驰骋在夜晚，一定吸引过无数双眼睛。

钥匙究竟丢在哪里了呢？我找不到答案。

我将手从屁股到大腿两侧的各个裤兜，到上衣的两侧衣兜到贴近心脏的衣兜里，再寻找了一遍。我知道，我的这个动作无异于在寻找一个并不存在的奇迹。

深秋的夜晚，这座城市寒冷的空气中弥漫着淡淡的惆怅。

我走向那个亮着灯的小商店，径直走向它最里面的货架旁，取来一包白味瓜子，付了钱，撕开一条口子，倒出一小撮，一边嗑一边走出去，走到我的车边，在那苍白的路灯下，我把瓜子嗑得咯嘣响。

我忽然觉得这夜晚很有意思，比如，那个小商店这么晚了没有关门，它似乎在这个夜里守护着什么，等待着什么。我忽然觉得时间走得好缓慢！店门口，一个男人一脚踩在踏板上，一脚踩在地上，他支起那辆很旧的自行车。我看不清楚他的脸，灯光将他的影子投在街面。而店主的脸在灯光下清晰可见。我听到他们在聊天：

"我是一九六五年的。今年50岁了。"男的说。

"我也是50岁。"店主说。

4

夜很静，他们谈话的声音很大，似乎街的对面也能听到。我相信他们是熟人，熟人之间一定有某种默契，那是一种超越年龄的默契；他们也许是路人，路人之间也有默契，那是一种超越距离的默契。这种默契仿佛一把钥匙与一把锁的默契。我与我的车钥匙也应该有一种默契，它一定在我看不到的地方等待它的主人。我与家人的默契，此刻应该是，她一定知道我的车停在哪里。

事实上，我的判断是正确的，我的眼前出现了两团光，一辆车的轮廓，一组熟悉的英文字母和数字，一个红脸关公的挂件，一个熟悉的人。

我走过去，接过备用钥匙。回头看，在苍白的路灯下，我站过的地方，我的身边，以我为圆心，散落了一地的星星点点的瓜子壳，它组成了一个大大的漂亮的句号。

抢购

我决定去百伦广场抢购！

我不会盲目去抢，绝不会头脑发热，前几天我看上的那件毛衣是我的目标，专卖店在四楼，左边第三家。那天，我掩饰不住对那件毛衣的喜欢，我装着看它的成分，看见了它的价格，我掩饰了心虚；听到小妹妹说没有折扣时，我却装得跟土豪一样叫小妹妹给我一件："我试试！"那件衣服合身，连小妹妹都说好看。但我终于找到了一个有力的理由，我摇着头说："我不喜欢！"小妹妹很失望，挂衣服的时候，我听见铁钩和铁竿的碰撞声很响。

　　幸福大道上的人比飘落的银杏叶还多。车一进去，就堵死了。红绿灯交替着闪，数字比心脏跳得慢。车却寸步难行。有人按喇叭了，交警脾气特别好，面无表情地指挥着。有人受不了了，副驾门打开一条缝，伸出一条穿高跟鞋的腿，那人提着包下了车，在车缝里快走，去百伦了。我看到很多人拥向百伦。

　　车蜗行起来，终于到达百伦门口，好家伙，车挨着车，人挤着人，音响里响着铿锵的节奏。看来车是不能停进商场车库了，保安不停地挥舞着他的左手和右臂，恰似交警一样："走！走！走！"靠右的车道已经结结实实地横七竖八地停放了公交车、小轿车、三轮车、电动自行车、婴儿车……缓缓穿过靠左的一条缝，我总算过去了！

　　都江堰幸福大道，似乎因为百伦的疯狂打折而热血沸腾，旮旯角落码砖般停着车，大街小巷到处是提着大包小包从百伦走出来的人，到处是匆匆行走的人。绕着百伦大厦走了第一圈，我没有找到一个空位。我终于在绕着它转了三圈后，在一辆白色轿车开走的瞬间，我插了进去！收费的大姐伸出五根手指，我给了她五元纸币，我没时间责问她平时为何只伸出三根手指。我伸出一只脚下了车，提着包，跑向百伦广场。

　　百伦广场到处挂着打折的横幅和海报，它更加有力地撩拨我的欲望，我踮着脚，努力与同我一样兴致勃勃的人们一道随着一股潮水徐徐涌向百伦。我承认，我是捡便宜来的，我不绅士。

　　当抢购的大军裹挟着我来到百伦门口，我看见那里已经排着长长的队伍，他们或焦急或紧张或淡定或乐呵或沉静地等待里面的人出来，再等待保安的放行。保安们个个紧张地用身体维持着秩序。

我忽然没有了兴趣，因为我的前胸我的后背我的左臂我的右膀受到了强烈的挤压。几个大姐比年轻人的腿脚还要灵活，她们插进了队伍里，我的胸更闷了。我举着手，侧着身子，艰难地退了出来。我打消了买那件毛衣的想法。

我走向我的车。当我移出我的车，一辆车插了进去，跳下一对年轻的夫妻，小跑起来……

骑车去远方

我坐在半山腰上，看对面的山。

对面的山上一条蚯蚓似的公路曲曲折折从山脚延伸到山腰，然后绕到山后去了。骑洋马儿的人像一只蚂蚁在那公路上朝山腰蠕动。

洋马儿就是自行车。

我渴望有一辆自行车。

我终于有了我的"自行车"。

我用钢锯将一节桉树干横切下，便有薄薄的圆盘，将圆盘中心掏出一个小孔，用竹棍做轴，我的车轮就做好了。我将一节竹棍的一端剖开，将车轮卡进去，一辆"自行车"就做好了。我不能骑它，它的轮胎不及一个饭碗口子粗，它承载不起任何一个小孩子，而且，它只有一个轮胎。但它满足了我对一辆自行车的渴望——我推着这辆独轮的"自行车"在院坝里一圈又一圈地跑，呼啦啦，呼啦啦，车轮滚滚向前，风声在耳畔响起！我推着这辆车，出了院坝，上了石板路，小轮胎在石板上跳跃。我推着这辆车，上了机耕道，上了大马路，追着那些骑自行车的人跑，直到我看见小轮子破成两半，滚到路边的河沟里，顺水漂走。

我的手里握着车架，心里很绝望。

我一直想拥有一辆真正的自行车，梦想虽遥不可及，但我坚信，它一定就在前方。

时间像个魔术师，它使我的童年过得十分漫长，就如天上的云聚了，散了，却总未飘出我头顶的天空。

我终于走出我的家乡，沿着一条公路去上中学。那条路上，我常追着拉煤的拖拉机狂奔。烟雾掠过司机的肩膀，向汗流浃背的我扑来，我抓住了它的拖斗，爬上去了，蹲在它漆黑的拖斗里，摇晃着随它前进。

我想，我一定要拥有一辆自行车！

坐在教室里，窗外除了有丝丝白云，还有宽大的操场，篮球架静默着。那是个活力四射的年代！我看到一个英俊的身影：我的英语老师！

他一身灰色的单层西装，配了一条彩色的领带，脚穿一双尖尖的皮鞋。酷得让人无法安心读书，他正骑着一辆自行车，围着操场一圈一圈地转着！风将他的领带吹起来，那飘飞的领带真像一面彩色的旗子；风将他的单层西装吹起来，我看到，他那铮亮的皮带扣！

所有的同学都围到窗口，羡慕地看着我们的男神。

有一天，我们惊异地发现，我们酷毙了的英语老师的车架上多了一位漂亮的姑娘。她长发齐腰，长裙拖至踝关节，露出一双小巧精致的朱红的小皮鞋。她侧身坐在我老师的车架上，脸紧紧地贴着老师穿着单层西装的后背，幸福得如同画报里的人儿！

我渴望有辆自行车，有一幅诗意的画面。

我当老师的第三个月就攒够了可以买一辆二手自行车的钱，我从同事那里买来了一辆二手自行车。他从他的柴堆里推出那辆车，我看到，那是一辆轮胎打过好几个补丁，车身斑驳的车，更令人遗憾的是，除了铃铛不响，哪里都吱嘎作响；除了龙头不灵，哪里都灵。但我没有沮丧，因为，车头的"凤凰"牌图标和字样清晰可见，足够证明它是名牌。我骑着那辆专属于我的自行车，在学校操场里吱嘎吱嘎地转圈。我看见，我的学生围在操场外，他们模糊一片。我将它骑出学校，从场镇的石板街骑过，轮胎在凹凸不平的街面弹跳，我在车上弹跳。

我想，我那时是酷毙了的。在这个古老的场镇上，一个留着长发的，穿着风衣的，腿细长的，套着一双尖尖皮鞋的，长着茸茸胡须的，后架上挂着写生画夹的年轻人，该是多么亮丽的一抹呀！

我骑着"凤凰"牌自行车吱嘎吱嘎顺街而下，从人缝中穿过，从裁缝铺走过，从老冯的饭店走过，从邱缺嘴的理发店走过，我多么令人刮目呀！

我骑出了那个古老的场镇，上了一条笔直的马路。我将双手平平地举起来，脚踩着踏板，任凭自行车稳稳地直直地向前，向前。我如一只凤或一只凰展开翅膀，自由舒展！

那真是一段自由得可快可慢的时光，即使那条路上，灰尘滚滚，但天空却空旷无边。拖拉机从身边超过，腾起一股呛人的浓烟，我把稳龙头，加快速度，超它而去，继而继续平举双手，向前，向前。

过去的道路落满尘埃，柏油路修到了我家乡，一切都是崭新的！可我的那辆"凤凰"牌自行车早已锈迹斑斑。

拥有一辆自行车已经不再是我的梦想。

儿子学会了走路，他坐在他的小自行车上嘻嘻哈哈，手舞足蹈。那是一辆有四个轮子的童车，前面一个大的，后面一个大的，外加两个小的。他摇摇晃晃地骑着它，在空地上打着圈。直到他不再晃悠的时候，我为他去掉了两个小轮子，他可以骑着两个大轮子的自行车前进了！我追着儿子奔跑。

那辆童车成了儿子的玩具，而我的玩具是一辆独轮的不可以骑的自制的洋马儿，但我们，各自都是幸福的。

离开小城，举家来到成都这座包容的城市。这座自行车全国拥有量最大的城市包容着我和儿子，也包容我的电动自行车。

我开着那辆电动自行车，载着儿子穿梭在成都的大街小巷，我们好奇地打量着这座城市，等着这座城市的红绿灯，说着这座城市有些软绵绵的话语，我们看见，繁华的城市，车流像河一样奔流。

儿子有了他的山地车，双脚为动力，穿梭在这座城市的大街小巷。

后来，我有了自己的小车，我可以开着它抵达城市乡村，穿越大漠戈壁，横贯南北东西，游历大好河山。

心中怀揣希望，一路不停向前方！

对联

在周家场这个屁股大的地方，在别人眼里，我可是读书人一个。

比如，我姐夫，这个裁缝，对我就佩服得不得了。他是个好裁缝，裁得一手好衣，可时代不同了，他的裁缝生意日渐萧条，但他是个聪明人，居然将门市的一半开辟出来。于是，他的门市一边挂的是大大小小的衣服，一边摆的是花花绿绿的鞋。他请我写店招，我想了一个晚上也未想出店铺的名字，但我想出了一副对联：

　　尚可量体裁衣，何必削足适履。

　　你可以想象，这副对联我是多么满意。但，那些进出的人们是不会细细品味其中的韵味的。他们只对"烂脑壳罗麻子"贴在他家厕所门上的对联感兴趣，他们乐此不疲地讲述他的逸闻趣事，比如，有画像的人被他戏弄，本来人家已经将他画得栩栩如生，可他非得要人家把他的每一颗麻子画出，把每一颗麻子画得逼真，画像的人被弄得满头大汗，最终没有画出来。我没有考证过这件事的真伪，但我是见过那副贴在厕所门上的对联的：

　　为寻它，跑来跑去，着急；猛瞧见，扬眉吐气，安逸。

　　这是一副蹩脚的对联，哗众取宠之作，不足挂齿。倒是我是喜欢研究和创作对联的，比如，在学校分配给我的小房间的门上，贴的我写的对联就很应景：

　　门前天然水，屋内圣贤书。

　　我的小房间得天独厚，虽有虫蛇时常出没，但并不妨碍我悠然自得地生活。君且看，门前一自来水管道，龙头一拧开，哗哗哗哗水就来了；水来自高山之上，那里有一潭碧水，群山倒映碧水之中，如诗如画。这样的水养着我这样的人，工作之余，我常静坐于这一隅小屋，读古今圣贤书籍。墙上挂的是白石老人的花鸟画，恰印证了"书存金石气，室有蕙兰香。"我自得于这一方天地。

可是，有一天，校长毫无商量地告诉我，这间屋子我不能住了，要搬到顶楼去。我说："为什么？"他说："少说，学校安排的你就听嘛。"我说："我喜欢这间屋子。"他火了，说："章晓，你晓得不，你调到我们学校，盖章的时候，我的手都在发抖。"他让我受到了伤害，但我控制住了年轻的胸膛里扑腾的火焰，我提着锅罐，抱起书籍，邀约几个兄弟伙一下子将家搬到了顶楼。我的气呀，似乎可以燃烧掉整栋房子。有一天，我终于找到了那股无名之火的出路，我裁好纸，研好墨，挥笔写出：

上联：危楼高百尺，手可摘星辰。

下联：不敢高声语，恐惊天上人。

咋样，够绝吧？够巧吧？过瘾吧？出气吧？还没完呢，来，写一横批：

水往低处流。

一语双关，天上人，你懂吗？

兄弟们拍手称快，我却暗自神伤，因为，我站在楼底，站在校长经常路过的地方，仰望，却看不到那副对联。我不得不将煤一筐一筐地搬到顶楼去，将自来水一桶一桶地提到顶楼去，拖着疲惫的身子一步一步地爬到顶楼去。

一年后，我调离那所学校，进了县城最好的学校，校长说："你是糠箩筐里跳到米箩筐里。"我笑笑，想起那副对联，想起那句话：

人往高处走，水往低处流。

还有一句：

尚可量体裁衣，何必削足适履。

几十年后，经历了很多的事情。想起罗麻子贴在厕所门上的对联，才真正悟出其中的深意。

人生不是这样吗？

曾经很土豪

1

我必须承认，那时，我有一种"土豪"的暴富心态。

我之所以把那时的自己比作"土豪"，是因为，尽管我家墙上挂着我用油漆在三合板上画的一方朱印"宁静淡泊"，会让人觉得我这个人六根清净，但对于那时月薪两百多的我，用三年的时间攒了四千块钱时，心中有一种强烈的富足感。

我将那台黑白电视机一挥手送给了一个亲戚，我决定买一台新的，标准是，高端大气上档次！我在北门那家电器门市门口停住了，我看到当街的一面墙上摆放着大大小小一二十台电视机，正播放着同一台节目。我定定地看了足足十分钟，然后走进门市，指着墙上那一台最大的问："多少钱？"

老板从柜台里抬起头来，有气无力地说："贵，四千五。"说完，他站起来，拿鸡毛掸子指着一台稍小的说："这个便宜些。"

我的心受到了刺激，我将双手的大拇指插在腰间的皮带里，退后两步，站在从街对面的屋顶上照进来的阳光里，此刻，真皮皮鞋的尖上，皮带扣上，以及领带上的金属夹子上，闪闪发光。

我用下巴指着那台最大的，说："卖价？"

老板用鸡毛掸子在那台电视机的屏幕上掸了掸，说："四千四。"

我将双手从腰间抽出来，插进裤兜里，我的右手在裤兜里触到了那一扎厚厚的东西的时候，我感到空前的力量从心底爆发，在血管里奔突，势不可挡地冲向大脑！

我掏出钱，摆在老板的柜台上，再次将双手的大拇指插进皮带里，用下巴指了指那台电视机，说："开票！"

送货的两个伙计抬着电视机，跟在我的屁股后面，我像中了大奖一般，走在大街上的人群里。那是怎样一种荣耀，我想，古人发迹后，衣锦还乡，荣归故里，招摇过市，就这个样子吧？

认得与认不得我的人总会眼中充满好奇与艳羡，似乎是一种光，照在那台硕大的电视机上，照在我的心上，我微笑着走过。

我还必须承认，那时，单位分给我的房子基本可以用现在的时髦词语"蜗居"来形容，除了一张床以外，所剩的空间就着涩了！我总是侧着身子进出。我将电视搁在一张小板凳上，我坐在床沿边，伸手可触电视开关。我打开电视，屏幕上立即呈现出无数急速跃动的炫目的点子，我的屁股往床上挪了挪，尽力地与那宽大的屏幕拉开距离，哇，色彩饱满，图像清晰！

现在，我无法淡泊了，我用积蓄三年的钱买了我们这个县城最大的电视，生活极度奢侈，作风极度奢靡，甚至，思想极度糜烂！我也无法宁静了，我将音量拧到最大，让它沿着虚掩的门飘出去。

门前路过的大妈伸进半个身子，睁着铜钱般大小的眼睛，足足看了半分钟，说："好大！"我热情地邀她与我一起坐在床沿看，她说着："好，好，好。"走了。楼上的单位领导伸进半个身子，瞪着铜钱般大小的眼睛，说："好大！"

我热情地邀他与我一起坐在床沿看，他拍拍我的肩："好，好，好。"走了……

我调低了音量，我听到自己的心跳声，我仰躺床上，幸福地睡去！

一个月以后，我路过那家电器门市，那里有了更大的一台电视机，我买的型号下飘着一张黄色的纸条，上写：4000。半年后，我再去看，黄色的纸条上写：3500。一年后，黄色的纸条上写：2500。

以后，我再没有去那家电器门市，因为，我的楼上楼下，一到夜晚，家家户户的窗户上，都闪动着、变换着、跃动着光彩，电视里传出快乐幸福的声音！

后来，我离开县城，进了省城，除了那台电视机，我啥都没有带走。它一直伴随我十六年，最终无法显影。

收购废旧家电的师傅给了我50块纸币，抱着那大家伙走到门口，突然后悔了，说："好大！好大！"我伸过手去，与他一起抬出家门。

我也突然后悔了。

2

那年，我很幸福！

我雪白的衬衣下摆插在裤子里，微肥的腰间系着纯正的牛皮皮带，发亮的皮带扣在太阳下熠熠生辉。我之所以左手揣在口兜里，是因为我可以将别在皮带上的传呼机露出来！

这个小小的火柴盒大小的高科技玩意，会在某个时候发出响声，无疑那是我最期待的。

那种像小鸡一样的声音在腰间响起的时候，我看见很多人投来艳羡的眼光。我取下它，传呼机依旧响着，我一边读着上面的号码，一边走过人们的目光，走向街对面的电话亭，拨通那个号码，然后，高声地与对方讲话。

后来，我的传呼机由黑白的窄小的显示屏，变为宽大的彩色的屏了，由显示对方的电话号码，变为具有短信功能的传呼机了。可我的幸福感明显受到了冲击，因为，有一天，我发现满大街的人左手揣在口兜里，都在腰间的皮带上别上了那个火柴盒大小的高科技玩意，满街尽是小鸡声！

后来，我继续倍感幸福。我幸福是因为我有了一部手机。那是一部摩托罗拉牌的手机，那是一部叫"掌中宝"的手机，那是一部售价 3000 元的手机！我敢断定，在那时，拥有这样一部手机的人，在我们这个小城里，可以用近似"九牛一毛"来形容了，那种感觉吧，可以用"鹤立鸡群"来形容。其实，我的幸福是无法形容的！

同样，我的腰间别着一个棕色的纯牛皮的手机套子，我把它别在伸手可触的位置，我把"掌中宝"装在套子里，将西装的下摆往后撩，左手插进裤兜里，腆着肚子，我不用跑到街对面去打公用电话，我握着"掌中宝"，高声讲话，目不斜视，走过东大街，走过北大街。

真是"掌中宝"呀！有时，我会一手握着"掌中宝"，一手与熟人打着招呼，我会打着电话，或者假装打着电话走进 OK 厅，享受着迎宾的热情，我会将"掌中宝"放在茶几上，等待铃声的响起，看它在铃声中振动，在铃声中旋转。

第 二 辑

品 味

都说人生五味，酸、甜、苦、辣、咸。其实辣并非味觉，而是痛感，是一种刺痛。这个误会多么美丽！谁将疼痛视为一种味道，并将它置于美食里，把人生苦难视为家常便饭，他的心境该多么豁达！

1.味觉

干煸苦瓜的美妙就在于四个字：干、煸、苦、瓜。

干煸苦瓜

在我现在的食谱里，没有特别厌恶的食物。

小时候觉得苦瓜苦，长大了，倒觉得苦瓜香，以至于现在它在我的心里，地位至高无上，堪称美味之王。

苦瓜成菜，做法多样。我喜欢的做法是干煸。将苦瓜放在菜板上，切掉尖头，剖成两半，挖掉瓤，掏净。横着切：左手指按压苦瓜，右手握刀，指头挪移，刀起刀落，苦瓜成片。片要薄，否则，煸不干；不宜太薄，太薄，容易煸煳。要厚薄一致，否则，厚此薄彼，一团参差，哪里还有干煸苦瓜的样子！

将苦瓜片倒入锅中煸，就像制茶师一样，用铲子不停地翻。一定要不停，否则，煸出来的苦瓜色泽不一致，干湿不均匀，既无好的口感，也无好的颜值。干煸的意义在于去掉苦瓜片里的水分，减掉它的苦味，但不是完全去掉，要让它有淡淡的苦，有淡淡的香，有一点脆，有一点软。

将煸好的苦瓜从锅里铲到干净的盘子里等候回锅。锅要洗净，烧干，倒入菜籽油，烧得冒青烟，青烟散去，倒入切好的朝天冲，翻炒四五下，不要炒煳了，煳了，这道菜就毁了。如果是青海椒，一定要保留它的青翠；如果是红海椒，一定要保留它的红艳。同样的道理，让它有隐隐的辣，有淡淡的香。有一点脆，有一点焦。

倒入干煸好的苦瓜，放入合适的盐，一起炒，一起翻，苦和辣，咸与鲜，相互渗透，相互融合，相互拥抱，达到绝佳的境界。翻炒几下，即可起锅，铲入盘子里，端上桌，这道菜，立刻独领风骚。

一盘干煸苦瓜，一碗白干饭，量足够了；一口白干饭，一口煸苦瓜，味足够了。即使顿顿这样吃，天天这样做，我也美在其中，我也乐此不疲。

有一点要注意，切之前的苦瓜不能用水洗，即使要洗，也必须等它自然干透再切。如果切出来的苦瓜片湿漉漉的，甚至，还用水淘洗一遍，就已经破坏了苦瓜本该有的清香之味和脆脆的口感。

也不要心急，心急吃不到热豆腐，心急吃不到好的干煸苦瓜。既要掌握好火候，又要掌握好节奏。现在的苦瓜大又胖，生长周期短，是新品种，早已不是记忆中的味了。

干煸苦瓜的美妙就在于四个字：干、煸、苦、瓜。

谁解其中味？

章氏豆腐

周末，除了郊游，就是宅家。宅家就必须自食其力，自己做出自己喜欢的菜，既有成就感，也感觉味道极好，很下饭，吃起来油然而生一种仪式感。

我喜欢做豆腐，吃豆腐，我把自己亲手制作的养胃豆腐美其名曰"章氏豆腐"。它相貌含蓄内敛，朴实无华，虽登不了大雅之堂，却干净明亮，堪称好看耐看；它味道平和中正，中规中矩，虽不能摄魂夺魄，却原汁原味，值得细品慢品。

这豆腐没有特别之处，具体做法嘛，倒是简单，文火煎豆腐，中火炒香料，然后，大火爆炒数秒，最后勾芡，出锅，撒上葱花，上桌。

一顿饭，有了豆腐，几乎可以不用其他菜了。这种家常的豆腐很下饭，我至少可以吃两碗。如有点小酒，唇齿间，既留酒的醇香，又留豆腐的原味。自从得胃病后，不敢吃辛辣的了，酒量本来就不行的我彻底戒了酒，迷我的只有蔬果的原香。

做好一道豆腐，无论麻婆豆腐，还是番茄豆腐，还是豆腐鱼，还是坛子里的红豆腐，要好吃，有几个条件：首先，豆腐得地道，土法制作的豆腐，加上无限的创意，怎么样都能有好作品。现在菜市场卖的豆腐大多不正宗，用石膏水点的，毫无我母亲做的那种用卤点的豆腐的香味。但偶有遇到，就看你的判断力了。如何挑选？闻一闻就知道，这种味语言是描述不出来的，只存在记忆里，如果记忆里没有，你的人生就缺了一种味的经历与体验。

小时候家里点的就是这种豆腐，程序好几道，得慢慢来，一步都不能少。记忆里，我家点豆腐，准备工作得做很久，器具要洗得干干净净，豆子要泡得软硬适中，石磨要慢慢地磨，炉火要熊熊地烧……熬煮的豆汁里倒入卤，奇迹发生，豆花在锅里漂浮，清香在厨房里弥漫。用白纱布过滤，用豆腐框慢慢压实，过一个晚上，成了块状的豆腐。

我至今无法忘怀的几个画面：从屋顶亮瓦透下的光投在熬汁的锅里，热气在光柱里袅袅娜娜；太阳在挪移，光柱投到厨房中央，投在过滤汁水的摇架上，摇架在母亲的手中晃动。小时候的一切事都慢，慢得可以一丝不苟地从从容容地做，慢得可以用四个月等一封大哥从西藏寄来的家信，慢得可以耐心地等放在蒸笼里的火柴盒大小的豆腐块发霉，在簸箕里裹上盐、海椒粉、花椒粒、生姜末，让它慢慢入味，放入坛中密封，等它褪去腐乳的味，让豆腐的原味与佐料的味包容交错。想吃，就捻出来，吃在嘴里，你慢慢感受好几种味在舌尖、唇上翩翩起舞。一块红豆腐可以下几顿饭。

慢慢的做工、满满的仪式感是为一件件重要的事件做的准备，好像是要过年了，好像是父亲要过大寿了，好像是家里要来送红榜"光荣之家"的人了……

辣

1

辣是重庆朝天门昂扬的脸面，是隔壁成都川西坝子娇羞的容颜，是我记忆里七姊妹的残忍。

辣不怕的重庆人是怕不辣的——爆辣是重庆人骨子里一生珍爱的气质高标，中辣是重庆人自然而然的日常状态，微辣是重庆人最后坚守的道德底线。

今日体验到了：吃一口重庆辣砂锅，感觉如一场损伤极大的破坏，从舌面开始的炸裂，向外延伸到舌尖，到嘴唇，到人中和下巴；向内延伸到舌根，到喉管，到胃。

狂轰滥炸之处，战火纷飞，硝烟弥漫，摧枯拉朽，何似在人间！

吃第一口开始挣扎，吃第二口开始溃败，到第三口开始麻木，到第四口开始深陷，吃第五口开始忘我，吃第六口胜过神仙！

正南齐北的重庆辣就是这样的——绝不假打！

2

还是喜欢小时候母亲做的油辣子——将七星椒捣碎，装入碗中，撒上食盐，淋上滚烫的菜籽油，搅匀。一碗油辣子就做好了！辣椒再辣，与盐综合，辣味就降低很多等级；被热油浇过，就散发出浓郁的椒香。真是一物降一物。

油辣子是小时候所有菜品的调料之王，可以提味，可以压腥，可以增色，有了它，可以化腐朽为神奇，化平庸为卓越。我最喜欢吃的油辣子面、凉拌折耳根、蒜苗炒猪肝……就是成功的典范。如果没有油辣子，就不能叫完整的菜，就不能端上桌，更成不了席上大菜。没有这些菜，感觉人生就无趣无味。

油辣子伴我度过了初中那三年，买不起学校食堂的菜，就将白米饭拌上油辣子，饭也就有盐有味了。上课的时候，还会触碰到牙缝里的辣椒片。现在还常常回味，记忆无比悠长。

童年的味道奠定了我一生的味觉基础，用油和盐控制的辣是我的最爱。干煸苦瓜、凉面凉粉、炝炒藤藤菜等，我都会用油炒过的红海椒、青海椒提味。这几样菜，我从未吃腻过，应该有炒过的辣椒的功劳吧。

3

我，老家在川东，毗邻山城，有重庆人的味觉偏好，举手投足就有重庆人的味道。

来成都久了，适应了川西的温润、平和，饮食偏爱清淡，对辣就日渐畏惧，日渐敬而远之了。即使叫一碗微辣的山城小面，也优柔寡断，掂量良久。对微辣如此，更别提伤胃的中辣和爆辣了！

一想到朝天冲凛然得意的样子，一提到七姊妹不可侵犯的名字，我的味蕾就被惊醒，就慌乱地躲闪。可重庆人却把它们爱到骨子里去了。一个重庆人一生要干掉多少辣椒，山河知道。

一方水土养一方人，伶牙俐齿的重庆辣妹子，冲口而出的就是朝天冲的气度、小米辣的味道、七姊妹的架势。别怕，适应了，你就觉得她们巴适。

她们威风凛凛，风风火火，闯遍天下，所向无敌。看惯了，你就觉得她们性格豪爽，与你来一顿又一顿的火锅，吹一瓶又一瓶的啤酒。火辣辣的重庆妹子血液里流淌的就是刚柔相济。如果实在接受不了，就夺路而逃吧，成都是平和的大后方，最多是微辣微微辣。

4

夏天，将晒干的辣椒捣碎做成辣椒粉，制成辣椒酱，可做成各种辣椒制品存储慢慢用。想起母亲一边捣碎海椒，一边抹眼泪的情景来：我以为母亲又在伤心了，母亲说，没有，是辣椒辣的。

都说人生五味，酸、甜、苦、辣、咸。其实辣并非味觉，而是痛感，是一种刺痛。这个误会多么美丽！谁将疼痛视为一种味道，并将它置于美食里，把人生苦难视为家常便饭，他的心境该多么豁达！

山后咸菜

老家有三山，有两槽，我家在铜锣山之东，因为县城在铜锣山之西，所以，我们那里被叫作山后。山后阳光充足，空气潮润，庄稼茂密，树木葱茏，一片绿色生态，用父亲的话说，天旱旱不了，水涝淹不了，没有虫灾，是个天造地设的好地方。

季节似乎无更迭，推门满眼葱郁，连闭眼所想都是郁郁葱葱。当然，春暖花开时节，李花如雪更是一番别样景致。

阳光很好，它走进堂屋里，照射在母亲的身上。阳光照在母亲面前的大盆子里，照在她很能干的手上。盆子里泡着青菜，母亲在用小刷子淘洗，她刷得"唰唰唰唰"地响，很快活的样子。阳光被盆子里的水反射到堂屋的梁上，像跃动的蝴蝶。

母亲是在给我们做咸菜。她将洗净的白菜背到院子外，一窝一窝地挂在李子树上晾晒。我至今记得，那是多美的画面啊：蓝天下，绿油油的庄稼地，绣着一簇簇雪白的李花，衬以绿油油的青色的菜，而母亲呢，她穿着棕红色的斜襟衣服，穿着白底黑帮的布鞋，梳着齐肩的短发，正在挂青菜。

我开始向往那咸菜的味道了，可还要等一段时间。被霜打过，被雨淋过，被太阳晒过，被雀鸟啄食过的，挂在枝条的青菜褪去了青涩，脱了水分，母亲将它们取下来，抖去沾满的李花，用菜刀，切成一小片一小片的，丢进大木盆里淘洗。她将青菜片均匀地铺在硕大的簸箕里。我闻到沁人心脾的清香，禁不住馋了，拿起一片菜心，细嚼，真香甜呀。

抬头看，大院子里，到处是大簸箕，到处是晾晒的青菜片子，小孩子们游戏其间，狗在簸箕边静谧地晒太阳，鸡在土灰里争鸣，猫在瓦背上踱步。农家的正月是很闲的，小孩子是幸福的，我就在这沁人心脾的醇香里写我的作业，等待咸菜的上桌。

夏天的七姊妹辣椒做的辣椒粉，装在玻璃坛子里，麻布湾的花椒晒干后放在陶罐里，老姜已经切成丝，食盐准备好。将晒干的青菜片收在大木盆里，撒上盐，和均匀。咸菜的盐分很重要，多了，就太咸，入口很苦；少了，就太淡，不久就变酸。母亲很有分寸，她没有理论，她有经验。码过盐的菜得放上几天，几天后，会渗出汁水来，滤过后，咸菜才会保持极脆的口感。母亲将生姜片、花椒粒、辣椒粉倒入盆中，撸起袖子，伸进手去，不停地和。

我简直垂涎欲滴了！可此时是不能吃的，很辣，必须等上十几天。母亲将和好的咸菜装进大菜坛子里，说，要压实在，否则会变味的，她使劲塞使劲压，将坛子装满，盖上盖，搬进里屋最阴凉的地方，往坛沿倒上水……

母亲做咸菜的做法被称为山后做法。山前的咸菜是没有花椒、辣椒与老姜的，吃起来就一个咸味。而山后的咸菜的味道就丰富无比了：脆脆生生，麻麻辣辣，有青菜与生姜的清香，入口即开胃，连残余在舌尖齿缝上的辣椒末、老姜条、花椒粒也可慢慢品味。要是下一碗白干饭，定会连白干饭的味道也给忘记。要是稀饭下咸菜，连汤也有滋有味。最美妙的是，将咸菜剁碎，用猪油炒，加入蒜苗、味精，做臊子，下一碗面条，味道我是写不出来的！不知道是真饿还是太馋，我常偷偷将咸菜抓出来，捧在手心里，吧唧吧唧地吃，辣得口水直流，麻得舌头都伸不直了。

后来，进城读书了，带着母亲做的山后咸菜到山前。父亲和母亲送我走出院子，我心中涩涩地想哭。回头看，母亲依旧穿得很讲究，在茂密的庄稼地里，李花如同扎染的花，母亲静穆成一个红棕的点，我抹着眼泪走出她的视线。

在城里读书，同学们常从家里带来妈妈做的咸菜，大家分享着。我发现，山前山后的咸菜真是味道迥异，可谁都说自己的咸菜好吃。我想，谁都是有道理的，在每个人的胃口里，乡愁才是最独特的一道菜！

我是母亲的饿儿子

竹林里的麻雀在夜幕下歇息的时候，我玩得汗津津的身子才疲软下来。我趴在堂屋的长凳上沉沉地睡去。

我现在依稀记得，母亲将我从长凳上拉起来的时候，我家饭桌上的洋油灯发着橘黄而恍惚的光，饭桌上的晚饭，在灯光里恍惚飘着热气。母亲将筷子放在我的手中，我无力地握着它，耷拉着软弱的头，机械地刨着饭，眼皮沉沉地垂着。

哥哥们笑着说："喂到鼻孔里了，喂到鼻孔里了！"

母亲摇醒我："吃，吃，吃了困去！吃了困去！"

我实在太困了，怎么也想不起那时晚饭的味道，只记得母亲一手拉着我，一手端着灯，将迷迷糊糊的我送上床，脱去我的鞋，让我沉沉睡去。

那时我很小。

我开始有记忆的时候，我的个子长到了我家门前的李子树的第一根分叉的枝丫处了，我用筷子滤出稀饭里的饭粒吃进肚子，剩下的清汤寡水映照出我家的屋檐和天上的太阳。

哥哥们笑我："哈哈，他的嘴巴上安了漏丝瓢哇！"

母亲将我拉进屋里，悄悄端出一碗白白的干饭，叫我背着哥哥们偷偷地吃。母亲的碗里是我看了就想哭的红薯条。

有时候，哥哥们端着清汤寡水艳羡地看着我，母亲就会说："他小些，你们让他嘛！"那个年头，白米饭就着泡萝卜是我最香甜的记忆。

村公所的代销店有包包糖卖，比甘蔗糖好吃。很香，老远就闻到它的甜味。

村公所也有个小诊所，药很苦，但有一味药很甜，叫甘草。

我不怕着凉了头痛什么的，因为，母亲给我在"慢筋疯"医生那里抓面面药的时候就会向他要一根甘草，她会哄我和着开水吞下苦不堪言的面面药，然后拿甘草让我嚼。

有时母亲也会到代销店去，对代销店的李老头说："称二两宝宝糖给我狗儿吃！"母亲说得很高兴，我用舌头慢慢搅着那糖，甜着甜着病就好了。

我离开母亲上镇上读书了，离家好几里。那真是个肯吃饭的年纪。周末一回家，就直冲向灶房，掀开锅盖，舀起饭就吃。狗大爷说："东应农场里放出来的哈！"东应农场是一个关押犯人的劳改地。母亲不高兴："我么儿好造孽哟！"我知道，每逢周六放学的时候，迎接我的一定是母亲留在锅里的饭菜，一定暖暖地煨着，等着我。

一晃，几十年就这样过去了。其间，我再也没有过饥饿的时候，但每每回家，吃着母亲做的饭菜，我总是一个饿相！我知道，跟天下的美味相比，母亲做的饭菜，实在太粗糙了，可我依然特别喜欢吃。在母亲的眼里，我依然是那个饿痨饿相的儿。

而今，母亲老了，我拼搏在外，她会一直盼我回家。每每回去，我看到她在等我，我叫着"妈妈"牵她枯瘦的手进屋，她喊我的乳名，翻出存留很久的东西给我吃。

我带母亲下馆子，母亲的饭量很少，她握着筷子，夹了菜，送到嘴里，嘴一瘪一瘪地，一噜一噜地，吧嗒吧嗒地，软弱地蠕动着，她用无牙的牙床慢慢地磨，慢慢地磨，很陶醉的样子。

火锅

观音乐剧《火锅》，写了几句感言。

1

在成都，没有一顿火锅解决不了的事情，如果解决不了，就再来一顿嘛。这就是火锅于成都人的意义。即使地震来了，天塌下来，也不怕，吃完再说。这也是成都人的生存智慧。

2

音乐剧《火锅》的麻辣。

市井烟火。

小烹至道。

大俗大雅。

3

该剧以"诚、平、和、爱"为底料，以歌舞光电为原汤，以成都人闲适讲究为火焰，讲述的几个故事犹如玉林串串。慢慢升温，徐徐沸腾，渐渐入味，最后鲜香四溢，勾魂摄魄，回味无穷，发人深省。

4

成都人就是这个气质：闲淡舒适。

成都就是这口锅：兼容并蓄。

但，成都的发展却是轻重缓急：东进，西控，北改，南拓，中优。绝不一锅乱炖。

所以，成都人的闲散是在奋斗后见缝插针的闲散，成都人的奋斗是闲散里见机而行的奋斗。

火候掌握得极好，味道调和得极好，这就是成都——

平衡，平和，平稳。

5

这部音乐剧可谓是成都市文化艺术学校对艺术形式的一次崭新的探索，也是张校长的"毕业"作品！

在此点上一个大大的赞，西门这边新开了一家火锅店，巴适得板，推荐给张校长及他们的学生。

好吃嘴是不怕天远地远的。

2. 乡愁

雪铺在地里，青菜叶上堆得很厚，
母亲提着从地里拔起的萝卜一进屋就说冻死老狗了！

乡村年事

凌钩子挂在屋檐下，阳光也很刺骨。

庄稼地静寂无声，炊烟低低地流向河滩，散在冬月寒冷的空气里。

狗在下了霜的草垛下拱，母鸡和公鸡在房顶上踱步，孩子操着手，哈着白气。

盼望过年的心情愈加浓厚。可过年还早！腊月一到，乡里的孩子似乎已经闻到新年的气息，便成天乐癫癫地疯。大人们说，你娃儿欢喜个屁，欢喜三十儿夜里吃狗肠子嗉。意思是，今年这年是没得盼头的。但孩子们依旧扳着指头数着日子，熬着、盼着。

年，姗姗来迟。

1

腊月的人闲适得如同冬水田里的蓑衣鸟，蓑衣鸟慵懒地单脚立在水田之中。

大人们忙着说东家的长，西家的短，忙着给刚成年的人牵线搭桥，忙着劈柴生火取暖。炒爆米花的师傅黑乎乎地来了。

炒爆米花的师傅安好风箱，生好炉火，支起支架。

他青筋突兀的手拉着风箱，风箱把炉火吹得呼呼响。铁罐在炉上不停地旋转，吱吱嘎嘎地响。

孩子们一边听着罐里的玉米籽翻动的声音，一边盯着铁罐上像闹钟一样的表，猜想着，那神秘的铁罐里正发生着什么变化。

孩子们正猜想着那个神秘的问题，突然，炒爆米花师傅说了声：好了。大家立即起身，四处逃散，捂着耳朵，远远地躲在墙角看，炒爆米花师傅站起身来，从支架上端下那铁罐，塞进一个煤黑色的麻布口袋里，举起那根铁棍，朝着那根栓使劲敲下去。

"砰"一股浓烟腾起，笼罩着炒爆米花师傅的身影。

似乎，年就是从这一声巨响中开始的。但又似乎不是。因为，母亲用河沙炒的玉米籽和沙胡豆、红苕干早已装在坛子里。母亲做的山后咸菜早已装在坛子里。

盼望年的心情就在那个密闭的神秘的空间里魔术般地充盈着孩子的心。

第一场雪下了。

雪铺在地里，青菜叶上堆得很厚，母亲提着从地里拔起的萝卜一进屋就说冻死老狗了！

雪花是分瓣的。过年的准备悄无声息的。

2

做年糕的糯米已经泡软，堂屋里的石磨便成天转动起来，嘎吱嘎吱地响。白白的米糊糊顺着石磨边流下，仿佛瓦屋上下的雪。

老人伸了一根食指，在锅里蘸了一点米浆，捻了捻，满意地直点头："很糯，很糯，今年气候好，米好，汤圆糯。"

他的胡子上沾着雪白的米糊糊。

将米糊糊装进干净的布口袋，用绳系紧口子，绑在长凳上，用扁担夹紧，滤出水，留下坚实的粉子，装进坛里，整个春节吃不完。乡里人精打细算，二月天昼长夜短，容易饿，翻过倒扣的坛子，抓一把，搓成团，煮了。放入红糖、醪糟，那入口时又甜又细滑的滋味，直爽到心里去了。

泡糯米的时候，加入一小把槐花籽，滤出来的粉是黄色的。将一团一团的黄粉子放在蒸笼里蒸熟，便可做年糕了。年糕的图案是印出来的，用的是刻了装饰纹样的模。孩子们把模子洗得干干净净，涂了菜籽油，孩子们知道，印模是一件非常有趣的事。

指甲要剪，手要洗净。将蒸熟的粉子，趁热搓成球状，按入模里，使劲压平压实，然后双手握紧模，在桌上磕，"咚咚咚，咚咚咚"，金灿灿的年糕脱出来了。

那图案，有嫦娥奔月，有五子登科，有花草鱼虫，有飞禽走兽，有山水云雨，有福禄寿喜。

乡里人把最朴素最丰富的想法做到年糕里头去了！

年年下雪，年年高……

3

腊月很闲很漫长，被霜冻着的庄稼似乎停止了生长，无风的日子，树木静穆地矗立，似乎都在静待春暖花开。春天还早。

猪已经喂肥，它不知道它的死期到了，依旧甩着尾巴吧嗒吧嗒吃食。屠夫把刀磨得锋利，杀猪的凳安放妥当，锅里的水已经沸腾。一切准备就绪。

三四个壮丁，从猪圈里拖耳提尾地将肥猪弄到院里。屠夫熟练地将它按在凳上，让它侧卧着。那猪四足乱蹬，屠夫指挥壮丁擒住猪脚，逮着猪尾，按住猪身，那猪动弹不得。

屠夫左手将猪的下巴向后托，那猪的叫声卡在喉管里。屠夫右手操起一把尖刀，快速插进猪的喉咙，直抵猪的心脏。红红的血喷涌而出……

看杀猪也是一件快乐的事，大家尽管操着手看着，笑着。

屠夫和壮丁们一起将那死猪抬进盛有开水的黄桶里，来回翻滚。刨子刨着猪毛"叭叭"地响。屠夫对着猪脚上的口子，大口大口地吹气。那死猪便像皮球似的渐渐鼓起来，壮汉提了扁担朝死猪的肚子、脊背、腋下、颈项处捶打。那死猪越鼓越大，直到浑圆。

屠夫和壮汉将死猪挂在屋檐下的链环上，拿屠刀割下猪头，再从屁股沿肚皮到颈部呼啦一声剖开……

狗在舔食地上的猪血，它们是最悠闲的。

猪血已凝固，猪肝已切好，最好的最扎实的肥猪肉已在罐子里翻滚。一盘盘、一碗碗、一钵钵烩了泡海椒、蒜苗和花椒的酸辣血旺、爆炒猪肝和肥肥腻腻的回锅肉端上桌来。

新年咋就这样把孩子的心撩得痒酥酥的呢？孩子们的小脑袋瓜子怎么搔也搔不明白。

4

一本万年历，一瓶黑墨汁，一个四方砚，一支白云笔。

教书的老先生自备的四件宝贝，一过小年就派上用场了。

对联很有意思。

老先生将红纸裁成条，院子里哪家有几个大门，有几个耳门，有几个猪圈门都了若指掌，需要多少纸都计划得精确。

老先生一言不语，凝神静气，起笔落笔，刚劲有力，老先生写完一条，便铺在地上，半眯着眼睛，美美地欣赏。

大家也围过去看，都夸这字写得好，字横平竖直，方方正正，四平八稳，有笔锋、有骨气。孩子们看不懂其中的玄妙，老先生说，写字如做人，身心要定，握笔要稳。孩子们依然听不懂，只顾一个劲地点头。

写好的对联铺了一地，孩子们高声念道：

爆竹声声辞旧岁，梅花朵朵迎新春。

又念道：

山清水秀风光美，人寿年丰气象新。

大人们听了，都说内容好，喜气。老先生有他的看法：一年之计在于春，春天充满希望，天地和谐，人寿年丰，才是根本。

三十儿大早，家家户户在门框上涂了米浆，将红对联贴上去。老先生不放心，挨家挨户查看，耐心解释对联含义。主人都夸老先生有学问。孩子们跟在老先生身后。站在院子中四望，院子里红艳艳的一片，孩子们顿觉自己都是红艳艳的了。

老先生家门上贴的对联很特别，很深奥，谁都说不清楚，老先生只说半截话：生活好呢，一年比一年更好哇。孩子摸着脑袋，斜着头齐声念着：

依然十里杏花红，又是一年芳草绿。

5

除夕夜的火一定要烧得旺，喻示着红红火火，团团圆圆，百业兴旺。所以，这一夜家家户户要围着旺旺的炉火，等候新年的到来。

旺旺的炉火一直烧到新年去。旺火上吊着大鼎罐，大鼎罐里煮着腊肉、香肠、猪肚、猪肝。沸腾的肉汤冲着罐顶，扑嗒扑嗒地欢快地响。屋子里弥漫着美食的香味和新年温馨的气息。

一家老少，围了炉火坐定。老人红光满面，金色的胡子里写着长者的智慧与尊严，听听老人的故事，重温久传的家训是除夕夜必上的一课。后人们恭恭敬敬地倾听老人慢条斯理地讲岁月里太多的辛酸荣辱，有太多的成家立业、待人接物之道。老人的故事在炉火的烘烤下那样精辟简练。

男人养家糊口忙了一年，何曾像今夜这般悠闲。一杯老白干，就着胡豆花生米，一口口地抿，明年的打算，得在今夜有个谱儿呀。于是，新年的味道，被这些勤劳憨厚的汉子杯中的高粱白醺得香甜醇美。

女人拿出了孩子们的新衣服、新鞋子。趁着炉火烧得旺，将孩子们从头到脚洗得干干净净。孩子们赤条条地在盆中嬉戏。黄灿灿的像铜人儿似的。女人说，干干净净过年，新年就顺利。穿了新衣裳，孩子觉得全身格外清爽。

女人忙完，开始打理自己。皂荚熬的水，洗净女人的长发，滋养着女人爱美的梦。在炉火的热气里，女人将长发烤干，用木梳子一遍一遍地梳顺梳直梳流畅。炉火光映了女人的脸，健康而光洁的脸。除夕夜的女人是最美的。

除夕，意思就是除旧。旺旺的炉火一直烧到新年去。

6

穿上母亲纳的布鞋，踏进新崭崭的大年，心情好到了脚底，翻飞着小脚跑向小镇。

街边白的、黄白、绿的凉粉凉面加上泡菜缸里的盐水和山胡椒的汁，馋得孩子直流口水，辣得嘴唇鼻子都红了。

一条五彩的龙，在喧天的锣鼓声里，回旋着，舞动着，缓缓地向下街移来。孩子们望着、盼着。

人群推着挤着向街沿挪去，腾出一条道来。那龙用竹条编织，用白布衬底，用花花绿绿的彩布装了鳞饰甲，龙头很大，张牙露眼。龙身龙尾由二十来个穿了黄衣黄裤的壮男每人手握一根木棍舞着。舞龙头的是一个老头。那老头身强力壮，他挥舞着龙头，时而昂首腾空，时而俯身冲地，龙身龙尾随着龙头盘旋蜿蜒，向下街口移动，孩子们赶紧跳到街面，追着那龙尾，往下街口去了。

车幺妹来了！车幺妹在一群打扮花里胡哨，戏装打扮的人的簇拥下来了。唢呐声声，铜锣锵锵。

车幺妹，穿红戴绿，头上戴了铃儿带儿什么的，粉嘟嘟的脸，红艳艳的唇，黑漆漆的眉。车幺妹舞着长袖，扭着屁股，嘴里尖声尖气地，咿咿呀呀地唱着，滑稽至极。孩子们挤到车幺妹身边，伴着唢呐的节奏，扭着屁股，摇着臂儿，晃着脑儿，编着词儿，学得车幺妹的样儿，尖声尖气地唱。女人们笑得抹眼泪，男人笑得合不拢嘴儿。

新年就是这样，听不懂唱的是什么调，看不懂演的是哪出戏。土腔土调的歌声鼓点，土模土样的笑脸欢颜哟，被新年的油彩抹得大红大绿。

7

吃过初一的甜汤圆，吃过初二的鸡汤面，初三开始，走呀走呀，去拜年！

师傅、师娘要去拜拜，男人提了烟酒，去拜手把手教会他修房砌桥的师傅。

丈人丈母娘要去拜，年轻的小夫妻穿了整洁光鲜的衣服，带了最好的礼品回娘家去了。

干爹干娘需要去拜，不管多大，认了这门亲戚，就得一辈子走下去，一辈子好下去。

大姑、大姨、大舅、大叔……都要拜。

于是到处听见孩子的歌声：

一把面，一瓶醋，好吃狗儿走人户……

有两个人是非拜不可的。外公外婆的家在山那边。孩子随了母亲，提了鸡鸭、白糖、水果走一程山蹬一程水路，翻一道梁爬一道垭，外婆佝偻的身影在山腰的岔道上——外婆等外孙多时了。

外婆牵外孙的手，母亲跟在后，到了外婆家。外婆把那米花糖啦，红薯干啦，沙胡豆啦直往外孙兜里塞。外公递给纸糊的玩具兔。

外孙在星星般的宠爱中会唱道：

豌豆开花绿茵茵，外婆最爱小外孙……

两个老人就张着缺牙的嘴，满怀幸福地笑。

外婆院子里来了好多小外孙。嫁出的女儿们回了娘家，聚在一起有说不完的话，当姑娘时的悄悄话又接上了茬，只是多了几分凝重，多了几分牵挂。

该走了，外孙、母亲和外婆依依不舍。母亲提去的篮子里，装满了外婆的礼品，还有外公舍不得下酒的猪尾巴——外婆说，吃猪尾巴可以治流口水的病。其实，外婆心里明白，外孙的口水是馋出来的。

一程又一程地走，一程又一程地送。

外婆该回去了。外婆目送女儿、外孙。在山腰上，那身影很小很清晰。

提着那篮子，外孙觉得沉了……山间里，外孙的歌儿唱得更响：

一把面，两瓶醋，好吃狗儿走人户……

8

正月十四的夜，如夜猫子的眼，洞悉着田野的神秘。

乡村一片寂静。散落在坝上坝下人家的灯光摇晃着。孩子们倚窗望出去。皓月当空，院子里如白昼一样明亮，远山的轮廓清晰如剪纸。地里的蔬菜如同下了霜，白亮亮的。

偷青是偷蔬菜的意思，这是过新年的一个习俗。偷？不用害怕，趁着月色偷青去，即使主人发现，主人家也不会张嘴骂人，更不会拿你当小偷。否则，上天要罚他家里的地儿长不出庄稼。

即使如此，也不可明火执仗，偷青的真正乐趣就在于这偷字上，就得偷偷摸摸的，否则，会失去偷青的真正意义的。勇敢地做一回贼，感受一回童真的快乐在孩子们的血液里奔突。

月光下，几个黑影在晃动。这一切被大人们看得清清楚楚。

偷谁家的呢？不必选择，只要不偷自家的都行。大家蹑手蹑脚，伸出手去……

突然，菜地那边几个黑影，晃动，消失，再晃动，再消失。

"趴下"，大孩子一声令下，几个孩子赶紧伏在地上。冰凉的露水浸湿了衣裤。

没有动静，孩子们起身，又将手伸出去。

几个黑影又在那边晃动。

孩子们再一次"趴下"，屏息静气，心怦怦地跳。

黑影突然飞跑起来，一溜烟进了院子。孩子们认出那几个黑影原来竟是院子里的其他孩子。原来，这帮家伙居然捷足先登了。孩子们摸摸鼻尖，鼻尖上沁出了冰凉的汗。

突然，大家没有了偷的兴致。年幼的闹着要回去。

既然决定偷青，空手回去是不行的。因为，从来没有空手而归的贼。大家便摸进一块菜地，顺手拽住一窝青菜，用劲一扯，连根带泥拔起，扔进背篓里，沿着原路，回到家中。

父母见孩子们像从泥浆里爬出来的狼狈样，苦笑着：我们家真的就缺这一窝白菜吗？

孩子们一边回忆着刚才惊心动魄的一幕，一边将那白菜去了根，洗净，切成块，煮了汤。大家你喝一口我喝一口。

老人看到孩子津津有味的样子，不紧不慢地讲起偷青的来历——

饥馑的年代，穷人是过不起年的。但无论是穷还是富，大家都固守不偷不抢的做人原则。唯有正月十四的夜晚，饥饿的人们是可以偷别人的白菜、萝卜什么的。那是个特例。

这是一个遥远而古老的风俗。

孩子们听着，回味着偷青的快乐，咀嚼着老人的话语，顿觉这碗白菜汤应该是世上最美最美的佳肴了！

9

十五的夜，月亮如银盘悬于天空。

铁匠拉扯着巨大的风箱，风箱将炉火吹得火苗直蹿。火炉中，泥碗里的生铁渐渐熔化。

男女老少，以火炉为中心，退出一片空地。等待最美的时刻的到来。

铁匠将一柄长勺伸进泥碗，一老头儿跨步站定，盯着铁匠的长勺。那铁匠用长勺舀起胡豆般大的一团通红的铁水。一抛，那铁水像一个通红的小球，划过人高的弧线，待降到老头儿面前，那老头儿左臂一挥，用阔大的右手掌将那红球向高空中猛然一拍。

"啪——"铁球升入半空，人们朝半空看去，那铁球顿时散作满天星点，晶光透亮，直逼眼睛。"啪啪……"雨点般下着。整个天空，整个校园，每个人都被照得通亮。

"啪——"

"啪——"

……

红球此起彼落，争奇斗艳，好不壮观。人们欢呼雀跃，叫呀，笑呀，鼓掌呀，呐喊呀。

满天星点映着每张幸福的脸。孩子的脸像绽开的花儿一样灿烂。

夜深了，星点开始稀疏。今夜的欢庆即将结束，年的脚步渐行渐远了，可那满天的星点已深深烙在孩子们的心中。

甜甜的梦正酣，母亲掀开孩子的被子。暖暖的阳光从窗子上泻下来。

孩子忽然想起今天是开学的日子。背起尘封已久的书包，邀约着走向学堂。

春天的田野，麦苗在拔节，柳条在抽芽，桃李在吐蕊，可过年的幸福还在心头缭绕。田埂上响起孩子们嘹亮的歌声：

　　　　春来不是那个读书天……

收割的季节不是一天两天

　　五月的麦田没有怪圈，

　　乌梢蛇和菜花蛇在地上卷，

　　太阳很刺眼，麻雀的胆子是吓大了的，

　　它们成群地飞进麦田啄食父亲的血汗！

　　李子还没熟，

　　我的书没有心思好好地念，

　　黄桷树的嫩芽儿开成花瓣，

　　布谷鸟在坡那边叫唤。

　　麦芒一点不好玩，

　　我将它丢在女同桌的颈口里面，

　　裤腿高卷的结巴老师张着嘴午睡他的梦一定很酣，

　　代销店多了几个喝酒的汉。

母亲将我的夏衣晾干，她朝原野看了一眼，
我知道收割的季节不是一天两天！

虫儿在呢喃，
最悠闲的是飞来飞去的燕，
透过屋檐我看到没有一丝云的天，
隔壁的杀猪匠在磨他割麦的镰，
我知道收割的季节不是一天两天！

豌豆荚很饱满，
路边的狗屎泡星星点点，
桑葚紫得像熬了夜的眼，
哥将一块石子扔进水田白鹭飞上了天，
晚上我们去捉泡子黄鳝？

五月人最馋！
胡豆叶三瓣两瓣，
黄狗在我身边屁颠屁颠，
和尚大爷说你咋还不进教室还不进牛圈？
上课铃响了两遍还是三遍？
我的作业还有生字一篇作文一篇！

二爷的箩兜绳好扎实他用的是最好的棕线，
家家户户都有好几根青杠木做的扁担，
簸箕又大又圆，

公鸡带着母鸡在空空的晒坝里打圈，

它们在作偷食的演练。

杀猪匠跳入麦田，

他挥舞着镰刀放倒麦秆一大片，

到处是家家的媳妇家家的汉家家的女儿家家的男，

他们挥舞镰刀挥洒汗，

我在桐油树下歇气我在青石板上打鼾，

母亲骂我懒，

收割的季节不是一天两天……

中秋

稻子收割后的田野，空气里弥漫着稻草的清香；高粱沉沉地低垂着紫红的穗头。天空很深邃，有大雁排飞，鸽哨清响，云成团成缕，静谧地流动。

这是我童年里秋的画面，在这画面里，我想明白了，何谓中秋，就是秋的正中；过了中秋，一早一晚就开始凉了，因为，母亲会强迫我加一件长袖了。

阳光甚好，它挪移到了堂屋正中。糯米收成不多，除了做米花糖，煮糯米饭，就是中秋节做糍粑了。

将煮熟的糯米倒入洗净的碓窝，用木槌捣，揉，锤打。老四做得很熟练，他知道什么时候米下锅，什么时候滤起来放入蒸笼里蒸，什么时候倒入碓窝。

他光着上半身，将木槌抡起，"啪啪啪啪"地捶打。

锤打好了的糍粑真是那个细呀，那个柔呀，那个黏呀，用手指捻，粘在指甲上，抠半天都弄不掉的。

从碓窝里抓出来，揉成细团，热乎乎的糍粑团儿往小筛子里的玉米粉里一滚，拿起来趁热吃，满嘴香甜。你最好闭着嘴不说话，要不会喷得满身是粉。

粉的做法很简单，用热锅将玉米炒熟，用石磨磨成粉，加入白糖就是。粘着粉子的糍粑是我童年最深刻的舌尖记忆。可惜，吃上一两团，就觉得胃沉沉的。糍粑实在太好吃，可太实在了，太容易有满足感。

吃不完的热糍粑必须趁热做成饼，抹上粉子，放在簸箕里，冷却后，坚如磐石。要吃的时候，用锋利的刀砍成小块，放在锅里烙，烙得表面焦黄焦黄的。再往红糖浆里一滚，放入嘴中，甜得腻人，咬起来，脆极了，香极了。

那时二哥不在家，父亲会叫我去请他的对象来家过中秋，吃糍粑。父亲字字推敲写一封简短的信，叫我给她送去。

父亲的信很讲究，他写道：

红琼：

　　诚邀你到我家共度中秋佳节。

他署名"叔：士海"，时间"即日"。

父亲的信简短如此，可家里准备的饭菜却很丰盛，母亲要做很长时间。

未过门的"二姐"即日就跟我一起到家。过完中秋，母亲会给她未过门的儿媳妇包好几个糍粑带回去。

吃得满嘴香甜的我很幸福地躺在稻草堆上，嘴里衔着稻草梗，嚼出了甜甜的味儿，幻想着未来的生活。

我就想春天了，春天有春天的乐趣。过了中秋，一切都如常了，心里有些失落——春节还早呢。

我舔着嘴唇，一直回味着，一直等待着下一个喜讯到来，也许是邮递员送来的信，也许，是期末那张满分的试卷……

端阳

李子树上的李子馋得人眼睛都绿了，但，它还很苦涩，需要过十天半月才能吃；秧田里有秧鸡在叫，它们成天毫无防备地叫，要是你去追，它们一下子将头扎进草堆里，露个丑陋的屁股，让你逮个正着，小秧鸡还未孵出，你得放了它们；河边的芦苇长势很好，叶狭长，黑蜻蜓还未来。黑蜻蜓是最纤细的一种蜻蜓，舞姿轻盈，可是现在它们还没有来。炎热的夏天，我牵牛下河的时候，它们在面上飞。蛇在草丛里窸窸窣窣地行动，在秧田里滑行，在树枝上睡觉，在砖墙上吐舌头，它们在闻空气的味道。

天气有些热了，但还不是最热的时候，端午节就到了。

母亲从桉树林里折了一大捆桉树枝回来，放进一大锅水里，将火烧得旺旺的。桉树的清香在满屋子里弥漫。母亲将熬好的水倒进大脚盆里，用冷水兑得很合适的时候，把我脱光，放进去，给我清洗全身。母亲说，用桉树叶熬的水洗澡，可以祛蚊虫，可以防止生疮。水从我的头上淋到后背，流到脚背，桉树的香气混着热气吸进肺里，吸进我的记忆。

父亲用桉树叶熬的水擦洗他的脸和背，他的脚，似乎也很喜欢桉树叶的气味，因为，我看到，他很享受的样子。

父亲从外面回来，他扛着锄头，光着脚，裤腿撩得很高，腿上粘着泥，锄把上挂着菖蒲和粽叶。母亲将菖蒲挂在门框上，将粽叶拿进屋，从水缸里舀水清洗。水缸里的水是从院子外的三亩半田中的水井里挑回来的。

那口井的石壁很滑。这时候水还满着，到了六月份，它就枯了，我必须沿着石壁下到井底去。水很凉，有些刺骨。但那里是一个奇妙的世界。螃蟹躲在石缝中，黄鳝吐着泡。所以，那口井的水质特好。父亲说，那水有甜味，但我却没有喝出甜味来，我知道，母亲做的粽子是有甜味的。

母亲把粽叶卷成一个尖锥样，将泡好的糯米和绿豆，用小勺子舀进去，又卷过粽叶，几下子就把糯米和绿豆裹在里面，用细麻绳扎结实，一个粽子就做好了。父亲做不好的，他在旁边抽着烟，欣赏母亲做的粽子。他有心事，拿起一个，说，不晓得部队有没有粽子吃呢？我的两个哥哥在部队里。

迫不及待地从锅里捞起煮熟的粽子，剪断麻绳，展开粽叶，呀，白白绿绿的粽肉。那清香至今留在心里，写不出来，但感受得出来。这一天，父亲会给他当兵的两个儿子写信，他会很文艺地描述母亲做的粽子：米好，新米；味道好，满口清香；水取自院子外那口老井。末尾还写一个词："五谷丰登"。

我跑出院子，跑向那块田，我带着桉树叶的清香，心情极好。再过几天，有亲戚来家，那是父亲的生日，那时，李子一定熟透了。对了，喜鹊会在树枝上喳喳叫的。

芦苇在河边摇动，风很轻，天气还不热。蓑衣鸟单脚立在水田中央，安静得如同一窝水草……

3. 日子

我决定将心中那份寂寥虚化为背景，在心中的土陶罐里
插上带茎的莲蓬和荷叶。艺术家说得很好：就这么简单。

秋雨莲蓬普洱茶

路过送仙桥，才想起好久没有光顾这里。艺术城依旧生意清淡，卖古玩
的商人和挥笔泼墨的艺术家在我经过时轻轻抬头，见我不是有钱的主儿又怅
然地收回目光。

走进一家画廊，有音乐响起。不知道这是哪首曲子，感觉很舒缓。久违
了的松节油的味道让我感到亲切。

这是一间不大的画室，透过格子窗看到窗外的雨，窗前的土陶瓶里插着
已经干枯的带茎的莲蓬和荷叶，石缸里几条红鱼静静地游动。看来，艺术
家不仅经营着他的画，还把他的画室当成了他的作品。

艺术家抽着烟，斜坐在一张檀木椅上，专注地盯着墙角一张没有完成的
油画。我轻轻地走到他身边，眯着眼欣赏着——不，习惯性地鉴赏着。

"画画的？"他轻轻地问。

"嗯。"我用一种似乎自己才能听见的声音回答。

实话说，好几个月来，我连画笔都没有碰过，我不知道我究竟干了些什么，我也不知道自己想干什么，我的脑袋里从来没有像现在这样塞得满当当，却又分明感到空荡荡。生活的些许不如意让我对曾经着迷的色彩、构成、节奏、韵律等提不起兴趣，心境如同这秋日的雨天一样灰暗。

艺术家站起身来。他个子不高，但很敦厚。灰色的T恤衫托得他皮肤很黑。艺术家换了一首曲子，我还是叫不出这音乐的名字，只感到好听。艺术家请我坐。

"哇，好香的松节油气味！"一女子进来，艺术家和我同时起身。这是一位皮肤白净的女子，我猜不出她的实际年龄，只感觉她很年轻。我起身，不是因为进来的是一位年轻的、皮肤白净的女子，而是因为，她和我一样，闻出了松节油的清香。

艺术家请年轻女子坐。年轻女子径直走向窗前带茎的莲蓬和荷叶，用细嫩的手指碰了碰莲蓬，不停地赞叹道："好漂亮！好漂亮！"艺术家指着墙上的画，顺着他指的方向，我看到一幅抽象的荷叶莲蓬图。

"周春芽的味道，我喜欢！"女子的眼里放着惊异的光。

"大家都是画画的！"艺术家建议大家喝点茶。艺术家真有雅趣，沏茶的茶具一应俱全。三人围坐于古色古香的实木茶案边。

艺术家为我们沏茶。他先将普洱茶一点点装进紫砂壶里，再将沸腾的矿泉水慢慢倒进壶中。接着取出三个小小的青花茶杯，为每个茶杯里倒上一杯茶。又将三杯茶倒在茶盘里，再将三个茶杯倒满。我闻到了普洱茶淡淡的清香。

"你好讲究！"女子一边品茶，一边说。

艺术家用两根手指端起茶杯，缓缓送到嘴边，轻轻地吹了吹，慢慢地啜饮，又轻轻地将茶杯放回托盘上。他慢慢地说："我不懂茶道，只知道品茶得慢慢来……"

窗外的雨大了些，似乎没有停歇的意思。我们开始漫无边际地谈话。

女子说，她喜欢常玉。常玉的画很宁静，常玉的画有淡淡的凄美；她特喜欢常玉的花，是他内心寂寥的写照；她喜欢常玉的一句话：我画画的目的就是你们看得懂就行了。她说，常玉没有那么多深奥的道理。讲到常玉的穷困潦倒，这个女艺术家的眼中有几分不易觉察的忧伤。

艺术家和我都表达了对常玉的喜欢。艺术家讲到安格尔，讲到莫奈，讲到马奈。我说，我喜欢莫奈的《睡莲》。印象派大师对光影的捕捉能力叫人望尘莫及。女子抢着说，她去过两次卢浮宫，看了好多印象派大师的作品。

艺术家提起了杨飞云和王沂东，他说，他太喜欢王沂东的东西了，唯美而雅致。我说，我见过杨飞云的原作，色彩很漂亮，但确实不及王沂东的高雅。

大家越谈越兴奋，就像多年的老朋友那样自然。

艺术家又沏好第二壶茶。在小小的画室里，我们陶醉在淡淡的茶香和松节油的气息里。我们从艺术谈到社会，从古董谈到茶叶，从弗洛伊德谈到雷诺阿，从西双版纳谈到浣花溪，从易经八卦谈到十二生肖，从……

汽车碾过积水的声音响起，我忽然心生感触，在如此喧嚣的城市里竟然有这样一个宁静的所在！竟然有三个素不相识却又都喜欢松节油味道的人在一起慢慢品茶！而且，竟然有那么多投机的话题！

艺术家告诉我们，他读过美院，没有毕业。大二时得了肺结核，休学了。后来改学经济，当了几年会计。再后来下海经商，亏了，灰心失望了好一段时间。有一天猛然悟出自己这一生最喜欢的还是画画，于是，重操旧业，开起了这家画廊，自产自销。

"只要你不贪图什么，画画就会给你带来快乐。就这么简单。"艺术家说着，已沏好了第三壶茶，茶香沁人心脾。

女艺术家说，她就是喜欢艺术，哪里有画展就去看。她说，其实她生于20世纪60年代，属龙，别人都说她跟女儿是两姊妹。

女艺术家再次说，她最喜欢常玉。她说常玉是一个典型的悲剧人物，是中国式的莫迪利阿尼，他为自己的艺术信仰而自由创作……

不知什么时候，窗外的雨停了。大家回头朝窗前望去，一束阳光从格子窗外斜照进来，将莲蓬和荷叶的影子映衬得更加婀娜多姿。

女艺术家说："好像常玉的画！"

艺术家说：做法很简单，将新鲜的带茎的莲蓬和荷叶从荷塘带回，按照自己喜欢的造型，插入土陶罐里，半个月就干枯了。干枯了就有趣味了。说完，他略有所思。我知道，他有了新的想法。

我心里叹道，美！真美！

我决定将心中那份寂寥虚化为背景，在心中的土陶罐里插上带茎的莲蓬和荷叶。艺术家说得很好：就这么简单。

一隅阁

走过迎仙桥，来到送仙桥，不见仙气，只闻到淡淡茶香、藏香、墨香；不见圣人，只看见漫步的淘宝的俗人。

送仙桥，静静地等候着，静静地目送着每一双散漫的脚步，无论你是否在意它的真假，这里的古玩珍奇画作书法都静静地守候一份交易。

一隅阁，栖身于上百家画廊中，窄窄的空间，局促得连转身都会碰倒桌上的茶杯。一隅阁主人，静静地躬身坐在一张小藤椅上，手握油画笔，对着照片，创作一幅雨中小巷。

"好，好，苏式画风。"我说。

一隅阁主人抬起头，额头光亮。他推推眼镜，点点头，小心翼翼起身，绕过茶几，面向那幅画作，抒了抒胡须。

"提点意见。"他说。

"新作？"我问。

"才铺第一遍色。"

"什么布？自己制作的？"

"买的现成的。"

"吸油不？"

"有点。"

一隅阁主人已经是我的熟人了，在这里，没有一个艺术家会与一个陌生来客谈论这样专业的话题。

"好卖不？"我问。这是一个愚蠢的问题，因为，这是一个伪问题，答案在我的心中。如果你在送仙桥这样问，每一位艺术家都会说，很好。

艺术市场的萧条让这里的艺术家对每一位来者都给予一份期待，却又很无把握。他们眼巴巴望着你进来，悻悻然望着你走出。他们的画作开价少则几千，多则上万。可，我看见倒闭关门的画廊几年来不下五十家，你方开张，我方关店。多数艺术家将自己的作品挂在墙上，等待慷慨的买主。见你来了，为你开灯，然后与你侃艺术作品的价值、艺术家的身价。待你走出之时，艺术家将灯一关，蹲坐于昏暗的画室里，静心等候下一位来访者。

"淡得很。"他说。

"上海应该好些吧？"我说。

"差不多。淡。"

我深知，好多艺术家在艺术与市场的夹缝里孤独地吟咏阳春白雪，却又格外下里巴人，很孤独。艺术家的孤独不是一般的孤独，他们的孤独中夹杂着酸与辛。他们大多会应买家的要求，临摹那些肤浅的、让人烦腻的"名作"，直弄得自己都作呕作吐的。甚至连画框都会应买家的要求配制，即使，那样相当不协调，他们也没有主张。他们却又酸溜溜地不承认状态的困窘，他们会泡一杯茶，点一支烟，半眯着眼睛，昂着蓄着长发的脑袋，似看透恍惚而过的众生，有些高深。有时，也会高谈阔论，像积怨太深的出租车司机。所以，看他们的作品，我一笑而过。

一隅阁主人算是另类。

他画自己的画。与那些临摹列维坦、莫奈的画家们不一样，他画自己的想法。一隅阁主人的画不算高格，甚至，有些夹生。但他的每一个笔触里都包含着自己的情感，没有媚俗的内容和乖张的技法，甚至，他的画框很廉价，但很协调。像这样的画家，更加难以卖出作品。

一隅阁主人为我倒上一杯茶，茉莉花茶飘逸着一种艰涩的孤独味道。

我们围着茶几坐下。

茶几其实就是在一个直径不足1米的石缸上加了一块1厘米厚的玻璃面子。

"这水缸是明朝的。三百多年了。"一隅阁主人说。

"品相很好。好东西，怎么搞到的？"我说。

"一个农民家收的，五千块，便宜。"他很得意地说。

"划算，划得着。"我有些羡慕，摸了摸，很润，有一种沁透到心底的润。

"那家人放在屋外装猪食，我发现了，给他五千块，人家高兴惨了。各取所需嘛，大家都高兴。"他敲了敲石缸壁，说，"其实，万事得讲个缘分。"石缸发出沉重厚实的声音。

是呀，万事都得讲个缘分。缘不到，分没有。真正的艺术家，应该固守，用孤独做茶，慢慢沏，才能在岁月里散出浓香。

茶几上放着香炉，藏香的青烟如丝般袅娜，充溢着这间狭小的画室。春天的一缕阳光从墙上那扇小窗里射进来，恰好照在茶几上，透过玻璃面，直射进石缸里。一尾红金鱼探出头来，咂吧着小嘴，被照得通体透明，似乎连五脏都看得清楚。

短暂的停留够了，我走出一隅阁。一隅阁主人坐进小藤椅，拿起画笔，继续铺陈他的想法。

走过送仙桥，有空，我会在一隅阁做短暂的停留，与一隅阁主人打个招呼。我想，与其说我是在造访一隅阁主人，不如说是在造访一份心情；路过送仙桥，没有空，我会遥望一眼一隅阁，像那尾在阳光里探出头来的鱼，做一个浅浅的呼吸，呼吸送仙桥的仙气。

养花小记

1

给"勿忘我"取名儿的人多半是一个多情的诗人，要不咋取得这么美呢？以前，我没见过这种花，只知道这个美得有些伤痛的名字，而且，认定那该是一种有着暧昧色彩的花。

一次在三圣花乡的花农的小摊边听到"勿忘我"三个字。我停下脚步。他粗糙的篾制的小摊上码放着一大堆带叶茎的花。花农说，这就是"勿忘我"。花农告诉我，"勿忘我"花期短，很易凋谢。他用一种特殊的方式将它们制成干花，但形状、色泽与鲜花无异，而且永远鲜艳，长开不败。我不相信长开不败的说法，但我还是买了一大把。

我把它们插入一只透明的无色的玻璃花瓶里。摆在我家的玻璃茶几上。坐在软软的沙发里，捧一杯热腾腾的茶，静静地欣赏着。"勿忘我"有着细长的叶，墨绿的茎，茎的顶端开着细碎的紫茵茵的花。好漂亮的紫，不是妖艳泛红的紫，而是泛蓝的粉紫。它比普蓝活跃，比湖蓝稳重，比孔雀蓝雅致，柔柔的，含蓄而娇着，妩媚而端庄。好美的粉紫，唯"勿忘我"！有阳光从窗户上斜斜地照进来的时候，粉紫的光变得明亮起来，如闪着光的美人水灵的眼眸。尽管没有香气，阳光下的"勿忘我"似乎散发着一种让人怜爱至心尖的气息。我想把它画入我的画中，可我无法调出那种雅致的粉紫和那份淡淡的既冷艳又氤氲的忧伤。

就这样，它在我静静的注视中，日复一日地"开放"着。它的影子投放在我棕色的地板上，又消逝。阳光不声不响地进来，不声不响地离开，每天如此，直到窗外露结为霜。

花农试图以添加防腐剂的方式留住"勿忘我"的美丽，却没有经得住时间的考验。"勿忘我"开始褪色，原来粉紫的花瓣渐渐变灰，变得苍白，轻轻一触，簌簌下掉，空余下发黑的茎。阳光依旧，花的姿色不再。尽管我知道世上没有什么可以抵抗得住时间的腐蚀，但面对这形容枯槁的枝叶，我还真的有些不舍。

我将它移去，茶几上留下一只透明的空瓶，我将空空的花瓶移去，屋子只剩下一抹阳光，时间带着阳光移去，我的心中留下一缕淡淡的粉紫色的忧伤和一个冷艳的名字——"勿忘我"。

只要闲下来，坐进沙发，阳光明媚的午后，我就会想起"勿忘我"，想起那泛蓝的粉紫的花……

2

从犀浦回家，一辆三轮车从车窗前晃过，在一车葱茏之中，一朵粉红的荷花颤悠悠露出头来。那是一株荷，碧绿的荷叶，将那粉红的小脸衬得很娇羞。

我决定要了。小贩说，没有人买荷花，就便宜卖给我了。我如获至宝，太好了。

小贩配送的花钵太过艳丽，我也不喜欢劣质的白陶瓷配龙凤图案的花钵。

我喜欢在土桥街上淘釉色自然的土陶罐、土陶钵。于是，我将它连根带土移到我的土缸里。我的手伸进泥里，触到小细藕，触到淤泥，感觉细滑得如同丝绸。当淤泥泛起，我闻到一股淡淡的清香。

一钵荷就在我客厅的窗前。客厅右边是我的画室，实木画案上，土陶的油罐里插着我从郊外采摘回来的蒿的干枝，客厅另一边是我的花花草草。我向往有小花园的房子，可惜，我很清贫，我只在客厅窗前摆放我的花花草草。

在所有摆件中，算这一缸荷最抢眼了。七八片翠绿的叶子，圆盘大小，或静浮水中，或探出土缸，或俯或仰，各具姿态，茎纤细，但很有精神，细小的茎，顶着粉嫩的小荷花，摇摇曳曳，很活泼。

我放入两尾小金鱼，小金鱼静静地躲在漂浮的荷叶背后，只露出红艳艳的尾巴。缸里的水很清澈，映着天，映着小荷花。映着我的淡黄透光的窗帘，还映着水缸里反射到天花板上的几缕摇晃的阳光。这画面，绝好。

每每画画看书久了，我的眼睛就容易疲劳，模糊。我不相信这是因为年龄的退化，我顽强地认为我还年轻。我会呆立于这一缸荷前，俯身静观。在这缸清水里，我除了看到荷叶、荷花、天，我还看见我的眼睛，渐渐清晰，直至看到眼中的阳光。

有一天，我清楚地看见清澈的水中漂浮着几片花瓣，我感叹它的花期太短了，美艳竟然如此容易凋零，可生命的更迭不可阻挡，几天后，那朵小荷花花瓣全无，留下一个翠绿的小莲蓬，拇指大小。虽很小，但摇摇曳曳，可以用婀娜形容。缸里漂浮的是残缺的花瓣，开始变枯的荷叶，倒映的是小莲蓬俏皮的影子。遗憾中看见一点亮色，一股活泼，很好。

忽然想起大画家老顽童黄永玉，这个钟情于画荷的"荷痴"，戴着老花镜，叼着烟斗，眯着眼，静观他家占地六亩的满池荷花的样子。我幻想自己能拥有他那样一片秘境、一片心境。不过，我想，人有各不同，花有几样红。永玉老人笔下的荷花艳丽如太阳，白石老人笔下的荷叶很苦涩，带给我们的不一样都是启迪吗?

再看看我的一缸荷，花已不在，叶已枯萎，水很清，鱼在游动。我想，正好。

3

客厅窗前太过简单了，铁制的栏杆没有任何装饰。我不喜欢累赘与俗艳。所以，正好，它给我想象的余地。但，总觉得那里尚缺一些活跃。

在栏杆的立面上，我挂上几盆鲜花，顿时，它有了生命的色彩，活泼泼地颤动着。花盆是木制的，圆桶形的，简陋得近乎粗糙。没有雕花彩绘，朴素得像卖花人黑黝黝的脸。我用细铁丝将它们吊在栏杆上。不多，七个，单数易于变换，不中规中矩，不四平八稳，既有节奏，又有韵致，错落得很好看。

花是普通的，不名贵，也不妖艳。我不求它们四季常开，况且，长开不败的花是没有的，只是一种唯美唯心的愿望。硬撑着开一种花，难免让人审美疲劳，在花枝拓展时被人请出去，唾弃之，实在算是命运的不幸。那些花期短暂的花，哪怕只开一周或一月，只要尽力了，也该值得珍惜。

我的小盆里的花一年四季换着开。从花农手中买来时，它们娇嫩柔弱。我双手捧回家，小心翼翼将它们连土插入小花盆中，轻轻浇水，如同伺候襁褓中的婴儿那样细心。

花蕾挂在叶间时，我就期待那里吐出艳丽的花瓣，却又分明希望它一定要成熟，希望绽开的是一个健康的生命。花在期盼中开放了。那个美呀！让看花的人心里也开出花来。不是吗，朴素的、冰凉的铁栏杆有姿有色了，家里弥漫喜气，温馨了。

我常挪动它们的位置，变换着它们的姿势，让每朵花都以最漂亮的姿态显示于阳光下，也让它们的搭配始终充满新意，天天看，时时新鲜。它们也任我摆布，似乎在不同的位置，它们都会心满意足，不遗余力地呈现它们最美的面貌。

几周或一月，这些花在悄无声息中，在愉快中褪色，凋零。草木一秋，更迭自然。我很平静。我轻轻将那些枯枝败叶从花盆里连根带土拔出，随手扔进电梯口的垃圾桶里。我不觉有何不妥，我认为，对生命的敬重，应该在过程。曾经，那些花在我的窗前，近乎完美地开过，五彩缤纷过，这就够了。黯然的结束又怎样？很自然。

有一些花在小盆里开放，开得恣意尽情。生活多了一些色彩，就多了一些寄托。这些花充实着我单调的空间，也充实着我单调的时间。

我告诉儿子，喝水后杯中有剩余的水，一定要倒在小花盆里，倒在花的根部，这些娇嫩的小生命，需要滋润。粗心的儿子养成了习惯，比我做得还用心，还细致。

4

与劳模刘鸣老师为邻居，我很有幸。当我有新作挂墙，我可邀请他到家共赏，喜欢画画的他会提一些很在行的意见，而且，我们都钟情于花草。

我们两家各自拥有一个宽大空旷的屋顶。刘老师说，他要在屋顶弄一个花园。从此，我常常见他在楼下的公路边往口袋里捡土。然后，用他那辆"吱嘎"作响的破自行车运到电梯口，再乘电梯直上十九楼，再背着或拖着上屋顶去。

他做得很慢，几个月里，每个周末都看见他忙碌的身影；他也做得很轻，不动声色地，一点一点地做。有时他拖着口袋从我家门口经过。我会主动伸出手去与他一起抬着沉沉的口袋一步一步爬上屋顶。

我惊讶地发现他的花园已经初具规模了。几十种花草长得有精有神的。

刘老师呵呵地笑，六十多岁的人，腰板很硬朗，很直，像他的花花草草一样年轻。

他分给我一株两三寸长的葫芦瓜小苗。我如获至宝，我把它栽在客厅窗前的小花盆里。小苗在期盼中成长，我用竹棍给它搭架，它攀附着爬上去，牵一路玉石般的嫩叶，也牵着我的心，我幻想它布满我的窗，在窗格里形成一幅天然的工笔画。可有几天，我发现它长得太慢了，后来似乎停止了生长。

我着急了。

刘老师的花园里，葫芦瓜藤却长得很旺盛，几株蔓交错着从架上爬上矮墙，嫩绿的尖儿探出头去，颤颤地快活地摇。我说，我的葫芦瓜藤咋没有你的长得好呢？刘老师赶紧到我家看个究竟。他心痛地说，你怎么用这么小的花盆呢？你怎么能养在家里呢？

我把它小心翼翼地从花架上取下来，搬到刘老师的花园里，把它牵到花架上。那里，便多了一根瘦小的藤。刘老师每天给它浇水，呵护它。

暑假过完回到成都的家，我迫不及待上了刘老师的花园，那里已经热热闹闹生机一片。在一片苍翠中，我看见了一根形容枯槁的藤，它从我的小花盆里延伸出去，在花架上无力地挂着。那藤枯死了！尽管如此，但我仍能感到它曾努力挣扎时的强大力量！

刘老师告诉我，任何一种藤蔓植物都不能养在家里。它之所以要爬蔓儿，是因为它要寻找充足的阳光，它是有向阳性的。他还说，在它生长的过程中，除了阳光，还需要充足的养分，你的小花盆太小了。等它长到一定的时候，把它移出来，伤了筋骨，就像人经历过折腾，伤了元气，活不长久的。

我们俩都很惋惜。比起刘老师，对于生命的玄妙，我知之太少，知之不深。

劳模刘老师依旧在培植他的花园，依旧搬运着装有泥土的口袋，一步一步向上；他的花园生机勃勃，他的花园很向阳。

5

我爱花，一直喜欢在家里养花，小时候在院子里养的指甲花和牵牛花以及房前的藕莲包把我童年的梦装扮得绚丽多姿。

我从不在家里搁置工艺花，我觉得很俗，似乎长开不败，其实就像一个花言巧语的感情骗子，越逼真，越虚伪，越丑陋；鲜花无论艳丽还是淡雅，高贵还是平凡，我都觉得有生命，有精神，有韵味，很真诚。

楼下时常有皮肤黝黑的农民推一车鲜花叫卖。车不大，花却挤挤挨挨堆了一车，形形色色、姹紫嫣红的花，好不热闹。那农民把大自然最瑰丽的色彩推进了我的小院儿！

有一回，我看中了一盆杜鹃花。我把它放在客厅里精心呵护着，欣赏着。小巧而粉红的花，细碎的叶子相衬，显得活泼却不张扬，亮丽而不娇柔。那是一种在我老家春天里漫山遍野盛开的最快乐的花，久违的亲切感在宽大的客厅的空气里弥散！

好一阵我都沉浸于那份粉红的回忆里。

直到有一天，我发现花开始凋零，叶开始干枯，我才意识到，这盆花即将死去！我立即将它搬到楼下保安亭边的草坪里，几天后，它奇迹般地活了过来，而且花开得很旺。过往的人都不禁驻足欣赏。

我忽然明白，有时，不恰当的爱也是一种伤害、一种失去。愈草根愈顽强，愈高贵愈脆弱，至少，像杜鹃花这种遍布山野的生命，的确不能请入庭院或养在深闺。

指甲花却不同，在人家屋檐下开得很恣意，可惜，不久，连根都烂掉了。不能不说是一种悲哀。

6

我还喜欢龟背竹，我不在乎它不开花。

喜欢杨飞云的古典油画，画家娴熟正宗的古典油画技法，构造了静谧的唯美，画中的龟背竹和女孩，总有一种高贵的气质。

犀浦有几处卖花的地方，一年四季都有花卖。最翠绿的是龟背竹。我选定一株，买下。老板用三轮车给我送到家。老板告诉我，你看中的不是龟背竹，而是一种叫"曼丽蓉"的貌似龟背竹的植物，来自浪漫的法国。因为名字美，看看那植物也不丑，就没有责怪老板的不诚信。

仔细看，"曼丽蓉"与龟背竹的确只是貌似，却是另外的一种美。阔大的叶子，细小的柄，绿得发黑，厚实而饱满，似乎要渗出水来。叶沿着高高的煤黑色的瓷花盆斜上展开或低垂着。造型极其优美。

"曼丽蓉"用它诗意的名字和优美的身姿给我们全家带来快乐。

"曼丽蓉"不用天天浇水，即使夏天花盆里的土干得开裂，它依然很葱茏，而且一夜间发出小芽，又一夜间长出新叶，不到一周，又一片阔大的青翠的叶子傲然展开。母亲说，这草很贱，语气里充满爱怜。

深秋，天气变凉。我发现"曼丽蓉"有几片叶子开始蜷缩，我赶紧将它挪到客厅的窗前。那里有充足的阳光。第二天，那蜷缩的叶子，又精精神神地展开了。母亲乐得合不拢嘴，像见到她的儿子大病初愈那样开怀。

就这样，深秋里，在和煦的阳光下，"曼丽蓉"陪着腿脚不便的母亲蓬勃地来到冬天。我祈祷，明年，后年，永远，"曼丽蓉"依然，母亲的快乐依然。

等空闲下来，我给母亲画一张肖像，背景是那株来自法国的"曼丽蓉"。

鼾声

夜，深沉得无边无际。彼时，邻床传来鼾声。

我想我不必睁眼，在这黑暗的夜里，睁眼与不睁眼都一样黑；我不必充耳，一段鼾声，会让这个缥缈的夜，显得真实。

那鼾声是有结构的——

我发现完成一个呼噜的过程有四步：

起初，一股气息从鼻孔进入鼻腔；接着，便是一阵腔体内的共鸣；然后短暂地停息；最后，便像皮球泄气一样给呼出。

一个完整的呼噜，它仿佛一篇微小说，情节清晰：开端、发展、高潮、结局，缺一不可。

唯一有变化的是，有时，气息是从嘴里进入，有时会从嘴里呼出。

那鼾声是有质感的——

腔体里的共鸣，不是简单地敷衍了事，那里似乎有很多个弹簧，又像无数个触角，或者是无数个小马达，在按着自己的时间节点弹跳，每一个细微的弹跳，发出轻微的声音，在密闭的空间里混在一起，合成强大的混响——

有时低而粗重，有时高而尖利。而呼出来的气息，恰似一股洪流，奔涌而出，直至它，缓缓消失在空气里，平静于黑夜中，为下一个呼噜休养生息，酝酿情绪。

那鼾声是有缓急的——

时而急促，像赶着上班奔命的脚步；时而舒缓，如信步而行惬意的悠游；时而高亢，恰似激昂的呐喊；时而平和，如同老人在向晚辈娓娓述说。时而如爆破一样短促，时而如情话一样绵长。

缓与急的交替之间，有时长，有时短，让人捉摸不定，如一部扣人心弦的小说。

真让人担心，在一个深呼吸中，小说草草结束，一切都停了下来。那种漫长的停顿和强烈的撕裂，最让人担忧。

那鼾声是有画面的——

我看到古战场左奔右突的厮杀，狼烟四起，号角争鸣，万马奔腾；我看到大海上狂风怒号，波涛汹涌，海燕像黑色的闪电，在高傲地飞翔；我看到潺潺流水，飘飘荡荡，缓缓流过脚边；我看到曼妙身姿，影影绰绰，袅袅娜娜……

听着鼾声，可以想象一切，天马行空，无拘无束，什么都可以发生。

那鼾声是有韵味的——

有时它如水墨在宣纸上随意地散开，它如孩童打水漂时留下的点点涟漪；有时它是有力的鼓点，伴着舞台上铿锵的脚步，它如川剧里的变脸，京剧里的刀枪，出其不意，防不胜防，神出鬼没。有时，它是灰色底子上的一笔惊艳，是章节中伏笔后的一个突然，是晴空里的一个惊诧，是桌底下的一个破碎，是产房里的一声啼哭，是键盘上的一个重音，是草原上的一声嘶鸣！

像不像一段交响？是不是耐人寻味？

那鼾声是有情感的——

它似乎在述说生活的不易，是沉沉的呻吟和重重的叹息；它似乎在吐纳生命里的烦忧，是自我的一个安慰，是发出的一个反省；它似乎在回味，似乎在叩问；它似乎在为自己高歌，为过去喝彩，为未来立誓。

它仿佛是一个人的独白，是肉体对灵魂的警示和提醒。

黑夜给了人思绪的温床，鼾声撕开人遐想的屏障，而打鼾的人，却睡得最香。真的，夜里睡不着的话，听听别人的鼾声，然后，胡思乱想，想着想着，就睡着了。

品味疼痛

躺在病床上已经两天了。此时，病房里安静极了。妻子疲惫地趴在床边沉沉地入睡了。

数着点滴透明的液体，一滴一滴输入我的血管进入我的心脏，我忽然发现这几天所经历的疼痛竟是那么有趣——

麻药渐渐失效，疼痛的感觉渐渐被唤醒。我闭上眼，咬紧牙关，我的注意力完全锁定在那条三寸来长的伤口上。那里的每一个细胞都在跳跃，每一根神经都在颤动。尽管此时，汗水已浸满我的枕头，可我仍仔细地琢磨起这疼痛来。它就像一部气势恢宏的交响曲，描绘着万马奔腾的场景，这是壮烈的疼痛。

在药物的作用下，疼痛在第二天开始平和下来。这应算是最舒缓的章节。你平心静气地去想象，在你眼前呈现的是平静的湖水，涟漪点点，波光粼粼；从你耳中传来的是悠扬的竹笛和口琴的合奏。你似乎置身于战斗后静谧的夜里，虽伤感却宁静。这应该属于婉约的疼痛。

最美妙的疼痛随着第三章节的翻开飘然而至。我注意到疼痛缓缓升起，直至高潮，停住，五秒后，又缓缓回落，直到什么感觉也没有，待你想去寻找它的去向时，它又缓缓升起，高潮，停住，回落……依此规律不断演绎，间距均等，起伏一致，随气息的升起落下而跌宕起伏，就像音乐老师尹洪在黑板上画出的均匀的弧线美妙到了极点。

呀！我经历的疼痛竟然如一部交响曲那样完美！从术前的绞痛，到术后的剧痛，从捉摸不透的隐痛到来去匆匆的阵痛。有节奏有韵律，既对立又统一，富于变化又非常协调，轻重缓急，抑扬顿挫，变化无穷，高潮迭起，余音绕梁，回味悠长！妻醒来，我迫不及待告诉她我的发现。妻笑着说，你真不愧是艺术家！

下地活动，让肠蠕动。我看见病房的走廊里，一位脸色蜡黄、面容憔悴、骨瘦如柴、形容枯槁的老人，坐于床边，张着一双深邃得令人寒战的眼睛，他痛苦地呻吟着，悲怆得揪你的心。我走向他，出于病友的真诚询问起他的病情来。

"癌症，胃癌！"老人无力地说。我不禁一怔！

"活不了多久了！"老人接着说，声音里充满无可奈何，"要死了，要死了！"

"老人家，其实癌症并不可怕。心情愉快些，你一定会好的……"我安慰起老人来。

没等我说完，老人深陷的眼睛里放射出强烈的可怕的光，直逼我的眼，吼道："屁话！你来试试，痛不死你才怪！"

我愕然！嘴张得合不拢了！我不知所措。

妻赶紧拉走我，悄声说："你得的是阑尾炎，人家是绝症，绝症！两码事，两个概念！"

整个下午，我不再到走廊里活动，我躺在床上，有了一个惊人的发现——正如，极致的高音，是无以名状的，极致的疼痛，是无以名状的。简言之，并非所有的疼痛都是美妙的，正如，并非所有的声音都是听得到的。

第 三 辑

怀乡

父亲爱打鼾，有时听不到他的鼾声，我就
以为他死去了。
我多么害怕他坠入梦里，不再醒来。

1. 家祭

父亲，在你生前，我们没有读懂你，没有读懂你山
一般巍峨的心，我们愧对你呀！

怀念父亲

1

和大哥、侄儿在田埂上走，我们手里提着的是祭坟的纸钱和香烛。

水田里的太阳白白亮亮的，没有一丝暖意。大哥说，每年春节，他都会花一整天给散落在老宅周围田间地头树林里的章家祖坟烧香，挨个祭奠完。他说这话时，我们都陷入伤痛。

今年，走在田埂上的是我和大哥、侄儿。父亲的坟墓在老宅的后面，掩映在一片葱茏的水竹林里。

我们做得很认真，将纸钱一张张分开烧。大哥说："老汉，过年了，我和老么来给你拜年了。"

父亲生前不相信鬼神，更不相信在天有灵，他从未带着我们给祖先烧钱点香。他常说，人死如灯灭。

现在，我们每年为他上坟。

大哥说，老汉，苦了一辈子，节约了一辈子，没吃个啥好的，没穿个啥好的。他往燃烧的纸钱里倒酒。我说，父亲是不喝酒的。可大哥还是倒了一点酒。

父亲的坟很简陋。父亲教过私塾，年轻时差一点儿成为华蓥山游击队队员，领导过老家的土地改革，建立了我们区的粮站，当过队长。而今他静静地躺在这里，他的坟冢上长满野草，春华秋实。他的儿女每年一两次在他的坟头上香，然后离去，独留下他长眠于这片葱郁的竹林，独守在这已经荒废的破败的老屋之后，风吹雨淋！

我没有说话，父亲听得懂我心里的感伤。

2

我开始有记忆那时，父亲还年轻，他五十刚过。我是他的老幺儿。他说皇帝爱长子，百姓爱幺儿。可我在十岁以前很怕他，他常常马着脸，紧锁眉头。

我最不喜欢吃粗粮，红薯、玉米最不喜欢，咽着粗糙的玉米粑，我的泪总是吧嗒吧嗒地滚落到饭碗里。父亲马着脸，一声不吭。只有母亲为我煮碗白米饭，悄悄藏在橱柜里。母亲说，娃娃体质差，正长身体；父亲说，吃粗粮好，娃娃不要娇生惯养！

入学后的我似乎让父亲看到希望，他总是背着我对母亲说，这娃儿脑壳很聪明的嘛。其实，隔墙有耳，他是知道的。我偷听着父亲的夸赞，心里像吃了蜜一样的快活，难以下咽的玉米粑也感觉很香甜。至今，我也常隔着门与章彰他妈大声说，这小子聪明，后劲足，会有出息的。我知道，隔壁有耳。我也知道，一颗心快活地成长着。

我会查字典了，父亲说，不简单，会查字典就可以当老师了。不到十岁的我真以为自己很不简单了。院子里其他孩子在玩着躲猫猫游戏的时候，我却常常坐在小板凳上，趴在椅子上，一笔一画地写着课文里的生字，背诵着"每当夜幕降临的时候，八角楼上的灯就亮了"，直到太阳西下，晚霞满天，最后，天色暗下去。

我以父亲为荣，我的第一本字帖就是父亲留在墙上的瘦金体，我用手指在那些拳头大小的字上描摹。从初中起，我开始为院子里的人们写春联，用的就是父亲的瘦金体。但父亲说，还是楷体好。实话讲，我之所以成不了书法家，原因在于我的启蒙教材是父亲留在墙上的手迹，不高格，不规范，但，我不后悔。

父亲并非如他教育我母亲那样不娇惯我，他不强迫我参加劳动，他总说，农村好苦，不好好读书，一辈子造孽。

我越发感到他对我的期望。

3

现在看到孩子们玩各种玩具，总会勾起我对童年过年的回忆。

过年的准备，父亲做得很充分。

父亲会将家里墙壁上的旧年画撕下来，扔进灶膛里烧掉，用米汤或者麦糊糊将从市上买回来的新年画贴上去。父亲踩在板凳上，一丝不苟地做着，我站在地上将蘸了米汤糊糊的刷子递给他。我很喜欢父亲用红纸剪的二方连续图案，贴在墙壁与楼顶交接的边沿线上，很喜庆。完了，父亲说，给你做一只兔子吧。

父亲用竹篾做龙骨，用白纸裱出兔身，用红墨水、黑墨汁画出兔子眼睛，用圆木做了四个轮子，点一盏小小的煤油灯放在兔子的肚子里。每当夜幕降临的时候，我就拉着兔子灯在院子里走，好多小伙伴跟着走。

那时大哥、二哥分别到西藏、河南参军去了，父亲总会在春节前的几天里，做一盏灯笼，挂在家门上方，用他的瘦金体，给大哥、二哥的对象写一张请柬，叫人送去。上书：值新春之际，诚邀你到家共度佳节。请柬上的内容很短，但字字精练。当大哥、二哥的对象到家的时候，我看见家门上的灯笼将我们家照得红红火火的。

春节过后，父亲便会给大哥、二哥写信，告诉他们家里的年过得很好，并讲要听领导的话，要遵守纪律，还要对他们的婚事做一些建议。并说，他不会给他们包办婚姻，一切由他们做主。署名：愚父。

父亲掐着指头算着：信二十天后就到河南了；等春天暖和些后，雪山上的积雪融化后，信就可以抵达拉萨了，四月或五月就可以送到墨脱了。

终于收到大哥从墨脱寄回的信，航空运输的。父亲戴上老花镜，小心翼翼地拆开信封，取出信纸，展开，借着煤油灯微弱的光，仔细地看着。眼睛里尽是喜悦：当副排长了！母亲不识字，父亲说，就是提干了！母亲还是不懂，父亲说，当官了！他反复地，一字一句地念着："敬爱的爸爸妈妈，老四，小春，近来好吗？……"

夜里醒来，我看见父亲还在油灯下，静静地读着大哥的信。老花镜反射着油灯橘红的火苗，静静地摇曳。

4

我是很调皮的，用父亲的话说，屋顶上都有我的脚印。父亲给母亲说这话的时候，没有一丝责怪，反倒充满喜爱。

农村男人的心很粗糙，在孩子众多的家庭里，孩子就像坡地上的猫猫狗狗一样滥贱，一不听话，当父亲的就随手折下一根竹枝或捞起一把水瓢追打。

父亲说，他不会用棍棒教育我们的。

我在院子外的田头发现一条半大的土狗，看着喜欢，就扑上去，抓住它。

现在也难以理解当初哪里来那么大的力气，竟双手将它提回了家。给那狗吃了两个煮红薯后，那家伙竟安心地不走了。

看着那家伙摇头晃脑屁颠屁颠黏在我身边，父亲从饭碗里夹了一片青菜逗它，那家伙竟楚楚可怜地舔着舌头，摇着尾巴示好。父亲说，家里来狗好，说明这家旺气。还说，给它起个名字吧：来宝。我们都觉得这名字好，比院子那些叫"唢呐""冷豆腐""莽娃子"的娃娃们的名字还要好。

可是，有一天，父亲说，来宝是别人家走丢的狗，丢狗的不是别人，是他的一个老朋友，我们不能要。我坚决反对，伤心得要哭。

父亲严肃地说，朋友之间，情谊很重要，别说一条狗，就是一匹马，也不能要！年幼的我不知道父亲的话的分量，依然不答应。父亲气得操起家伙要打我，但他克制住了。

第二天，狗主人带话说，既然我很喜欢，狗也安心了，就留在我们家吧。父亲对我们说，人家有情有义哪！那，好好养吧。

来宝在我们家定居下来。两年后，来宝失踪。我很难过，做着无数糟糕的猜想，父亲说，算了，也许，它会遇到一个像你这样的娃娃呢。

5

我耳濡目染地受着父亲的影响，不光用从他那里模仿来的瘦金体在作业本上写我的名字，还将一张红纸对折再对折，很多次对折后用剪刀剪一个花样，展开后就是一组图案。

小时候的天空总是很明亮，小时候的记忆里，父亲的心情很明亮。

一大早，父亲唱起来了，韵味十足，很陶醉。隔壁的大婆说，你老汉快乐得很咯。父亲说，生活好的嘛。我不知道，到现在依然不知道父亲哼唱的川剧唱腔是否地道，但，他绝对很高兴。

有杂耍的班子来院子里演出，挣点喝彩和小钱，院子里的老老少少都会被扣人心弦的杂技表演和神秘莫测的魔术弄得瞠目结舌，摸头不知脑。父亲站出来，说，这有啥稀奇的，看我的。父亲从家里取出一根筷子般长短的铁丝，说，看好咯，转眼间，那铁丝就从他的舌面穿过，从舌下面穿出。众人惊愕。待大家尚未回过神来，父亲已将那铁丝取出。看看他的舌头，安然无恙。众人更加惊愕。

后来，父亲告诉了我秘密。父亲悄悄对我说，看嘛，这些没文化的人，大老粗，搞不懂。我看到父亲身上活跃的思维和幽默的细胞，那一般农村男人不具备的智慧，看到他眼中流露出来的受人景仰的快乐！

现在想来，父亲快乐幸福在自己的小世界里。

当我告诉父亲，我从美术书中知道，父亲剪的图样，学名叫"二方连续纹样"时，父亲说，还是读书好哇。

6

大哥带着一大箱东西，穿着一身军服回了家。

院子里的老老少少几近将家门挤破，像看稀奇一样看我们家的副排长。大哥给大家发糖，父亲多点了几盏油灯。油灯映照着父亲的脸，他的每条皱纹里都洋溢着幸福与荣光。

夜深人散，哥告诉父亲，他不回部队了，他转业了。我们这才发现，大哥的军装上没有红领章和五角星。那时，父亲没有说话，油灯下，显得很苍老。哥说，其实，副排长也不是什么官，迟早要转业的。

父亲默默地睡了。

第二天，他对大哥说，你结婚吧，你二十六了。一个月后，大哥结婚，婚礼很隆重。父亲嘱咐帮忙的人将给大嫂家的彩礼钱一张张铺在抬盒里，敲锣打鼓给对方送去，大哥带了一大帮男人敲锣打鼓地把大嫂接进家门。

父亲亲手贴的红对联，亲手做的红灯笼将我们家映照得喜气洋洋。

再一个月后，父亲对大哥大嫂说，分家吧，我不靠你们。父亲给了他们一间房，大哥大嫂从此另起炉灶。一年后，大哥建了新房，开始当社长……

7

老四在学习上的迟钝让父亲一度对自己的后人失去过指望。后来，老四在个人问题上的挑剔和不现实，让父亲花费不少，更让老人家气恼。

母亲告诉我，你爸争气，好面子，人家来参家（女方到男方家看家境），他总是出手大方，十块、二十块，塞给人家做见面礼。老四总在与女方见面一次、两次后就不满意了。送出去的钱，怎好要回来？但母亲总是护着他，我傻乎乎地看着父亲与母亲常常争吵得很厉害，却无法劝说。

父亲说老四空有好看的外表，是"马屎表面光，中间一包糠"。父亲"恨"着老四，常常数落他的种种劣迹：好逸恶劳，不求上进，爱慕虚荣。然后埋怨母亲说，读书的时候，没节制地满足他的要求，居然比老师都穿得好，败家子！

他们父子两人的关系很紧张。母亲说，他们俩一个钉子一个眼，冤家路窄。好好的一句话，说出来，总是冷冰冰的，硬邦邦的。

可当老四出言不逊，背地里说了别人的坏话，别人将家人搬来找说法的时候，父亲站出来，跟人家解释，说，他年轻不懂事，有口无心。对方不依。父亲说，你们看在我的情面上，算了嘛。对方作罢。

此事后，父亲对老四更是绝望。母亲却对老四疼在心里，一直为他说话。老四结婚那天，我们家门上依旧贴上红对联，挂上红灯笼。父亲依旧将彩礼铺在抬盒里。依旧敲锣打鼓。依旧宾客满门。

结婚后的第二天，老四就搬进了大哥当初的那间房子。

8

亲手操办完几个子女的婚事，父亲已经老了。

那时我还在读初三，我知道，尽管我的成绩很优秀，但无奈的现实告诉我，我必须尽快独立——父亲再也拖不动子女的负担了！因为，每次回家向父母要钱的时候，母亲总是拆东墙，补西墙。邻居们总说，你妈又着难啦。

我在志愿书上填了"师范"，因为那时候，很少有人愿意读师范的，容易考上，而且，国家给生活费。我，别无选择。父亲问我怎么填的，我说，师范。

很久，父亲说，有个饭碗也好。

可是，我还是以一分之差，没被录取。老四给我准备了一副大粪桶，每天叫我挑粪淋苎麻（那时，苎麻九元一斤），我瘦小的身子哪能受得了。我睡在床上，不吃不喝。母亲心疼得不得了，生怕我气出了神经错乱。因为，曾经有这样的例子。

父亲叫我起来，说，老汉有钱，有老窖，供你读书没问题！读不了师范，还好些，读高中，到县重点中学去读！以后考个清华大学！

我知道，父亲是宽我的心。他哪里还有能力再供我读书？几个后人的婚事已经让他倾其所有！

我心灰意冷！

几天后，我的老师送来了师范录取通知书，说，录取线降低了一分，我刚好上线。父亲拿出好酒款待我的老师，老师说，这么好的事，他应该敲锣打鼓给我送录取单的。

这是个阳光灿烂的早晨，父亲的最后一个孩子——我，扔下粪桶，坐上老师的单车，离开了他，从此，与父亲在一起的时间很少了。

老父亲和老母亲目送我远行。

9

离开父母进城开始读书那段日子，我只在书信里告诉父亲我的情况，书信的格式几乎千篇一律，开头为："敬爱的爸爸妈妈：近来身体好吗？一切顺心吗？"然后我讲些生活学习很好的话。父亲的回信几天后就收到了，看到他的瘦金体，我很亲切。他会说些，家里很好，身体很好之类的话，几乎也是千篇一律。

其实，我知道，父亲只字不谈小麦长势不好，圈里的猪得了瘟症之类的事，就如我不谈学校的饭菜没有油水，天气热起来了，我差一件薄的衬衫之类的事一样。我们都不愿让彼此担心。

但不幸的事情还是发生了。有一次，我忽然晕厥，倒在地上，那一刻，我完全失去记忆。我害怕自己得了什么怪病，忍不住在给父亲的信中轻描淡写地谈到这事。那时，尽管我已经十七岁了，但这种可怕的经历让我本能地变得软弱，惶恐不安，希望从父母那里得到些许安慰。可在医务室的医生告诉我只是有些贫血，注意休息和饮食就没事后，我后悔了。

几天后，操场上，我看到一个瘦弱的背影，在寒风中颤颤巍巍。父亲！没错，我的父亲！我快步走过去，父亲高兴里有些不安，忙问，哪个啦？我说，医生说，有点贫血，注意休息就是。父亲说，哦，没事就好。然后，递给我一个布袋，布袋里装着几十个鸡蛋，说，用开水冲着吃，每顿饭一个，鸡蛋营养好。说，我去城里转转，你不管我。

父亲没有跟我说几句话，就匆匆走了。

后来，我知道，父亲天不亮出发，步行了七十二里山路赶到县城里，又步行七十二里山路摸黑回去的！六十多岁的老人一天赶一百多里，他的脚步有多快！

后来，但凡我有不顺，我都不敢轻易对他说出。我淡化或抹去了那些生活的曲折和艰难，甚至委屈。父亲一直相信，我过得很好，在外面很风光。

10

父亲的自豪感在我将户口迁入师范学校，有了一个非农业户口时开始复苏。

春节，一家人聚在一起，父亲总是与母亲忙碌着，他从屋后的柴房里搬出夏天挖出的晾了半年的树疙兜，用斧头劈成柴块，将火炉的火烧得旺旺的。火炉上炖着腊猪蹄腊猪头。父亲一点点将柴火传入火炉里。

父亲是做不来饭的，连下面条都不会。可此时，他弓着背，将手伸进冷水里，认认真真地，一遍又一遍地洗着海带、生姜。他不准我们做。他总是埋怨母亲这没做好，那没做好。其实，母亲做的饭菜，大家都爱吃。

父亲高高兴兴地做着。我在旁边操着手跟他讲，我当学校的广播站站长了，我的美术作品在省里获奖了，我写的《故乡的红高粱》发表了……父亲乐呵呵地听着。火炉里的火熊熊燃烧着，鼎罐里的肉汤沸腾了，被顶撞的盖子快乐地跳跃着。

母亲说，我的几个儿子，都高高大大的哟。父亲乐呵呵地眯着眼睛看着我们，我看见，我的父亲那曾经在我眼里瘦瘦高高的身子，开始佝偻！他的胡荐，开始斑白！他的眼窝深陷，他长长的眉毛已经变灰！

我的父亲老了！

吃着父母做的饭菜，一家人其乐融融。父亲总会给予一些建议。尽管，从父亲的建议明显看出，他老了，他的那一套已经不能适应这个社会了，我们还是点头说，好，好。他不像母亲那样反复唠叨。但，父亲长长的眉毛下浑浊的眼睛里充满担忧。

11

父亲从未对我当初的选择做过评价，但，我隐隐感觉到，他心怀自责。一晃我就要毕业了，父亲开始明显地担忧我的分配却又无能为力。母亲说，你爸睡得很少。

我最终被分配到洛阳村小。那是我母亲的娘家所在村。好在，村主任是我母亲的远房侄子。母亲回娘家去，说，都是亲戚，多照顾些。村主任说，当然。遂买好锅碗瓢盆，将寝室粉刷一新。

我的理想被现实挤压成一方小小的陋室！一所破败的村小！

父亲没有说话！他默默地坐在堂屋的门槛上，老眼昏暗，望着与老屋遥遥相对的鹰嘴崖。

天无绝人之路，父亲常说。可现在，我的父亲哪，我已经无路可走！

父亲说，我们这房子两百多年了，我给你留一间房子，最好的那间。以后，你结了婚，回来住。

父亲！

你生于斯，长于斯，日出而作，日落而息。你的儿子，将循着你的脚步，在一个青春恣意的早晨，开始人生，默默生存，默默老去，默默死去，默默埋于这片无名的土地！

我的心如鹰嘴崖上厚重的云一般，昏暗之极！找不到落脚的地方！

父亲与母亲开始很少说话，仅有的几句交流就显得很烦躁。父亲睡得很早，起得很早，天一亮就上坡去了。

那是个漫长的暑假。

开学前不久，我被通知不到洛阳村小了，去乡中学。原来是我的美术老师写了一封推荐信，说，我这学生不错，帮帮忙，不然可惜了。

父亲说，我送你去。我说，好嘛。父亲选了家里最好的一口木箱，用背篓背着；我将母亲做的棉被用背篓背着。那是个稻子成熟的季节，到处洋溢着稻子和阳光的气息。父亲陪嫁一样，陪着我走向我的第一所学校。

父亲没有讲大道理，只是说，你比一比吧，比那些田头勾腰驼背背太阳下山的农民强嘛，比你老四强嘛。还说，当老师好，旱涝保收。

那天起，我常常回家。母亲看到我走进院子，第一句话，一定是"我么儿回来了！"父亲一定会赶紧生火做饭。

朝着鹰嘴崖的方向，闭着眼睛，我也能走回去。

12

家，永远是我最想到达的终点。

骑着从同事那里买来的六成新的自行车，沿曲曲折折的公路，往家去。

父亲在村代销店与别人聊天。我知道，父亲是不屑与那些"大老粗"说东家长西家短的。代销店可以看到我回家的路，父亲可以看到他的儿子在落日余晖下骑着单车的影子。

那里所有的人都会叫着我的小名跟我打招呼。年长者会对父亲说，章老头儿，你儿子孝敬，你享福了，得靠了。

我知道，是母亲常在那些人面前炫耀我给他们买了带滤嘴的"攀枝花"牌香烟，给他们带了从卤肉店买回的烧腊。

父亲站起来，跟着我走，我推着车在右边走，父亲在左边弓着背与我并肩走。我猜想，我们的背后是一片羡慕的目光。

绕过一片竹林，来到屋后，父亲喊我母亲的名字：施召碧！施召碧！母亲在家里应着：回来了？

我从车架上取下一条烟，递给父亲，父亲取出一盒：哈，贵哟。我说，哦。

父亲抽出三支，一支递给我，一支递给母亲。父亲掏出打火机，先给自己点上，再把打火机递给母亲，母亲递给我。三个人就那样坐在一张长板凳上很享受地抽着。

遇上有人门前过，父亲会递上一支，母亲说，是么儿买的，一块五一盒。父亲没有阻止母亲时时处处显露她的骄傲，我想。父亲也一样，只是，他没有说出来而已。

坐在同一条长长的条凳上，我讲我在区里的讲课比赛中得了奖，我讲校长与会计不和，我讲我带学生下河捉螃蟹……我讲很多很多，直到鹰嘴崖被罩在浓重的夜色里。

至今，在我的记忆里，那段日子永远是我一段美好的回忆。

13

年轻的心就像长着翅膀一样翱翔于云空。父亲说得好，我是新出林的笋子，前程无量。

一年后，我被镇中学挖走。离开第一所学校，我扔掉了床上用品，送掉了锅碗瓢盆。坐着一个学生家长的三五拖拉机，到镇里报到。拖拉机的拖斗里，放着父亲用背篓送来的木箱。

这是我老家所在的镇，很大，一条老街和一条新街并行着横贯南北。老街狭窄，街面铺着条石。由于新街的繁荣，老街被冷落了，显得很清净，有些潮润。

父亲幼年时是在这里读书的。我时常根据父亲的讲述想象他的童年：早上，父亲从年迈卧床的祖奶奶枯瘦的手里接过两个小钱，沿着周家场的青石板路跑向上街的馒头铺。然后提着几个馒头，乐呵呵地跑向学堂。

而当我在这里工作时，我的父亲已垂垂老矣！

他偶尔上街跟他的那些老朋友打点小麻将。茶馆里，几个老伙计一玩就是大半天，输赢不过三五块。

有时，父亲到我房间里坐一会，有时，给我带点菜什么的。父亲知道我最喜欢吃坛子里的菜，尤其是干豆豉。等我下班回到屋里，我看见，我的书桌上，放着一个瓦坛子，坛沿的水是刚蓄的。等揭开，一股香气扑鼻而来。我知道，是母亲做的，父亲带来的。父亲是做不来这些的，在他老人家出门的时候，母亲一定会千叮万嘱：要蓄水哟，不然会馊臭哟。

有时，他会坐在房间外的街沿下等我。我知道，父亲没钱了。我说，没钱了？他支吾着，有！我说，是哪家过生要送礼了？父亲说，你表姐嫁女。我将钱递给他，父亲不接，说，有，还有。我还是将钱塞在他的手里。父亲拿着钱走了，我想，父亲打牌肯定输了。

我忽然觉得，父亲对我的依赖愈来愈强烈，可是，在我的记忆里，即使再大的难处，他也从未主动向我们伸手要钱。而是，不断付出！

我结婚时，父亲说，我给你点钱。然后，从内衣里，掏出一沓用麻绳包扎，用手绢裹住的零钞，用他枯瘦的手展开，说，三百元钱，就这些。

父亲没有像当年操办几个兄弟婚事那样将彩礼光鲜地摆在抬盒里，却永久地摆在我的心上。

14

暑假回家，跟父亲待上半天。

父亲坐在凉椅上。他穿着短袖汗衫、布鞋。他很瘦，眉毛很长，斜斜垂着。细长的手臂交替在胸前。透过空空的汗衫，隐约可见他突兀的肋骨。灰布长裤腿显得空荡荡的。父亲说，最近痒得很。他撩起裤脚，我看见，我看见的是一对干瘦的腿，表面布满灰白的疮，活像两根老树枝！

我将父亲带到医院，医生问，多大了？我说，七十二了。医生说，岁数大了，免疫力低了。医生给他开了药。我带着父亲回家。路上，父亲说，我遗嘱已经写好了。我说，我们家有长寿因子，你要活一百岁。

寒假回家，看见堂屋左墙边放着一副寿棺，有些小。母亲说，你爸请木匠给他自己做的，桉树料的。我说，怎么能用桉树做呢？桉树是杂木嘛。母亲说，我劝不了，你爸犟得很，哪个的话都不听。

桉树是一种生长周期很短的树，木质松软，纹理粗糙，农家修房时实在无好的木料做檩子，就将就用桉树代之。一般家具都不用的，怎能用作棺材呢？

我对父亲说，你辛苦一辈子，我们给你买一副大的，柏树的。父亲说，我不要，就这个好。我说，买一副大的也不贵，就几百块。

父亲生气地说，好的我不要！父亲很节约，一辈子为儿女操劳，自己舍不得花钱。我们怎么能忍心？怎么能安心？

后来回家，我看见那副桉树棺材漆上了黑色。母亲说，你爸自己漆的，他自己买了洋漆自己漆的。我想象着父亲弓着背，用他枯瘦的手，一点点地，一丝不苟地，填孔，刮灰，打磨，上漆……一天一天地做。

父亲，一生勤勤恳恳地经营着这个家，而今，大限将至，他用他的余力为自己百年之后经营着最后一件作品。他把那副桉树棺材看成他的宝贝，把它漆得铮亮。

大哥说，还是给他买一副柏木大棺材，别让人家说闲话。不久，我们给老人家从镇上买回一副大棺材。

父亲非常生气地说，我不要，给你妈算了，我不会要的！父亲从来没有这样固执，这么坚决。

他依旧擦拭着那副桉木棺材，乐此不疲。光洁的棺面映着他的脸，映着鹰嘴崖上的落日余晖。

15

这一次，父亲彻底倒下了。

我从成都赶回家的时候，父亲已经卧床多天了。老人家仰躺着睡在床上，盖着厚厚的棉被，面容消瘦，枯槁，眼窝深陷。母亲站在一旁抹眼泪。

我轻轻地说，爸，我是小春。

父亲睁开眼睛，透过他长长的灰白的眉毛，我看见，他的眼里散发着一丝惊喜。他要支撑起身体，我说，爸，你躺着。他摇摇头，从被窝里伸出右手，在床沿上轻轻敲着。我意会了父亲的意思，坐在床沿上，将他的手放进被窝。那一刻，我触到父亲的腿，我感到，他的腿已经干枯如柴！

我带回专供老人吃的营养粉。我说，爸，我给你兑点营养粉喝。父亲摇摇头。

母亲说，你爸已经几天没吃饭了，只喝了几勺米汤。

我问，看医生了吗？母亲说，老四请来医生给他打了一针后，他就再不准请医生，先前抓的药也不吃了，说他活不久了，不要花钱了。

我对着父亲说，爸，我给你请医生。我想，在他的七个儿女中，我的话他是最听的。可父亲还是摇头。

我说，爸，你不会死的，你会活一百岁；我给你请医生来。

父亲转过脸去。我说，爸，你必须要打针吃药的。父亲吼道：你要害我啊。

母亲悄悄告诉我，你爸这几天晚上一直叫着你的爷爷和祖奶奶，看来，他真的熬不过这个冬月了，他的老衣我已经请人做好了。

父亲静静地仰卧着，闭着眼。在我记忆里，父亲一直这样仰卧着睡的，我听惯了他时急时缓的鼾声。可今天，此刻，他如一支风中的蜡烛，即将燃尽，即将熄灭，他的呼吸微弱。在这间祖屋——迎接他来到这个世界的地方，他闭上眼睛，即将告别这个家！

我问老四，给大哥打电话了吗？老四说，打了，现在正从西藏赶回来。这时，我听见父亲叫我，我说，爸。父亲低低地说，世上哪有儿子害父亲的。母亲说，给小春封句话嘛。

父亲看着母亲，说，我死后，你跟哪个呢？父亲又看看我，我说，我会安排的。父亲点点头，轻轻地说，你很孝顺，你会有好报的。

一天后，大哥赶回家。父亲看了大哥最后一眼，说了最后一句话，在他最放心不下的一个儿子——我大哥的怀里，永远地闭上了眼睛！

16

父亲的遗体摆放在堂屋里。

五个儿子齐齐地跪在他的面前。长明灯的火苗在我的泪眼前晃动。

亲朋们将最大的柏木棺材移出来，将棺材里的木块分发给几个后人，说，你们老汉跟你们留的财喜。老人在棺材里铺上棉絮。母亲说，多铺些，暖和些。

两个老辈将父亲的遗体移进棺材。父亲仰卧着，面容安详，像熟睡一般。大哥组织丧事，将一切事情安排得很妥帖。在师范学美术的外侄带来了绘画工具，要照着照片给外公画遗像。外侄没有画像。我说，我来。

我给父亲画过很多次肖像。大概是我十一二岁的时候，父亲请人画过。当他乐滋滋地展开给我看的时候，我说，不像，一点不像。父亲很扫兴。

读师范的时候，我每年都给父亲画像。父亲坐在凉椅里，一动不动地端坐着。我们聊着天，可父亲支撑不了很久，一会儿，就睡着了，还打着鼾。父亲的特点很鲜明，长眉毛，高鼻子，消瘦，嘴紧闭着。可我的功夫不到，画得不像。父亲看看，说，很像，很像。然后用相框装上，眯着眼睛看，说，像，像。母亲也说，像，一模一样。

现在，父亲再也不能为我当模特了，他静静地睡在棺材里。我用泪眼对着他的照片，一笔一画地描摹他的长眉毛，他的高鼻子，他紧闭的嘴唇。

当我画完，所有人都赞叹，像！很像！可是，谁能知道，父亲在他的老幺儿的心中留着怎样深刻的印象，父亲将他的坚毅、慈祥永远注入了我的血液里！

院子里死了老人，无论他多平凡，父亲都要为他写悼词，为他主持追悼会。而今，他的儿子，我为他写悼词，却无法用短短的文字写出他的一生！大哥在念悼词，我心里在流泪！

出殡那个早晨很冷。看了最后一眼父亲的遗容，父亲的棺盖合上。唢呐齐鸣，鞭炮齐响。父亲的棺材缓缓抬出堂屋，披麻戴孝的亲朋好友跟我们 一起，冒着寒冷的冬雨，几步一跪地送着父亲，出院子，上山。母亲放声痛哭，我放声痛哭，我的儿子放声痛哭。很多人痛哭。

父亲的坟，在祖屋之后，面向鹰嘴崖。

17

母亲将父亲留下的衣物送给院子里的老人。父亲上山了，屋子里显得很空。堂屋里，父亲那副桉树棺材静静地放在那里。睹物思人，我黯然流泪。

老四说，将这副棺材挪一挪，腾出空地，给母亲买一副寿棺搁这吧。

当我俩将棺盖打开，发现，棺盖与棺体前后交接的缝里，各压着两张纸条。

我赶紧展开，父亲的瘦金体！两个字赫然纸上：遗书。

父亲常说的遗书！

我迫不及待地读下去：

四妹、学书、婵、代明、名建、灵芬、名绪、龙菊、名彬、玉璧、小春、大芬，感谢你们给我生前带来幸福生活，我死后：

1. 不穿老衣；

2. 不做道场；

3. 不办丧事；

4. 原料（桉树棺材）不变。

其余你们商量着办。

希望你们团结，我将安心千古！

厚养薄葬！

愚父亲笔

2001 年 5 月 7 日

两张纸条上的内容完全一样，没有父亲那瘦金体的骨力，字歪歪斜斜。它深深地刺痛我的心！父亲，在你生前，我们没有读懂你，没有读懂你山一般巍峨的心，我们愧对你呀！

给父亲垒好山坟。五个儿子齐齐地站在父亲的坟前，我展开父亲的遗嘱，含着泪，一字一句念道。

坚强的大哥，泪如雨下……

母亲

我苦命的老母，自五年前老父去世后，就一直孤苦伶仃，独守老宅。我不孝，在父亲去世前的秋天，我来到成都工作，留下年迈的二老。没想到，

107

父亲在那年的冬天去世了。母亲成了我的牵挂，那时，我请母亲到成都。

无论怎么劝，母亲始终不松口。我知道，老人家的顾虑，她怕客死他乡，又怕火化。想到母亲身体每况愈下，今年，我决定再做努力。母亲竟然愉快地答应了。不过，她说，在她不行的时候，一定马上送她回去，一定。离开老家的那天，母亲特别兴奋，洗了澡，穿了新衣，将家里油盐酱醋，全送人了。乡亲们送她上路。母亲依依不舍。

到了成都，我将主卧腾出来，为母亲铺了床。母亲坐在软软的床垫上，抚摸着崭新的床单，乐呵呵地说，我才享福呢，养儿好，养儿好哇！

母亲患有高血压，走路不灵便。我为母亲备足了药，时时提醒她按时吃，按量吃。每天回到家，第一件事就是问她吃药了吗。母亲很看重自己的身体，从来没有忘过。

母亲爱唠叨，现在，表现更甚。她常常不断地讲年轻时的故事，讲院子里张家儿子李家媳妇的故事。我的儿子听不懂奶奶的方言，也对她所说的那些事不感兴趣，吵着闹着不愿听。我安抚儿子看书。我坐在她身边，耐心地与她聊起早已烂熟于心的故事。母亲滔滔不绝，兴致盎然。

每天，母亲除了睡觉，就是看电视。她应该算是我家的电视迷了。一回家，母亲就会生动地讲述故事情节。母亲不识字，一辈子没有出过远门。我知道，母亲没有看懂。但她仍然绘声绘色地讲述着。我会佯装着听得津津有味。母亲很高兴。

母亲总对我不放心，只要她觉得天变凉了，她就会早早地催促我和儿子加衣裳；我说不冷，母亲似乎很着急，硬是从衣柜里找出我的羽绒服，生气地要我穿。其实，那时，才是初冬。

今年夏天，我亲自负责房子装修，每天奔波于建材市场与我的新房子之间，回家时总是筋疲力尽。吃过母亲做的饭菜，感觉回到了童年，有使不完的劲。母亲看着我，不住地叹气：瘦了，瘦了。母亲掏出自己的钱，说，明天买只鸡补补。我说我要睡了，其实，我怕她看到我发潮的眼睛。

一天，母亲告诉我她前夜没有睡好，她说，她半夜里听见我在痛苦地呻吟。我想，母亲肯定听错了。我说，没有事，我的身体好得很。母亲说，人到三十就开始这里那里出毛病，自己将息自己。第二天，我果然生病了，住了院，动了手术。现在，我真的相信母子连心呀！

我儿子惹事了，青一块紫一块的，我知道儿子的调皮，便生气地教训他。母亲也开始给儿子讲儿子听不懂的道理。儿子很犟，一声不吭。我越发生气，抄起家伙准备打他。母亲见状，生气地说，说就是嘛，打不得。待儿子睡熟，母亲教育我，儿子天生懦弱，千万不要把他吓笨了。完了，她伤心地抹着眼泪，很伤心。

母亲生于一九二七年，而今年近八十。我知道，她在世的日子也许不多了。他的儿子，我，听过了许多精彩的故事，懂得了许多深刻的道理，领略过许多感人的温情，但我还愿聆听母亲反复不变的故事，反复唠叨的道理，反复啰唆的叮嘱，不觉得多余。因为，我和母亲的心都需要它来慰藉和滋养。

还有，当母亲真的不行的时候，我会送她归山，为她的身心找一块温热向阳的土，一定。

母亲的最后时光

86 岁以前，母亲耳聪目明，思维敏捷，尚能拄拐杖，一步一步走，见我回家，会说："我么儿回来了！"

87 岁，母亲开始多疑，健忘，明显有些老年痴呆了，但她见到我，仍会喊我的乳名，见人就说："这是我么儿，我么儿回来了！他在成都教书。"

88 岁，母亲的老年痴呆症已经有些严重了，她已经完全想不起最近的（至少 60 年内的）任何事情了！

可有一天，她突然给我讲起：有一次，她和我父亲闹了矛盾，她气得要自杀，她哭着跑到院子后面的堰塘边，准备跳进去淹死。可她突然想起还不到一岁的我——她的幺儿还在床上睡觉，如果她死了，我怎么办呀，我的父亲是带不来小孩儿的，想着想着，她又哭着回来了。

听罢，我泪流满面。此事埋藏在她心里，几十年未曾忘记，该有多么刻骨铭心！几十年未曾提起，她是怎样忍辱负重！

89 岁，母亲对我说："今年我九十岁，明年我就 120 岁了！"这一年，我们提前为她办了九十大寿，她是由二叔和大哥连同她坐着的椅子一起抬上寿宴的舞台和我们合影的。离开时，她依依不舍，拄着拐杖，挪到门口目送她的幺儿——我，说了这一生中她对我说的最后一句清晰的话："要记得回来看我，老年人说死就死了！"我泪如泉涌。

我一直认为，母亲 90 岁之后，我就与母亲永别了。因为，无论是视频，还是见面，我努力地告诉她，我是她的幺儿，她却没有一次认出我来，没有一次叫出我的名字来，只是偶尔会眼放光芒，似乎想起什么，却又立刻黯淡下去，陷入无底的混沌之中。我们彼此已经不再知晓！

去年，母亲 93 岁，寒冷的腊月，母亲的弥留之际，她躺在大哥的堂屋的床上，气息奄奄。我喊着："妈妈，妈妈，我是你的幺儿，我是你的幺儿……"我像一个撵脚的孩子，追着远走的母亲一样，喊了很久，很久。可母亲没有坚持到她 94 岁生日——腊月二十六，撒手人寰了。

我给她的墓上刻了四个字：慈母春晖。

母亲不识字，不懂其意，但我懂，她相信，她幺儿说的话，句句都是对的，句句都是好的。

母亲的最后三天

去年冬天不算冷，是个暖冬。

腊月的太阳亮得发白。我与老家母亲视频，我看到，母亲又苍老了好多，窗外的阳光斜进来照在她的银发上闪闪发光。她歪斜着头，呆滞地看着我。

我对着屏幕喊妈，她眼里依旧一团茫然，依旧不认识我。我认为，某种意义上讲，我们之间，从母亲90岁那年痴呆以后，就彼此在心里渐渐疏离，最后永别了！——我再也没有听见她明明白白地讲过一句话，她再也没有明明白白理解过我的一句话。她的内心究竟是怎样的，怎样的茫然，怎样的快乐，怎样的害怕，我全然不知！

对于母亲与我们真正的永别，尽管我早已做足了心理准备，也想象过无数种可能，但就在我与母亲视频的那个下午，母亲突然抽搐不止，然后昏迷不醒，直到三天后，永远离开我们，我是没有想到的。看来，她的大限来了！大哥赶紧将她送回老家。

我，翻山越岭，驱车五百公里连夜赶回老家。在深冬的夜里，母亲躺在床上，眼睛微闭，气息深深浅浅缓缓急急。她仰躺了，后背和头下垫了厚实的棉絮，仿佛熟睡着。我弯下身，拉她的手，喊"妈妈"，可她毫无反应。

她的鼻子似乎堵塞着，全靠嘴巴呼吸。气息从她的嘴唇间出来，从嘴唇间吸进去。我说："妈妈，我是小春，妈妈，我是小春……"无论我怎么喊，她就是没有一丝反应。大哥说："妈，小春回来看你了，你幺儿回来看你了！"

我们一遍一遍喊妈，妈妈再也没有回答我了！她依旧没有一丝反应，只是深深浅浅缓缓急急地呼吸。我坐在她的身边，静静地看着她。

母亲已经很老了，满头白发，没有一根黑的，发根处呈淡淡的黄色；显然有一段时间没有剪了，有点乱。母亲不算瘦，皮肤白净，此刻，她白净的有点浮肿的脸上有了许多星星点点的老年斑。她的眉毛掉光了；眼睛很突出，眼窝深陷。

她似乎是昏迷着的，又似乎是醒着的。她的眼角处似乎有泪水，似乎不是。我希望她是昏迷的，昏迷的时候是没有痛苦的；我希望她能感受到我就站在她的身边，在呼喊着她。

我拿了梳子，给她梳头。我左手托着她的白发，右手握着梳子，从她的额头向后梳起；我又从她的两鬓向脑后梳起，一点点梳齐。我一边梳，一边说："妈妈是爱讲究的哟，爱美的哟！"说着说着，我的眼角便噙着了泪水。

小时候，母亲总是用皂角水洗头。她把皂角放进锅里熬出猪肝红的水，倒进搪瓷盆里，放在洗脸盆架子上，弓着背把头发放进去，慢慢梳洗。她做得很仔细，需要很长时间。洗完后，她用帕子将头发抹干，用木梳梳理，沿着发梢用剪刀剪得整整齐齐，再别上发卡，把头发压得实实在在，人就精精神神了。

此刻，托着母亲的头发，我第一次感受着母亲头发的柔软。我已经有近五十年没有抚摸母亲的头发。现在依稀记得，小时候，我睡在母亲的后背，听着她的呼吸，摸着她的头发。记忆已经模糊，只记得个大概。

这模糊的记忆让我回味了大半辈子。我知道，母亲定不能再睁开眼坐起来喊我的名字了。她艰难地呼吸着。

她的眼角开始有淡黄的黏稠物分泌出来。我用棉签，蘸着水，小心翼翼地一点点为她擦拭。透过窄窄的眼缝，我看到她的眼珠有了转动，她似乎看到了我。我连忙喊："妈妈，我是小春，妈妈，我是小春！"可她渐渐又合上眼睛，只是深深浅浅缓缓急急地呼吸。我坚信她是看见了我的——她的最疼爱的幺儿！

离开老家到成都打拼的这些年，我想母亲是很想我的。每每回去看她，我总看见她坐在一群老人中间。我走到她面前，喊"妈妈"，她抬起头来，满眼是惊喜的光，然后伸过手，让我拉她。母亲的手枯瘦，关节突兀，有点凉，她抓住我的时候，我感觉很有力。

小时候，夜里她把我喊醒，我莫名其妙地下了地走到她的床边，才发现母亲在梦中。后来她说，梦里我掉进了河里，她在岸上喊我。

一次，我离开她回成都，走到屋外，就听见阳台上的她喊我的名字："小春，要记得回来看我，老年人说死就死了。"我实在抑制不住泪水，没有回过头去。

不久，母亲就痴呆了。

母亲一直害怕失去我。所以，她抓得很紧。我是这样理解的。可是现在，我抓住她的手，她却没有了一丝力量。

她依旧没有一丝反应，只是深深浅浅缓缓急急地呼吸——她这样备受折磨地煎熬着，特别是当她呼吸开始急促的时候。有时她似乎喉管被痰噎住，发出低沉的声音。我的心揪得很紧。我希望，我作古十多年的父亲把我妈给带走。哪怕父亲生前在母亲面前有些强势，母亲显得很弱小，我想，在父亲的身边，也比此刻备受煎熬要好得多。

有人说，给她熬点鸡汤吧，如果她可以康复，就会很快回过来；如果，她熬不过去，就会走得快些；无论好歹都快，不然这样好造孽哟。大哥给她熬了鸡汤，我端在手里，用汤勺舀一小勺，吹凉，送到她的嘴唇边，像哄小孩一样哄她："妈妈，喝鸡汤哈，喝了就好起来哈。"

小时候头痛脑热，母亲会带我去八渡场抓面面药吃。面面药很苦，而且满口钻。母亲将药兑着蔗糖水，哄我喝。但中药的味道实在刺鼻得很，我死活不张嘴。母亲用腿夹住我，用筷子撬开我的嘴，把药水灌进我的嘴里。有时我会被噎住，母亲用手轻轻拍着我的背，药就下去了，我的病就好了。

可是，此刻，她依旧没有一点反应，只是在她呼气的时候，随着气息，吸进去一点点，立刻又被噎住，很痛苦地张着嘴，被憋住，好一阵子才喘过气来。

有人说，你母亲是不是在等一个人。我估计她想的是老四。

老四，我的四哥，我母亲的第四个儿子。老四死了十多年了，这件事我们一直没有告诉她，让周围的人都瞒着她，一直密不透风地瞒着她。头几年她还能想起他，我总是假扮老四骗过她，这几年她不再提起他，她似乎渐渐忘了，似乎彻底忘了。我也坚信她不可能想起来他了。

但，大哥说，母亲一定是在等老四。

我的侄儿——老四的儿子，我母亲的宝贝孙子从杭州赶回来，站在她身边，对他奶奶说："奶奶，我爸已经死了，死了好多年了，你不要等了！"那一刻，我看到母亲的呼吸急促了！她的眼角有一丝眼泪，大约一分钟，她的呼吸又开始平静。

我坚信，母亲一定一直将她残存的一片记忆留存给她放心不下的儿子！我的眼泪流了下来。

母亲熬了三天，她在挣扎。坐在她的身边，时间在静静流逝。望着外面，我在想，斜斜的石板街面上，曾经留下我和母亲多少脚印呀！

屋内是我临终的母亲，屋外是冰凉的大街。

曾经，母亲背我从下场口到上场口去"慢筋疯"医生那里抓面面药，药很苦，母亲用汤勺送药到我嘴边哄我喝；母亲担着水从上场口沿着石板路下来，路过蒸泡粑粑的店，给我买两个糯米糕送到我嘴边。她走过斜斜的石板街面，到上场口，到区中学给我送伙食费；她走下斜斜的石板街面，到下场口，到铁匠铺去给我借伙食费。

屋内是我临终的母亲，屋外是冰凉的大街。

年轻时，母亲慌乱地跑过斜斜的街面，躲过了土匪的追赶；母亲稳稳地走过斜斜的街面，扬眉吐气当了妇女干部。十六岁，母亲嫁到这条街，从下场口走到上场口，做了庞家的儿媳；三十多岁，母亲走过这条街，从上场口走到下场口，改嫁到章家，做了几个娃娃的后妈……母亲走过斜斜的石板街面，脚步匆匆，凭着她的善良，养活我姓庞的姐姐，养活老四和我，养活一大家人。这条路，母亲一走就近八十年！而今，她躺在街头的屋子里，即将远去。她的脚步走得很慢很慢。

第四天的早晨下了白头霜。

母亲停止了呼吸。我没有哭。大家都没有哭。丧事按流程操办。大哥说："老么，别人家死了人，你总会给他们写悼词，开追悼会。你看，我们给妈开追悼会吧？"我说："算了，不用开。"

我知道，母亲的好，我们心里记着比什么都好。

母亲躺在棺材里。棺材是我在父亲去世之后为母亲买的，柏木的，很扎实。母亲请人刷了漆。黑亮亮的。很大气。母亲喜欢。

现在，她躺在棺木里。很安详。闭着眼，闭着嘴。头发梳得很整齐。她穿着藏青色的老衣。手很白，很瘦；脸很白，眼窝深陷。

我带阴阳先生到处找坟地，终于找到一个好地方，前方很开阔，后方有靠山。母亲一定喜欢。我为母亲选了墓的样式，我很喜欢。我不知道母亲喜欢不喜欢，但我知道，我喜欢的母亲一定喜欢。

出殡的那天早上特别冷，天没亮，伸手不见五指。深邃的天幕之下，一群人，在火把的照耀下，簇拥着八人抬的黑色棺木，敲锣打鼓，唢呐齐鸣，七拐八拐，七弯八弯，七坎八坎，送走一位九十三岁的已故老人……

晨曦初露，鹰嘴崖露出轮廓，寒冬的大地上，一座新坟，刚刚垒起，墓碑上刻着四个字：

慈母春晖。

那是那位被人尊称"施婆婆"的幺儿——我，亲手写的……

我哭老四

艰难地敲下这四个字，我依然不相信，老四，你已经在遥远的温州一个殡仪馆里孤独地躺了七天了！

章彰妈妈告诉四嫂，该给你烧七了。记得吗？父亲去世的时候，是你在堂屋里为父亲点燃纸钱的。你说，父亲不相信这些，那时，我觉得你做得有些马虎。你说，人死如灯灭，相信那些？没想到，几年后的今天，你的儿女在你客死的地方为你点燃纸钱。我相信你能收到的！穷家富路呀，带足路费出门，走到哪里都不会害怕的！

老四，这几天里，我流干了成年来积攒的所有泪水。你知道，从小到大，我都不爱哭的。小时候，你打我骂我懒，你逼我跟你栽树，为了惩罚我没有考好你骂我逼着我跟你一起挑粪。我都没有哭过。可，那天夜里，电话里传来你触电身亡的消息时，我失声痛哭。我说四十几岁的人了，不要出去劳累了，你，为什么就不听听我的劝告呢？为什么不把我叮嘱你出门在外，多长个心眼的话记在心里呢？！我的哥呀！

堂弟幺妹发来你躺在殡仪馆的冰棺里的照片的时候，在金牛区教师表彰大会现场的我抑制不住无声地抽噎。你，为什么不像当年把我考上师范学校，跳出农门的天大喜事告诉别人，见人就夸你的兄弟聪明一样地睁开眼看看我呢？为什么你紧闭嘴唇，不像你的兄弟调进城里让你乐不可支一样呵呵呵地笑一笑呢？

老四，自从我有记性起就有你挥之不去的影子以及与你一起的记忆。30

116

多年前，应该是我五岁的时候，我们俩站在爸爸身边照相，左一个，右一个。照相的师傅说，我们是爸爸的警卫员。那张照片早已不在了，可我记得很清楚，你和我好威武！你还记得吗？可是今天，你和爸爸已经永远地离我而去了！老大老二当兵去了，爸爸妈妈去成都处理二姐的事情的那段时间，我们俩在家里。没钱了，你背红薯去卖，我站在你的身边。整整一天没人问过，你又背着红薯，拉着我回家。我们一起到八渡煤矿挑煤，天不亮就起床，走两个小时的公路，爬好一阵的山。我用小炭兜装，你用大炭兜装。起先我还能跟着你们走，渐渐地，我走不动了。在我绝望的时候，已经到山下的你，放下炭兜，骂骂咧咧地爬上来担起我的担子走。一路上，我的炭兜里的炭渐渐减少，你的炭兜里的炭渐渐增多。老四，在我的记忆里，你总是夸耀你身强体壮。可而今，我才知道，我们兄弟五人中身体最好的你却是多么脆弱，一瞬间就倒在灰暗简陋的车间里，你再好的身体怎能经得起高压电的打击，老四！

老四，记得吗？我在离家几十公里的观音中学读书的时候，你背着大米，带着菜钱，送到学校。下午，我们一起在观音场上等车回家。该死的客车左等右等总不来，好不容易来了，它却呼啸而去。你和我朝着汽车狂追。我们跑得好快，我们抓着汽车尾巴上的梯子，趴在飞驰的汽车顶上，寒风吹得我们两个的脸乌紫乌紫的，但我们异常兴奋。老四，我已经买车了，很多时候，我想，春节我要载着你，沿着小时候我们上学的路回老家。可是，老四，为什么你不能等到那一天呢？而今，沿着那条你不知走了多少趟的路，我要陪着你的骨灰回去！

老四，自以为聪明的我不明白你的成绩为什么那么不行。爸爸妈妈总告诉我们，不好好读书，一辈子当农民。可你似乎总不开窍。爸爸妈妈总背着你说：还是小春聪明些！他们总把给老大、老二写信的事交给我。可唯有一次，你的历史考了班上第一，你高兴的样子，几十年后的今天，我还记得好清楚。你叫我给在部队的老二的信中一定要讲这件事。初中毕业以后，你高高兴兴地干着农活，似乎下田种地对你来说，是比读书快乐的事。听大哥说，上个月，你还打电话问田里的谷子长得怎样。没想到，老家成熟的稻谷还没晒干，还没有尝一口今年的新米，你就离我们而去！我再也吃不到你亲手种亲手收亲手做的大米饭了！

老四，记得吗？你押着我到麻布湾的荒地栽桉树，你知道吗？我根本就不乐意跟你做这件无聊的事，你还是吼着我跟你一起挖坑，栽小苗，回土，浇水。你说，桉树长得快，长大后可以做檩子。从那时起，你就在着手建你心中的新房子。去年，你终于修了个一楼一底。我回家给爸爸上坟的时候看过你的新房，很漂亮，你没有用当年我们一起栽下的桉树吧，是的，桉树太软了。老四，我难以接受的是你还没有好好享用修好的新房子，就匆匆去了温州打工，而今，你再也不能回到你用二十多年一点点积攒建造的新家呀！我苦命的哥！

老四，我想起我们睡一张床的日子。小时候，你仗着自己大，你要我赶蚊帐里的蚊子。我气鼓鼓地赶着，有时，还故意用赶蚊子的衣服铲你，你会编一些拙劣的笑话，我还是气鼓鼓地做这件苦差事。但有时你会逗笑我，见我笑了，你笑得比我更凶，甚至有些回不过气来。我们各自成家以后，我到你家，我们还会睡在一张床上，你总是将床铺得巴巴实实的，你总是先赶走蚊子，然后叫我上床休息。睡在你的床上我感觉好舒服。你再也不讲当年那些拙劣的笑话，你讲你的庄稼你的猪你的房子你的子女。可是今天，你躺在冰冷的殡仪馆里，你将永远地把你心中那些酸甜与你的骨灰一起深埋地下！

你的那些拙劣的笑话只能永远地成为我愉快的回忆！

老四，你还跟我讲你外出打工的事情，你讲爬火车的惊险，你讲外面的花花世界，你讲你一个月可以挣一千六，你说老板一年给你结算一次，你说你一年能存差不多两万。我劝你注意身体，你说你两个女儿要结婚，你不懂事的宝贝儿子钱钱学费太贵。可是今天，在你的外孙即将降临的时候，你这个外公却闭上了眼睛。

老四，地震的时候，我们这里死了好多人。妈妈睡在学校的大巴里，我和大芬、章彰睡在油布做的雨篷里。你从浙江打来电话，问妈妈的情况。我说余震不断。你告诉我，地震来了一定要跑快点，啥都不要拿。你再三叮嘱，把存折带在身上。当时，我差点流眼泪。那个悲痛的日子里，我们不知看了多少生离死别，妻离子散，家破人亡。可现在，我才真真切切感受到失去亲人的割肉之痛！

老四，爸爸去世的时候，你跑上跑下，你带阴阳先生给老人家选地，你为老人家点长明灯，你为老人家垒坟；每次我回家，总要在他坟前上香烧纸，你总是陪着我，磕头，说，老汉，保佑后人啥都好哇。你还说，我们家竹林里有一处地很好，妈妈过世就埋在那里，三娃子的爸爸死了，看上了那块地，你坚决不答应。我五十不到的哥呀，在母亲还耳聪目明的时候，八十多岁的她怎能舍得她心疼的四儿你呀，你却匆匆走在她的前头！我们把你埋在哪里呢？麻布湾？还是新柑林坡呢？我会告诉你的子女不要忘记给你烧纸，一定要多烧一点。我从来不会乱花一分钱的老四，出门在外，一定不要亏待自己呀！

老四，跟你最后一次通话还是一年多前的事，你问我要给妈妈出多少生活费。我不明白你为什么一百元都不愿出，我好生你的气。我的手机里有你的手机号码，我就是不跟你联系。当那天深夜接到大哥打来电话告诉我你触电身亡的时候，我从手机里翻出你的号码，我多么希望接电话的是你，是你那熟悉的粗粗的嗓音：啥子嘛？小春！可电话里传来的是你大女儿小莉的哭声，她说你是在加夜班到十一点出事的！老四，从那一刻起，我无限地自责、后悔：我不该这样对你，在对你怨恨的时候，我没有理解你，没有站在你的角度体谅你！为了你的三个儿女，为了你的房子，正值中年的你不容易呀，苦命的老四！

老四，这辈子我们不会再谈彼此的心事了。妈妈还不知道你的事情。老二去敬老院看她，老人家还说：等你回来，她会住进你的新房子。老人家乐呵呵的样子揪我们的心哪。我不会告诉她你的事情，我们会一直瞒她到百年归世。老四，如果真有另一个世界，如果遇到父亲，你们两个不要一个钉子一个眼了，分离不容易，再见更不容易呀！如果遇上幺姨，帮她老人家抓药带她看病，她是最疼我们的亲戚呀！老四，胆小怕事的你，不要招惹谁，也不要害怕谁，独自走路，自己心疼自己呀！老四！

老四两年祭

昨天是月半节，是你死后两年祭的前8天。

晚上，我给最不喜欢你的、我们的父亲点了两支蜡烛、三炷香和一堆纸钱；也给那些孤魂野鬼点了蜡烛、香和纸钱。我知道，你的儿女如果没有忘记这个日子和他们苦命早逝的父亲的话，一定会在你死去的那个城市为你做这些的。如果他们忘了，你就把我给孤魂野鬼的那一堆收了吧。

你常常给我讲起院子里的那些人的生老病死，国强老表的棺材是你和亲戚们抬出去的，王三婆的棺材是你和邻居们抬出去的，二姑爷的棺材是你和老表们抬出去的。你年轻力壮，你将很多人送上了山。可是，你的棺材是差不多六十岁的大憨大爷带着一群老人抬出去的。他们抬着你四十五岁的魂魄，一步步挪出院子，绕过父亲的坟头，将你安葬在你的竹林里。你让一群老人抬你年轻的骨灰，你不该呀！

你灵魂安息的那块地是我坚持着定的。你说那里曾经开出过发光的莲花，我没有看见那朵莲花，但我相信那肯定是一块风水宝地。你说要给母亲留住，院子里有人死了要埋在那里，你死活不干，态度极端坚决。没想到，那里要安葬你这个喜欢打小算盘的人呀。母亲八十六岁了，仍然耳聪目明；而你，却未尽孝道，先她而去！我叫地仙给你留了一个位子，安葬了你的骨灰！待母亲百年归土的时候，你就静卧她身边，你就不要到处游荡了。你，这个不孝的人！

父亲的葬礼是你和大哥操办的，你的葬礼是我和大哥操办的。我从成都回来的时候，绕过那条机耕道，我没有像往常一样看见你握着扫帚打扫院子的样子，我看见一副新的棺材和桌上一只小小的骨灰盒。我给你下跪，给你烧纸钱。二叔给我戴上孝帕。小时候，你吼我，打我，欺负我，我都没有流过伤心的眼泪；后来，你让我，护我，偏袒我，我没有流过感动的眼泪。

可是，那天，我戴着孝帕立于你的骨灰前，我却为你泪流满面！

二叔将你的骨灰均匀地铺在棺材里，我心都要碎了。那个将我炭兜里的煤炭捡入自己担子的人呀；那个令我儿子——他的侄儿为他发达的肱二头肌而羡慕不已的人呀；那个为了建造青砖瓦房而长有一双老茧手的人呀；那个为了家扒火车啃馒头千里迢迢四处打工的人呀；那个风里来雨里去饱一顿饥一顿的人呀；而今，碎成一撮骨灰！

那几天，我为你守灵，我为你开追悼会，为你写悼词。以往，我给院子里的人写悼词的时候，你会站在一边，很自豪，我知道你为你有一个会写悼词的弟弟很自豪。今天，我在为你写悼词，写挽联，可是，今天，在我身边的却是你冰冷的骨灰！我给你写下挽联：辛苦一辈子，节约大半生。你懂吗？谁叫你读书的时候总想到那些乱七八糟的事，你说，你读不进去。可是，当我遇到困难不想读书的时候，你吼我：读！要读！我想把这些事写进你的悼词里，但我写了，又删了。因为，这些事，也许，只能成为我们的回忆了！

你在世的时候，每次回家，我总来看你，与你说几句话。现在，我会在父亲的坟头烧香烧纸钱，然后到你的坟前。我静默无语，不是我没有话说，是我不知道该说你什么，说我想起你就心痛？说你抠门自私亏待自己？说你不听话脾气太犟？这些，在你生前，我都说过了。面对你长满杂草的坟堆，我在思考人活着的意义——这些深奥的、恐怕你从来没想过也弄不懂的问题。你生前没有好好想过，我只是希望，这里，真正埋葬的是你的灵魂，而不只是一撮骨灰！

我依旧像你在的时候走进院子里。可是，偌大的章家大院，人去楼空，大家都说这里败了风水，全都搬走了。没有人出门说，哟，小春回来了；没有人转身吼：章前，幺叔来了，端凳子，快点！没有人将我带到杏树下，叫我看刚出生的小黄牛；没有人给我讲邻里间的鸡毛蒜皮和田间地头的瓜果粮蔬；没有人讲我小时候掏鸟窝掏出一堆狗粪的糗事；没有人为了我挽起裤腿一脚踩进田里摘我喜欢吃的蕹菜……没你打扫的院子，蒿草杂芜。你亲手贴的墙砖，还雪白如新，门上的"松鹤延年"还在，可你已深埋院后。合围院子的竹林长得好，可听不到你砍竹子的声音，听不到你"哗啦啦"拖竹子回家的声音。我知道，这些，你已经不需要了！可在我的心里，这些是多么重要！

母亲还不知道你已经不在世上，她给我讲起你第一次也是最后一次到养老院看她。母亲叮嘱你，你瘦了，要吃好点。你说，妈，我老了的嘛。你呀，从来就不知道怎样说话，在老母亲面前，我们怎么能说自己老了呢？可是，两个月后，你就死在温州，你差不多是母亲年龄一半的年轻身躯倒下了，就再也没有站起来！不是老死，而是早逝。你不该说那些不得体的话呀！前几天，母亲隐隐感到你不在了，伤心得成天放声痛哭。我从北京赶回去，对母亲说，他那么年轻，哪有那么容易死的。我撒了谎，说，上个月你还跟我通过电话的。母亲笑了，拉着老伙伴说，我的五个儿呀，个个都活跳跳的。粗心的你呀，为什么连梦都没有给老母亲投去一个呢？投一个梦给她吧，让她看到你活跳跳的样子呀！她想你呀！你这个无情无义的人！

你死的那天半夜，我们家的座机铃声急促地响起，我跳下床，光着脚跑向客厅。你的死，就像把天都撕碎了一样。两年来，我一直害怕半夜接电话，突然而来的噩耗是能将一个人打垮的呀。你死后，你的宝贝儿子将你手机里的卡扔掉了，他说，不吉利。我没有责备他，他有他的想法。我没有删掉存入我手机里的你的号码，两年了，我没敢删掉。我希望奇迹发生，我幼稚地希望哪一天，你突然给我打来电话，像生前那样，大着嗓门说：喂，小春！

但每当我翻到你的名字和后面的号码的时候，我的心就会颤动一下，然后，赶快翻过去！留着你的号码，我真不敢删去！

如果有来世，我不希望成为你的弟弟，我不希望再见你，因为，我害怕伤心！老四！

姐姐

1

我兄弟姊妹共七人，姐姐是老大，我是老么。我与姐姐相差十七八岁。姐姐给我留下最早的印象就像一张褪色的照片，照片上，姐姐背着步枪，腰系子弹袋，女民兵通常的样子！

2

后来的印象渐渐清晰。那时应该是我五六岁的时候，姐姐回娘家与母亲聊天。我记不得她们说什么，只记得姐姐要做很多事，还要给我洗澡。在堂屋里，我踩在大脚盆里，姐姐从头到脚给我搓洗。

3

姐姐家有一排灰色的木房，屋后有一大片翠色的斑竹林，屋前有一大片墨黑的橘子树。开花的时候白茫茫，结果的时候黄澄澄。姐姐在门前等娘家人去。娘家人有时带点粮食去，有时是带蔬菜回。有时，是为她撑腰，或者解决点矛盾。

4

我偷了姐姐邻居院子里的梨子，别人骂我是贼娃子，骂我手脚不干净，骂我出门要摔破脑壳摔断腿。姐姐给人家骂回去。她不敢大声骂，她一步一回头地低声骂，她蹲在池塘边边洗手边低声骂，她进屋坐着骂。从姐姐家回来，姐姐总会摘很多红橘让我带回来，还送我走过大坟坝，走过大石桥。

5

姐姐胆小，她相信有鬼。父亲说，世上是没鬼的，庸人自扰。姐姐还是怕。姐夫笑她没出息，连鬼都怕。姐姐还是怕。不知道姐夫不在家的日子，她独自在那斑竹林边孤独的小屋里是如何过的，她一定将门抵得死死的，将门栓拴得牢牢的。

6

姐姐养育着三个孩子。我也读书工作在外，不像小时候那样常常到她家去了。有时路过姐姐家那片土地，我会朝鹰嘴崖望一望，心里想，鹰嘴崖下面那片斑竹林里有我姐姐的家。

7

姐姐搬出老屋，将房子修在马路边，我开车去看她，车停在她家的门口。姐姐老得满头灰白的头发，满脸纵横的皱纹了。小时候我走的那条路长满野草和杂树，大坟坝挤挤挨挨都是坟。姐姐说，路不能走了，废弃多年了。当年被我偷梨的她的邻居也已经老了，姐姐对她说："这是我弟弟，他在成都教书。"她的每根皱纹里都是自豪。

8

晚年的姐姐更加忙，除了她的庄稼，还有她的鸡鸭，还有我那个爱喝酒的姐夫，还有她的椎间盘突出病。还有她失踪的儿子。他到外地打工，一去就好几年，音讯全无。姐姐问我在成都街上见到他没有。姐姐把成都想得像高滩场镇那么大。她抹着眼泪，说不晓得她的孩子还在不在。

9

姐姐打电话给我，说她得了病，胸口痛。我说，医生怎么说。她哭着说，没钱。我说，你去医，钱我来想办法。我知道了姐姐得的是肺癌。我赶回老家，姐姐躺在病床上。见了我，流着泪说她的胸口痛，还骂她的病："妈×××，是个啥子怪病嘛，要死就早点死嘛！"

10

离开时，姐姐下地送我走。边走边愧疚地说，她花了我的钱，病生错了，太对不起我了。到了大厅，我说，你不送了。姐夫扶她坐在长椅上。我进了电梯，姐姐朝我挥了一下手，又哭了："你是我的好弟弟呀！"电梯门关上，我想，我再也见不到姐姐了，再也听不到她喊我弟弟了。果然，半年不到，姐姐就走了。

11

姐姐的遗体在棺木里，很安详，没有一丝痛苦。我看到她的鼻子，高，挺，鼻孔大，很像父亲的样子。去年春节回家，路过鹰嘴崖，姐夫指着大坟坝的石桥边说，你姐姐就埋在那里。我点点头，嗯，很好，那里正好在她回娘家的路边，一抬脚就可上路回家了。

2. 碎片

教室里，我和同学们扯着嗓子诵道："欲穷千里目，更上一层楼。"

有花蝴蝶停在窗棂上，仿佛在聆听我们如歌的读书声。

童年碎片

1

古城寨下是一片碧绿的庄稼地。

指甲花在屋前开得很艳丽，屋后的何首乌藤一直爬到核桃树顶上。

公狗来宝在打瞌睡。我用一根树枝扑打一只彩色的花蝴蝶，它一上一下地扇着翅膀飞过房顶飞向屋后，我穿过堂屋穿过灶房穿过猪圈屋跑向屋后，来宝和我仰望天空，看那花蝴蝶飞过核桃树。我想，它飞到屋后的池塘边，停在了某株扁竹竿的头上，或者，停在了和尚大叔的丝瓜花上。

2

和尚大叔不是庙里的和尚，我一直不知道他名字的由来。

我的狗大爷为什么叫狗大爷，我也不知道。我自然地叫"狗大爷"，他自然地答应我。

　　我的小伙伴真的比狗还多，他们都有怪模怪样的名字。父亲是有文化的，给我们取的名字总是很好听。他说，冬天生的就叫小冬，春天生的就叫小春。叫着小伙伴的名字的时候，我总能联想起某种东西，比如唢呐，比如羊头，最让人恶心的是茅厕板板。有一只鸟儿成天在房顶叫："冷豆腐没有人吃！"弄得那个叫冷豆腐的难堪地捡起土块满山遍野驱赶那调皮的鸟儿。

3

　　和尚大叔的背永远弓着，他那灰色的长衣永远有白色的汗渍，他似乎永远在地里劳作，他的生姜苗风一般地长。

　　午后的地里总有两个人，一个是弓着背握着锄头的和尚大叔，一个是装模作样的稻草人。贼精的麻雀在竹林里"啾啾"地叫唤，灰色的斑鸠在地面啄食，喜鹊在山那边叽叽喳喳。我在偷食绿油油的桑葚。和尚大叔抬头说："你咋还不进牛圈？"他的话我是懂的，他把学校叫成"牛圈"。

　　稻草人站立在庄稼地里，并不让人害怕。有喜鹊落在它的肩头。

4

　　我没有打算进"牛圈"，没有打算像牛一样被教书先生管着。我坐在一年级教室外那堆桉树木头上，看结巴老师教一群孩子读拼音。

　　桉树木头散发着的清香、结巴老师如歌的读书声让我觉得读书好美妙，我垂吊着细细的双腿，和着节奏，跟着唱读。结巴老师从他的老花眼镜的上方看我，将我叫进教室，给我一张课桌，他给我取了学名。那时我不到 6 岁。长大些的牛犊的鼻孔间的隔膜被大人用锥子刺破，穿了绳索，这一生，它就被聪明的人掌控，失去了自由。上学的意义就是这样。

除了父亲，似乎没有哪个人看得起结巴老师的，他初小文化，只能教到三年级。

5

我用铅笔描摹课本中的字。结巴老师在代销店里与其他老师喝酒，快乐地聊天，一去就是好几节课，全然忘了我们。教室里比牛圈都还乱。

我溜出教室，扑进那片紫云英的田地，奔跑在长满鱼腥草的田埂，爬上黄葛树掐它的嫩芽，用野豌豆的豆荚做哨子。我模仿叫天子和乌鸦的叫声，一头钻进油菜田里，我小小的身躯淹没在罐子山下广袤的田地里。母亲在晒坝里将洗净的衣服晾晒在竹竿上。

我的小书包在竹竿的一头随风左右摇晃。

6

我还没有树立宏伟理想，我的字还是歪歪倒倒，教室外屋檐下摇摆的狗尾草告诉我时间在一分一秒流失。

操场外那口终年积水的老井里，蝌蚪已经变成了青蛙，它们在秧田里此起彼伏地叫唤，声音仿佛来自水底。结巴老师的语文课上完了，还有数学课，他完全忘记了下课，我知道，我的自由越来越少了。我想，秧鸡一定上了路，带着它的儿女们翻过了田坎，光脚的叔的脚板惊扰了它们，它们扑通扑通跳到了田里逃之夭夭。

结巴老师的教鞭把我的心拉回到了课堂上，他用斑竹鞭子使劲地敲着黑板。我总被训斥：你们读点书，咋就像爬皂角树一样的难呢？

皂角树长满了刺，谁都没有爬过。

7

洗马滩可有英雄的传奇？

伙伴们坐在松树枝条上哗啦啦沿着山腰的斜石板滑到洗马滩头。

洗马滩里的我们光溜溜一丝不挂，完全暴露在光天化日之下。石灰鱼啄食着我们的屁股，天上有积云在山头堆积，我们将它的倒影捣碎在滩面。松林坡传来松节油的气息和知了痛苦的嘶叫。沿着弯弯的河我走了很久，希望遇到捉龟的王老头，他半闭着眼睛在河滩里搜寻，白白的沙滩上留下白鹭和螃蟹的足迹，还有乌龟的脚印。水蛇在河中蜿蜒。

自由真的像风一样。做一个捉龟人是我那时梦寐以求的理想。可乌龟千年不老，是有灵性的，是捉不得的。

8

五月天人最忙。

有的人光着臂膀敲打油菜秆的时候，有的人扛着长长的担子挑着沉沉的麦秆，抽水机把河水抽到层层叠叠的梯田里。水面上好多虫子在扑腾在跳跃。我知道，季节在不知不觉中更迭，就像天上的流云在由东到西地移动，倒映在水田里的流云在由东到西地移动，我走在田坎上由东到西地移动，时间缓慢得不易觉察，而我，看到了它的变化，我的伙伴们似乎没有我敏感，他们谈着下流的笑话。

田坎上的缺口处，小鱼儿和泥鳅逆水而上，总翻不过那道高高的坎，我们逮了它们。

五月里的童年，大人很忙，小孩很闲。

9

狗大爷扛着火药枪出了门。

我听到坡那边传来巨响。我知道，惨死在他枪管之下的雀鸟不计其数。野兔上山容易，它跑着"之"字形线路，狗大爷望洋兴叹骂道："狗日的东西！"下山的野兔连滚带爬跌跌撞撞。

狗大爷的四儿子双喜和五儿子五毛双双溺死的那个早晨，我听到乌鸦毛骨悚然的叫声，我第一次去想关于生命的问题。

老人的火药枪挂在墙上，布满蛛网，锈迹斑斑。

10

堂屋的屋顶好高，亮瓦透下阳光，光团落在饭桌上，挪移到神龛上，挪移到门前的石阶上，挪移到檐沟的青苔上，时间就是一团阳光的挪移呀。

雨在屋檐边滴成雨帘，落在石臼里溅成雨花。来宝趴在地上似睡非睡，它的耳朵在扇动，蚊子在骚扰它。我打着哈欠在长长的板凳上入睡，醒来已是天黑，母亲牵我进屋。灶膛里的火苗在眼前模糊，油灯在眼前闪动，一天就这样过去。

童年的夜比白天还长。

11

我睡在母亲的肩头，她背着我走过洗马滩的石桥，爬上高梁山的石梯，翻过鹰嘴崖，到了八渡槽，半边街的草药医生摸了我的额头，看了我的舌苔，抓了面面药，母亲逼我拌水喝下，她用筷子撬开我咬紧的牙，像灌牛一样灌我。

我的结巴老师指着我的后脑勺，一边比画一边说："从这里到屁股用刀子划开，抽出一根懒筋，懒毛病就治好了。"

童年的我开始心生畏惧，比如中药和老师的刀子一般的善意谎言。还有烂草虫和蜈蚣。

12

母亲用笋壳和旧布条做千层底，似乎做了很久，从秋天做到冬天，她用中指上的顶针顶着大钢针刺破厚厚的千层底，引着麻绳密密地缝。

可我穿着母亲做的布鞋深一脚浅一脚在草堆上跳，在清晨的草丛里走，不久我的小脚丫就露出来了，母亲用热水洗净我的脚，我坐在火炉边烤冻红的脚趾，母亲用针线缝补鞋的洞。

火光在她的老花镜上跳跃，好像母亲在流泪，我便想流泪。

我听见屋后的竹咯吱作响，母亲说，下雪了。我说不冷呢，母亲说："下雪不冷，化雪冷！"但我还是喜欢下雪。

13

大雪覆盖了能覆盖的一切，很冷，鸡和狗被冻得不敢出门，雀鸟们也销声匿迹。

屋顶的烟囱里冒着烟，冒着热气，让人感到很温暖。挂在屋檐下的玉米棒子是最显眼的一抹红色。父亲披蓑戴笠出了门，他是我们家最勤劳的人。

雪白的院坝里，我支起的簸箕用一根线牵着，我在等待饥不择食的黑八哥从树上飞下来。黑八哥终究没来，我支起的簸箕成了我童年空白的记忆。给牛清口的画面清晰如新，大人拽着牛鼻子，抓一把盐塞进牛嘴里，在它的舌面不断地擦，牛嘴里喷出一股白雾。

我惊讶地张着嘴，狗大爷说："你也该清洗一下嘴了！"我赶紧将嘴闭上。

童年里的人们有时间心疼他们的牲口，而今似乎不会。

14

春节很快就来了，春天很快就来了，于是，冰雪融化，桃李开了花，母亲穿上了那件倭绒衣服，梳妆打扮了好久，带我上学去！

我的作业本似乎烂成了油渣，父亲说可以榨出油来了。我的作业还有很多没有写，我的结巴老师还会不会再教我们呢？

我想念我的结巴老师，还有从校门到我们教室的那段砖墙——从这头数过去是三百八十一块砖，从那头数过来是三百八十一块砖，我数了很多遍。我的同桌流着鼻涕硬说我没有数对，我与他数了很多遍争了很多遍，现在想来，我应不屑与他争辩，因为，他最多只能数到"20"。

一年复始，又一个万紫千红的春天来到了。

15

我的书没有好好地读，生字表里的好多字都不会念。

哥牵着黄牛下田里犁田，污泥在犁铧上翻滚，哥将鞭子挥得哗啦啦响，牛屁股被抽打得啪啪啪地响，他用最脏的话骂牛的懒惰。

我翻出我的作业本，在堂屋的神龛下，铺开纸，描摹语文书后的生字。父亲忙碌得似乎没有早晚，他将头伸过来，看了看我的字，然后静静走开。

母亲不识字，她一句话都不说，我知道她有许多话要说。

母亲用无形的鞭抽打着我，我想，该懂事了。

16

清晨的乡间，雾气低垂成一抹线。

我在晨曦中诵读课本。母亲在灶前忙着做早饭。

她将洗净的红领巾给我围上，我去了学校。我神圣地去了学校。雨淅沥沥下着，上学的孩子像小河一样汇集在教室。我看到，我的新老师挥着手，笑成了雨中的一朵花。我想，我应该也是一朵花，幸福地绽放着的一朵花。

教室里，我和同学们扯着嗓子诵道："欲穷千里目，更上一层楼。"

有花蝴蝶停在窗棂上，仿佛在聆听我们如歌的读书声。

……

童年捉龟人

我天生喜欢水。

小时候，我家门前有一条河，虽然河很小，但河水长流不断。不知它源于何处，也不知流向何方，我曾赤着脚，蹚着河向东走，以为可以走到大海边。直到太阳西下，也未见大海，后沿河西走，找到在河边的家及站在家门前的大人，一顿臭骂后，大人告诉我，他们一辈子也没有走到大海，一辈子也没有想走到大海。从此，我再也没有去做这件没有结果的事情。

童年的记忆总与这条河联系得那样紧密，就像油画中的背景一样。童年的画面里，我赤着脚，光着黑黢黢的背，留着发光的头，像泥鳅一样，在水里蹦跳。岸上我家那条叫"来宝"的公狗忠实地看守着我的衣裤。河水浅浅的，鹅卵石在阳光下显得发白，石缝中的一切动静都看得清清楚楚。螃蟹很机灵，有八条腿，见你来了，一溜烟，躲进石头下面，背后腾起一股浑浊的水。但我是机灵的猎人，我的手已经伸进了石缝下，逮住了它的大腿。不过也有失手的时候，最倒霉的是我的小拇指被它的大钳子死死地咬住，任你怎么甩也甩不掉。每每这时，岸上就会传来一阵嘲笑的声音，它严重地刺伤我的自尊，那可恶的家伙，毁了我童年的一世英名。但我依然高昂着没有半根绒毛的头。

河里有龟，背着坚硬的带花纹的壳，脑袋能缩进壳里；眼睛小，像野豌豆的籽，贼溜溜地转。那样子一点也不可爱。乌龟虽然很笨，但厉害得很，如果不小心被它咬住，它绝不会轻易松口，只有天上打大雷的时候，它才会被吓住，弃你而逃——说逃其实有些夸张，乌龟的动作很慢。

王老头喜欢捉乌龟，而且算得上是绝对的高手。王老头是驼背，在我的记忆里，他的头发胡须乱蓬蓬的，一张黑黑的松树皮似的脸，眼窝深陷；腰系草绳，草绳上挂一鱼篓，手捏一柄探龟的钢叉。我不知道别人为什么对他不屑一顾，但在我心中，他是十足的英雄。他赤着脚，弓着腰，专心致志地用他那半眯的眼睛寻找乌龟的踪迹。我一直跟着他，起初，他讨厌得要哄我走，我只好远远地跟着。后来，他见我脸皮厚，也就默许我跟着他，但不许说话。就这样，我像他的尾巴一样，与他一起不知走了多久。再后来，我可以听见他自言自语，于是抓紧机会附和着，但他似乎不屑与我这个无名小卒谈论捉龟的事。突然，他用手中的叉不停地向沙里插，"咚咚咚"，他弯下腰，双手同时插进沙里，一翻，一只乌龟四脚朝天地躺在他的手掌里。我迅速地跑过去，跟他一起呵呵地笑。这时，我分明看见他是那样慈善，那样率真。在夕阳的余晖里，我们踩着河水，一路欢笑。我们像凯旋的将士，走在回家的路上。

我一直想有一柄探龟的叉，一直想当一个有名的捉龟人，当我把我那朴素的想法告诉父亲的时候，父亲大发雷霆，我不知道父亲为什么会坚决反对我的小小的要求。有一天，我还是忍不住将家里的饭瓢的柄锯下，和邻居家的二娃一起，将柄的前端像曹铁匠那样，放入煤灶里加热，然后取出，锤打成一个尖锥，加上一根竹棍，我的叉就做好了。我将叉放在床底下，生怕被父亲发现。我已经记不起有多少次半夜起来摸一摸。我有些难受，我不能将我的宝贝拿出来给伙伴们看看。我，太需要他们的嫉妒了。

忍无可忍，乘父亲上坡了，我拿出叉，跑到院后的竹林里，那是伙伴们最喜欢的地方。在那里，我们经常比赛爬树，但我一般不会参加，因为，惨败的往往是我，所以我说那里是他们的乐园。但，这次我非去不可，为了我的宝贝，也为了宝贝的主人。伙伴们早已在那里等得着急了。当我将叉呈现在他们面前的时候，伙伴们不约而同地发出一阵嘲笑，甚至，一脸烫伤疤的"疤子"一边笑得前仰后合，一边说：这是啥东西，送给他他都不会要。我的自尊受到无情的伤害，我要爆发了。我恨不得冲上去，一把扯下他皱巴巴的脸皮！我想我会报这个仇的。

以后的日子里，叉一直放在我的床下，就像英雄的剑一样，安安静静躺在我的床下。时间像一个魔术师，它会在你不经意间改变你，特别当你还是孩子的时候。我想做捉龟人的想法逐渐被当补锅匠的理想取代了，我再也没有去理会我曾经的宝贝。我常常站在院子外的小桥上，苦苦地等待那位会逗得你笑上三天三夜的补锅匠的到来。

后来发生的一件事让我再次想起我的宝贝叉。一天中午，我在堂屋的凉席上睡得正香，"疤子"惨烈的叫声惊碎我的梦。他捂住裤裆的手沾满鲜血，惨叫着从院子外跑回来。大人们手忙脚乱，脱去他的裤子，大家惊呆了。"疤子"的大腿上，一条两寸来长的口子，汩汩地冒着鲜血。大家立即将他送往医院。后来，大家都知道，惹祸的竟然是我的叉！不知什么时候，他偷走了我的叉，独自一人跑到河里捉乌龟去了。我不明白那叉是怎样刺伤他的大腿的。

现在，王老头早已随着他高超的捉龟技术，深埋地下，留在人们的记忆中。

我已不知不觉到了中年。

三亩半那口老井

罐子山下稻田里的秧苗已长到齐腰高了，地里的玉米正蓬蓬勃勃地长着殷红的须，淡淡的云痕高高地停在空旷的蓝天上，我呆呆地看着这幅画面。

那时，我穿着宽大的短裤，亮出细长的双腿和肋骨突兀的上身，坐在堂屋的门槛上，呆呆地想着长大的心事。

公狗来宝不安分，它在追一只白蝴蝶，蝴蝶在指甲花间闪现。我进了屋子，从墙上取下一根扁担，取下一对铁皮水桶，挑在肩上。来宝停止了它的游戏，乐颠颠地跟我出了门。空空的铁皮水桶碰着路边的高粱秸秆，"乒乒乓乓""乒乒乓乓"，让我的心情很好。

老井在三亩半，三亩半是一块田，面积有三亩半。分田地的时候，我看见明成会计用一根竹竿一竿一竿量出来的。我觉得这办法很笨，不科学，没有结巴老师教的方法好。我想告诉他，可谁会理会一个只知道发呆的小孩的想法呢？哦，他们说得对，除了发呆，我干不了别的。

一条石板路延伸到三亩半中央，路的尽头就是老井。三亩半干了，稻子已经垂下了白白的穗子，等待成熟。站在井口，低头看，井很深，水很浅，我看到井底倒映着我光溜溜的上身和来宝的头，还有天上的云。

我将一只水桶挂在扁担一头的搭钩上，握着扁担另一头的钩子，沿着井壁慢慢放下去，然后将手握的一只搭钩勾在井口的一个固定的铁环上。我在屁股上挂着一把瓢，叉着腿，踩着光滑的井壁上的棱，叉着手，抠着井壁上的小缝，猴子般敏捷地下去。

井底很凉，身上起了鸡皮疙瘩，一会儿，适应了，就觉得很爽。抬头看天，我知道什么是井底之蛙了，头上是一孔小小的天，云在悠悠地动，脚下的一洼水凼，晃动着小小的井口的影子。井底安静极了，只听见井壁上滴下的水滴掉进水凼的声音。

我的口哨在井底回响，我像一只蛙唱着，享受我的惬意。我望着洞口，看不见来宝。我知道，来宝定是去秧田里追秧鸡了。秧鸡最笨，慌忙中，它会将头扎进草堆里，以为藏得很深，其实，它的屁股露在外面。

我笑了，我就是一只秧鸡。母亲心疼我，说我瘦得像只秧鸡，不给我安排下田上坡的事情。现在，我就像只傻头傻脑的秧鸡躲进这井底了。

我用瓢将水舀进水桶里，水凼被舀得见底了，水桶还未装满。我必须等到水从井底的石缝里慢慢浸出来，集成凼，再舀，再等，再舀。等水桶里的水装满，我沿着井壁，像壁虎一样，踩着井壁上的石棱，抓着石缝，爬上去。然后抓起扁担，在井口叉着细长双腿，弓着瘦削的脊背，一点点将盛满水的铁皮桶拉上来。再将另一只水桶放下去，像猴子一样爬下去。

石缝里探着拇指大的小脑袋，井底居然有鳝鱼！我爬出井，摘下一根狗尾草，咬在嘴里，爬下去，将狗尾草伸到那家伙的嘴边，那家伙定以为是好吃的，居然慢慢游过去，一口咬住，我一扯，正想把它拉出石缝，鳝鱼知道上当，吐出狗尾草，倏地缩回洞里。我笑惨了，这家伙居然比我还傻。可不管我怎么逗，它都不出来了。

现在，我可以担着满满的一担水回家了。我看见玉米叶稻草叶划过桶口的水面，水面晃动着玉米火红的须、稻子洁白的穗，我细长的双脚踩在发白的石板上，晃晃悠悠向前。我听见扁担两头吱嘎吱嘎地响。扁担在双肩交换挪动。来宝在前面引路，它嗅嗅走走停停，我走走停停歇歇。

王三婆从玉米地里探出半个身子看我，说，这闷生有劳力哟。我稳了稳晃悠的双脚，回了她的话：三婆哦。她的话不好听，她在嘲笑我文弱。我是瘦秧鸡，我干不了重活，可我心里的世界你不知道，我愤愤地想。

这个夏天我就这么过着，就这样做一只井底之蛙享受在井底的大快乐。

等我皮肤渐黑，担着水不再晃悠的时候，天气愈来愈热，田里的土干裂得生出纵横交错的深口子，泥土的气味和稻子的气息在热热的空气里弥漫着。延伸到三亩半中央的老井的石板路上，挤挤挨挨排满了等待打水的桶。等到我下到井底的时候，从井口传来骂声，我怒而不发。

一场大雨断断续续下了三天三夜，我望着滂沱的大雨倾泻而下，静听着田沟里的水哗哗地流。来宝趴在堂屋中间似睡似醒。我想，夏天要过去了，秋天要来了。

我想起了结巴老师讲的"锄禾日当午"，我有些自责。我想，我该好好读书了。我给母亲说我的想法，母亲说，你不是木头脑袋的嘛。

后来，来了打井队，家家户户在门前打了井，用水泵抽，电一开，水就"哗哗"地从一根管子里流出来。后来，我离开了罐子山。而今，回老家时，望望三亩半，望望那口井，那里蒿草齐人高。

豌豆花开

门前的指甲花开得像情窦初开的姑娘，热烈而羞涩。

我看见翠翠走向它们，黑蝴蝶被惊飞了，蜜蜂儿被惊飞了。翠翠捻着手指头，掐了几朵，放在手心里揉碎，她将紫色的汁液涂在指甲上，她的手指甲盖就紫莹莹的了。

翠翠，三公的么女儿，也是我们院子里最小的姑姑。我不叫她姑姑，尽管她比我大，我还是没老没少地叫她的名字：翠翠。她让我想起散落在田间地头里的野豌豆。

野豌豆在路边羞羞地长，米粒儿大小粉紫的花，颤悠悠地开着，没有香气。它细碎的叶子，纤细的须，狭小的荚，精致得像翠翠绣的花，就像翠翠的名字，有一种透亮的色彩。

我还想起她背着一背篓猪草，吹着用野豌豆豆荚做的口哨。她吱吱呀呀地吹着，我听不明白她吹的哪支曲子，但我听出她快乐的心情。

"死婆娘，羞，羞，羞，羞。莫得妹儿的样子！"三婆总是嗔怪她，总是用手指划自己的脸，羞她的宝贝么女儿。

我不明白为什么用野豌豆的荚吹口哨就没有妹儿的样子？为什么院子里的男男女女开那些让人害羞的玩笑就有大人的样子？

我是不喜欢三婆的，她泼。谁骂了翠翠的脏话，她会冲向你，似乎想用她并不高大的身材压倒你。她骂别人的那些脏话，是很伤人心的。母亲说：啧啧啧，好孬，牛都踩不碎的！可她除了骂翠翠"死婆娘"外，我从未听见她骂那些踩不碎的脏话。

翠翠，是从不骂人的。三婆没有教会她骂人。

翠翠已长到我家那棵歪脖子的李子树的第一根枝丫的分叉处那么高了。因为，她将她的碎花衬衣晾在架在那棵歪脖子的李子树的第一根枝丫上的晾衣竿上的时候，我看见了，她留着长发的头挨着了那根晾衣竿。她将衣服一点点牵平展，一件件晾在晾衣竿上。她做得很熟练。我想起她的妈，我的三婆。是三婆教她的。她那么高了，好像马上要嫁人了。我想。翠翠用她纤细的手指在绣花。翠翠是坐在门槛上绣的。她挽起裤腿，露出两条雪白纤细的腿，耷拉着，跟着她的歌声摇晃——

豌豆开花绿莹莹，

外婆出来接外孙。

大舅母出来瞪眼睛，

像把刀子伤我心……

她在白色的枕头面子上绣喜鹊的图案。她白得似乎没有血色的细长的手指握着细细的绣花针，熟练地牵引着。花花绿绿的丝线在她脚边的针线筐里，像一只只彩色的蝴蝶，就像她花花绿绿的梦想一样。她把她的梦绣进那五彩的图案里去了。

比起她涂得发黑的紫色指甲，我倒喜欢听她的歌声，喜欢她绣的鞋垫。可她唱的歌给谁听的呢？绣的鞋垫给谁垫的呢？我弄不懂，母亲没有告诉我，她只是说，翠翠长大了。

现在，她拿着绣花针，并没有绣，而是呆呆地望着一处发愣。她静静的，就像无风的午后，门前的指甲花。她是在等待那只黑色的蝴蝶吗？我在心里这样比喻。

那是我上学的路，弯弯曲曲，曲曲折折。我会追着拖拉机跑，追上了，爬上去，搭免费的顺风车。那天，我看见一辆崭新的拖拉机，驾车的司机是村主任的儿子，他的身边坐着穿碎花衣服的翠翠，翠翠的头紧靠着司机的肩。我挥手，翠翠赶紧抬起头，见了我，很吃惊，满脸通红。我笑了：羞，羞，羞，羞。我学着三婆的样子，用手指划自己的脸。我没有去追那辆载着翠翠的拖拉机。

于是，我常常看见，翠翠被她的男朋友用拖拉机载着，突突突，快乐地行驶在罐子山下弯弯曲曲、曲曲折折的机耕道上。我常常看到那件碎花衣服飘飞在这片碧绿的庄稼地里，倒映在水田里。

野豌豆的花颤悠悠地开着的那段时光，我想，翠翠的心肯定是紫莹莹绿莹莹的。我想起了翠翠唱的儿歌：

豌豆开花绿莹莹,

　　外婆出来接外孙。

　　大舅母出来瞪眼睛,

　　像把刀子伤我心……

　　想着想着,我的少年时代就结束了。翠翠带着她的绣花枕头和绣花鞋垫,被村主任的儿子很排场地接走了。婚后第二个月,翠翠去了广州。那年,她十八岁。

　　第二年,她与村主任的儿子离了婚。我问母亲其中的原委,母亲说,八字不合。

　　野豌豆开花的春天,我家那棵歪脖子的李子树下,晾衣的不再是翠翠,而是三婆。三婆将衣服一点点牵平展,一件件晾在晾衣竿上。三婆似乎也想起了幺女,她在抹眼泪。我想,她心里一定在怪:死婆娘!

　　寒冷的冬天去了来了,美丽的春天来了去了。野豌豆又长出细碎的叶子,纤细的须,狭小的荚,又枯萎了。

猴

　　猴在耍猴人的肩头,似乎是蹲着,又似乎是坐着;它的嘴唇在上下翕合,似乎是在嚼食,似乎是在龇牙。无论怎样,此刻,它比它的搭档狗要悠闲得多。狗很老实地走在耍猴人的身边,主人不用绳索将它牵引——猴与主人之间的联系靠着那根绳索。

　　一阵鼓敲响,一拨人聚拢,一个场子扯起来,一场猴戏耍起来。主人将猴绳放开，那猴就在人圈子里漫步起来，它拖着绳索，绕着场子，依次讨要食物，圈子涟漪一样变大。耍猴人将一辆带两个小轮的童车往场地中央一推，那童车滑向场中央，歪歪地转。只听得耍猴人将手中的鞭子在地上一抽，灰尘腾起，那猴已敏捷地跑到了童车边，双腿人样地站起，抓起龙头，推着童车，绕着场子飞奔！

所有人都被它吸引了，所有人都期盼着看一场好戏。

可这猴不是好猴，它推着车，却并不看前方，它不住地回头望，似乎忘记了自己开着车，耍猴人用鞭子指着它，"哼哼"地提示它，但它置若罔闻，依旧心不在焉；耍猴人用鞭子的柄指着它，"欧欧"地警告它，围观的人潮一般地后退，笑声像涛声此起彼伏。等那猴将童车撞上一位蹲在地上来不及躲闪的小孩的时候，笑声荡漾开去。

哈哈，真是一只顽猴，好端端的一出戏，一开场就砸了，耍猴人气得青筋暴出，他冲过去，抓起猴绳，提起猴子，用鞭柄指着它，恶狠狠地教训它。

那猴龇牙咧嘴尖叫着，双手抓住绳子，双脚在空中乱蹬。人群又围拢来。

耍猴人消了气，将那家伙扔到地上，猴轻盈地落地，拖着绳子围着场地快速奔跑。但它找不到出口，只得冲着耍猴人作怪样，发出尖厉的声音。耍猴人敲起铜锣，那声音直穿云霄。一旁蜷缩休憩的狗抬起头来，竖起耳朵，站起身来，走向一辆黄包车，坐了上去，像个绅士。猴侧着身子，蹦跳着过去，拉起那黄包车，绕着圈走，狗太重，似乎很吃力，它弓着背，活像一个老司机。所有人又笑了。猴子快起来了。

突然，黄包车一歪，狗重重地摔倒在地，与此同时，一个车轮骨碌碌滚到一边，猝不及防的变故让所有人惊讶不已，可那猴似乎不知道发生了什么，它拉着那辆只有一个轮子的破车自顾自地飞奔起来，大伙再一次哄笑。猴没有停歇的意思。另一只轮子掉了，滚到一边，歪倒在地。猴还在拉着车架奔跑，地上腾起一股灰，所有人已经笑得无法自禁，耍猴人追着那猴奔跑，直到那猴把车架拉散，手中只握着两根棍子，继续煞有介事地拉着跑，它似乎不知道刚才发生了多么惊心动魄的事情。

很显然，这是一场烂到无以复加的戏！耍猴人窘得无可奈何，他将鞭子在头顶抡，发出鞭炮似的声响。趴伏于地的配角狗，将搁放在前腿上的下巴扬了扬，眼皮抬了抬，尾巴动了动，然后悠然如故。围观的人惊愕地望着声音传来的方向，耍猴人气得脸色发紫。猴已经料到大事不妙，它冲着耍猴人龇牙咧嘴，面目狰狞，还未等耍猴人接近它，它已捡起一块砖头，举过头顶，直向耍猴人扔去！但它毕竟是一只猴，善于攀缘，不善于投掷——那砖头在距离耍猴人两米外无力地落下。耍猴人已经奔到它面前，弯下腰，去捡解体的车架，准备抽打这顽劣之徒，可这猴已经腾空而起，攀附于他的背，尖叫着在他头顶一阵狂抓，耍猴人的头发立刻如原野冬日的败草。耍猴人抓住那猴的双腿，提在手中，那厮发出凄厉的叫声。

猴戏的尾声，猴安静地坐在狗的身边，咀嚼着耍猴人给予的食物，食物渣从它的嘴角吐出，比如胡豆壳、花生壳。耍猴人呢，他端着铜锣，绕场子依次讨钱；人们散去。耍猴人带着他的行当和演员离开。一副担子、一只狗、一个耍猴人、一只猴，走南闯北，栉风沐雨。

第 四 辑

行远

这趟旅程，真有点像围着篝火跳了一场锅庄——转山转水，不惧路途遥远，不惧曲折坎坷，最终汇入这股激情的洪流，卷入这个快乐的漩涡。

1. 天堂

凡夫俗子也罢，雅士野夫也罢，面对此景，定生此情，
结果是或淡出，或深陷，但均曾醉于斯。

世界那么大

终于有机会去看看那位写下"世界那么大，我想去看看"，辞职后安顿肉身与灵魂于成都郊外之街子古镇的网红女老师。

进门时，没见到女老师本人真容，却看见空空的店内，一个长发盘顶的男人，端坐于店中央的桌前，低头在阅读一本发黄的书。这场景与我想象的样子大相径庭。我问："这是那位写辞职信的老师的店吗？"

"嗯！"那男子抬眼看了我一眼，低低地回答，"喝酒吗？"他的回答让我无话可接，因为我不知用哪个词语，哪句话，开始哪个话题。

"喝酒吗？"那男子再问我。

我说："我不喝酒。"

我很好奇地看着这家酒吧里满墙的酒瓶子，才知道女老师的服装店改成了酒吧。

"喝酒吗？"男子头也不抬，冷冷地问。

我感觉到他的不悦，他的话里有弦外之音："你不喝酒就不要在这里瞎扯了，滚吧！"我决定不再逗留，更不与他谈话，因为，我知道，像他们这样的网红，早已不堪别人的打扰了，也早已不堪别人猎奇的眼光！我静静地走出他的店，回头看见他的店招写着"远归客栈"。

　　我揣摩着这个店名的深刻含义，但我觉得，在这个脚步匆匆的地方，游客熙来攘往，谁会停留片刻，细品其中的人生五味呢？

　　带我去见"世界那么大"的大姐，言语中充满了对此怪人的鄙视，甚至把他当成笑话："他两口子神叨叨的，头发整得像个鬼！"

　　大姐站在店门对面指着那男人给我看："就是他，还有一个女的。"那样子，真像是在指一个怪物给我看。进店的时候，大姐还带着恶意的笑，丝毫没有顾忌一下自己的言行，丝毫没有考虑一下主人的感受。

　　我之所以很快地离开那家店，不只是我无法找到语言与男主人沟通，更因为，大姐的表现让我难堪。

　　回家的路上，我想，这个大姐看不到别人的境界，更无法达到别人的境界。屋内主人内心的平静与屋外行人脚步的慌乱形成了鲜明的对比。

　　"世界那么大"的现状按常人的眼光看，确实有些失败。我也觉得他们不善经营，他们的酒吧在这条街定位不准，有几个人会在闹哄哄的街道里走进酒吧呢？且，这条街既无美景，也无美人，谁会有情趣在此停歇？况且，除了寒暑假，这条街几乎很少有文艺青年或者心灵伤痕累累的流浪汉或者情路坎坷的痴情男女到此借酒消愁，酒吧自然就门可罗雀，生意自然就要死不活了。难怪那个大姐用了一个词语来形容他们的生意：鬼眉鬼眼！

　　在回家的车上，我想我一定会抽空去真诚地拜访他们一回，一定要见到那位勇敢地追求自我的女老师——这个客栈的女老板，与他们来一次真诚的聊天——即使浅聊也可以。

　　我还想，我应该给他们写一首歌，这首歌就叫《世界那么大》。这首歌的每一句话都一定要撞击每一个人内心最深的点，一定要让有的人像揭伤疤一样地痛，有的人像挠痒痒一样地爽。

然后，我想给这个非常一般的店名画个叉，重新起名"世界那么大"，或者"我想去看看"！

我想，接近他们的最好的办法，就是在这里点上几瓶酒，喝醉自己，然后，毫无遮拦，说一堆真实的酒话，做一件任性的蠢事，痛快地骂，彻底地疯，做一回鬼眉鬼眼的怪人！

醉雨竹海

驱车直入竹海深处，已近黄昏，山如黛，天空深邃。身心疲惫，入住宾馆，竹楼里倚窗望，一切都不如想象，有些怅然。

夜里正酣睡，何时醒来的，全然不知；身在何处，努力想了很久。只听"沙沙"声在窗外均匀地响起，才恍然明白下雨了。没有睡意，心中顿时想起"雨打芭蕉"的意境。不过，今夜，雨起竹海，应当别有韵致。雨下了很久，缠绵了很久。直至我把"细雨潇潇，山涧潺潺，竹海流翠"的想象带入梦中。

山乡梦短。醒来时，透窗望出去，雨未停，屋檐边，水滴"滴答"不断。推门凉风扑怀，却不见山，尽是茫茫白雾。近处翠竹葱茏，低垂竹巅，挨挨挤挤。无法远看，天地变得狭小，却又分明无限，空灵一片，寂静一片。云雾浓厚而轻柔地飘，磅礴地流。竹海无海，有人惋惜地说。我不苟同，我喜欢大象无形的境界，我深信云深处，竹海无边。

缥缈之处，定有美妙的景色。草草吃了早饭，便直奔竹海深处。撑了伞，在竹林里的石板路上走，行人喜悦的笑声似乎在湿润的空气里也清爽得很。

翠竹无数，茂密的叶，高挺的竿，秀颀，青翠，眼前一片绿。绿得发亮发光，层次不分明，却很丰富，连竹根处的野草都绿得活泼泼的，被雨水浸润的苔藓，水汪汪地饱满。

寻了条小路走，没有石板，只有青黄杂间的竹叶，堆得很厚，踩上去，很柔软，却很实在。笑声渐远，雨声悦耳。雨声在头顶，在竹巅，随风来风去，时急，时缓，时低吟，时浅唱，时"哗啦"的一声，雨的小脚，跳着远去，倏忽消失，待你用耳朵去寻觅它的踪迹，它又"哗啦"一声折回来。密集的雨点洒下，让你猝不及防。衣湿了，沁人心脾地凉，从头到脚，清爽至极。再来一场雨吧，摇动一根竹，豆大的雨一阵狂下，湿透了爽到心底。

就这样，在密集的竹林里，踩着潮湿的竹叶，把着墨绿的竹竿独自走，独自沐浴在大自然的甘露里。

笑声再次在雨中变得醇厚，变得清晰时，我看见举伞走在林中石阶上的人们。鲜明的衣服如带，五彩的雨伞如花，绿与红与紫与黄与白交融成鲜艳的水彩画，飘逸，透明，润泽，淋漓……人与景是写意的画，笑与歌是抒情的诗。如诗如画的境界里，还有谁不变得如此轻松，如此洒脱呢？于是吼一嗓子，有人遥相呼应，雨簌簌地跟着下。

雨也许已经痴情于这片绿海了，没有停歇脚步的意思。倒好，仙女湖上细雨如织，点点圈圈的涟漪，让翠绿的竹的倒影有了生动的装饰。

坐上竹筏，船公默默地撑篙。荡漾于仙女湖心，任细雨滋润皮肤，真想做一个摆渡的隐者，"斜风细雨不须归"。竹围湖腰，湖映竹影，潜潜雨丝。

披蓑戴笠之人，于心灵之湖静静垂钓那份宁静与淡定，既养眼，又养心。上岸时，再看一眼仙女湖，湖上涟漪依旧。竹筏轻移去，撑船的人披蓑而立，竹筏轻拨，绿水微漾，带走我的目光，也带走我无尽的流连。

听见瀑布的声响，在一片竹林尽头，看见了高悬的瀑布，如练的瀑布，从竹林深处冲出又跌入竹林的深处。腾起的雾和那细密的丝雨将一片竹晕染。

行至山顶，居高而临下，眼界与心胸同时开阔。雨渐停，云在头顶飘动，锁不住苍茫的竹海，山峦起伏，涌动着层层叠叠的浓浓淡淡的绿浪。云涛翻滚，竹海荡波，内心的浪涛无法描绘。

所谓"外师造化，内得心源"。在这里，任何一个画家都会产生灵感，任何一位多情的人都会迷恋，沉醉得不知归路，走不出了。凡夫俗子也罢，雅士野夫也罢，面对此景，定生此情，结果是或淡出，或深陷，但均曾醉于斯。被悄然而来的雨惊醒，我随欢笑的人折返下山，一路依然是翠绿的竹，缠绵的雨……

李庄，李庄

念着你的名字，在一片茂盛的庄稼地边，我找到了你——

李庄！

静静的长江，流过你的身旁，又静静地流走。碧绿的庄稼地，是你朴素的衣。

走进你窄窄长长的小巷。我看到橘黄的阳光将屋顶翘角檐的影子投在斑驳的老墙上，静静悄悄地挪移着。石板路凹凸不平，墙根墨绿的苔藓顽强地生长着，白发苍苍的老人斜身安详地坐在半掩的木门里，猫在脚边静谧地浅睡。

李庄！你潮湿的空气里飘拂着时间的气味。

深巷里，稚嫩的童声朗诵着《早发白帝城》，如歌如吟。看看门上黑底白字的对联，一股淡淡的书香，立即充溢我的胸膛。

走过一条曲折的田埂。篱笆上缠绕的藤盛开着娇嫩的花。蝴蝶闲淡地飞舞。竹林深处，低矮的几间农舍静卧于此，朴素得无法与梁思成、林徽因的名字联系在一起。屋檐低矮，房间窄小，光线昏暗。门前有小园，杂草丛生。

陈旧的梁林遗物、黑白的照片，以及窗外杂草中阳光下的蜻蜓轻声告诉我：主人去了，乘长江里的小船去了远方。小园及小园的记忆的碎片在墙上的砖缝里，在书桌腿掉漆的虫蚀的空洞里，在布满红锈的门环上，熠熠生辉。

梁思成、林徽因在这间昏暗狭小的屋子里经营着爱情的同时也完成了《中国建筑史》和《图像中国建筑史》两部巨著。乱世也可成就心存真爱者难得的田园牧歌式的平静而浪漫的爱情，也可让崇尚光明者在简陋昏暗的狭小空间里成就辉煌与宏大，实在不可思议。我努力寻觅个中的缘由，可，于我，历史是一片空白，但在这一片空白里，我看到五彩缤纷的理想与情怀。我欲高歌。

砖墙上，相框里，林徽因端庄得如一朵素雅的百合，她的美丽与智慧在静静地绽放。她那澄澈的眼里，有一片云飘过。我不禁朝她目光的方向看去，透过格子窗，我看到深邃的天空，却找不到那一片纯净的浪漫的白云。

退出梁林的小园，像当年登门求教的学子一样，恭敬地退出。先生目送我走向竹林深处。在现实的田埂上，我再次看见篱笆上嫩艳的花和自由的蝶，却看不到身体羸弱的林徽因的身影，听不到她低吟的《十一月的小村》，找不到她如烟的淡淡忧伤。

循着那股诗书的儒雅之气，我走向当年同济大学的旧址，守门的小伙子推开沉重的大门，跨进一步，进入了历史的空间里。高耸的柱有力地顶起一片屋顶。宽阔的学堂里，没有了当年的课桌、讲桌、黑板，空空如也，一切都只能凭借小伙子简单的讲述想象——

朝阳在长江里跃动的晴朗的早晨，学子们穿着长衫，挟了书本，推门而入，青春的脚步急促而有力。坐回了座位，打开书，默念着，等待渊博的教授拨云见日的点拨和惊世骇俗的时评。老教授在年轻的目光里优雅地开课，高潮时，笑声不断；动情处，掌声震天。长江上的船工划桨而去，留下会心的微笑。

想象渐渐淡去，屋顶瓦缝里透出一柱明亮的阳光实实在在地耀眼。阳光里，尘埃飞扬飘荡，轻轻盈盈。我想，历史绝非如此轻松。1939 年，同济大学等很多高等学府，为躲避日军的炮火辗转来此，李庄，以区区弹丸之镇，收容了李济、梁思成、林徽因、童第周等全国知名专家学者和上万学子。

浩荡的内迁，绝非轻易，跋涉的脚步一定沉重而慌乱。

我品味着当年教授的话语，转身出门。厚重的门沉闷地关上。历史在短暂通气后又重重地被尘封了。

那一缕阳光的尘埃，一直在我心里飘浮。

放眼望去，长江在夕阳的余晖里，显得很平静。我看了很久，我发现自己在期盼在等待。等待远道而来的舟楫，当年的主人立于船头，满面慈祥。我愿跪拜于他的长衫之下，聆听他惊世骇俗的高论。

我如一只蝴蝶，轻轻来，轻轻去。

李庄，在我的视野里，你渐渐被茂盛的庄稼淹没，可稚嫩的读书声还在悠扬地响着：

　　　　两岸猿声啼不住，轻舟已过万重山……

我会心一笑。

西行漫记（两篇）

1

走走停停，一路画廊。

快门一闪，继续上路。

有劳作的人挥手说："扎西德勒！"在草原，"扎西德勒"是最好的通行证，任何愉快的交流都从此开始。

这是一片辽远的草地，碧绿如练，一个绛红的点在辽阔的绿之中由远而近。

近了，骑摩托的小伙子着一身红色的夹克，顶一头火焰般的头发。

"扎西德勒！"我向他挥手。"扎西德勒！"他向我挥起他硕大的红色手套。

"眼前这座雪山名叫雅拉神山，这个草原叫龙灯草原。"小伙子说，散落在草地上的帐篷是游牧民的家，星星点点的牦牛是他们的财产。

我们告诉小伙子，我们是画家，想到牧民家里拍摄些照片。

小伙子说，没问题。我们掀帘进帐篷，一下子全身温暖起来。

"扎西德勒！"小伙子的母亲端上热气腾腾的酥油茶，心立刻温暖起来。

小伙子的弟弟进来了，小伙子的表弟进来了，小伙子的女邻居也进来了。小小的帐篷里挤满了人。

门口还有个流着鼻涕的抱着羊羔的小康巴，他忽闪着眼睛。

帐篷外寒风呼啸，帐篷内笑声连连。

还有清脆的快门的声音，和酥油茶的清香。

红衣小伙成了我们临时的翻译，小伙子的母亲和兄弟们成了我们最忠实的模特。

那个抱羊羔的小康巴异常兴奋，他像猴子似的在地上快速爬行。

那个坠着金耳环的女邻居在她家的帐篷前站着，不动，也不离开，只是一个劲地笑。

那个满脸长斑的路过的小伙子，有一口洁白的牙齿和高高的身子。

主人家的藏獒接纳了我们这群远道而来的客人，安静地蜷缩成一团，静静睡觉。

离开龙灯草原，雨已经停了。

雅拉神山，一抹云低低地挂着，仿佛洁白的哈达。

红衣小伙及他的母亲父亲兄弟们在我们的车窗前挥手道别。

我们说："扎西德勒！"他们说："扎西德勒！"

车开了很远，回头看，横云下，有几个绛红的点、一顶黑帐篷、一缕青烟。

雅拉神山下，有一群马，在清凌凌的河水里倒映着。

马群里有两匹马，向我们奔来，马上骑着两个小卓玛。

她们来到我们的车前，马很矫健，人很俊美，我们赶紧停车拍照。俩卓玛摆着各种姿势。她们的笑靥恰如天边的一抹红霞，我们再拍，她们已挥手扬鞭而去了。

对着她们的背影，我大声地说："扎西德勒！"

风吹来她们的回答："扎西德勒！"

2

道孚，其实不漂亮。小城很乱，除了坡上有几处经幡，和街头随意走动的牦牛，几乎没有一点藏味。

卖牛肉面的雅安大姐告诉我们玉科草原那里很原始，她没有说那条路极其难走。

山路狭窄，蜿蜒成无数的之字形。牦牛在草地上伫立，山下是云雾，山若隐若现。下山是几十里长卷：雪山、草地、小溪、冷松、野生动物。

庆幸自己没有在半路上打退堂鼓。直感叹，幸好去玉科的道路崎岖艰难，要不早就没有今天如此原始的玉科了！

翻越一座海拔5000米的大山不是我们此行的意义，我们要领略的是一个尚未被开发的玉科草原。

但，当我的车一开出道孚城，天就下起雨来，更糟糕的是路上积水很深，到处坑坑洼洼，车在颠簸中前行。

路崎岖蜿蜒。车在悬崖上行驶，七拐八拐，有时穿越浓雾，看不清前程；有时豁然开朗，眼前一片明丽。

开车到观景台停下，看见牦牛在陡峭的山腰散落成黑点，鹰在云间飞翔。本以为到了山顶，但当我们继续上路，才发现还早呢！车继续在坑坑洼洼的路上七拐八拐着上行。

穿出浓重的云雾，眼前是一大片花海、一大片云海和辽远的蓝天。经幡在山脊上被风吹得呼呼直响。风里夹着雪花，打在脸上生疼！下山路，如上山路，可沿途所见的景致却令人兴奋不已！

行笔至此，发现无法继续，因为在大美的自然面前，语言不及摄影，摄影不如录像，录像不如眼看，眼看不如心记，但心是记不住的，因为：雪山的巍峨你是记不住的！草原的瑰丽你是记不住的！云的变幻你是记不住的！感受可以言说，但除了兴奋得像个孩子，你还能做什么！

同行的画家小军对每一处景致都流恋不舍了！他举着相机狂拍！资深的老画家增吉老师扑向草地，对着雪山猛拍！

这是一个狂野的地方，可以狂野！可以恣意！除了用眼睛和狂吼恣意地表达你的喜欢，你无法用别的方式表达。

回到最高处，看到雄鹰在蓝天飞翔。车停山顶，静等夕阳。在海拔5000米处，回味来路的艰辛与收获，不须言语了！

接下来，夕阳下，又是一片壮观！真应了"无限风光在险峰"那个道理。

美人谷里寻美人

出道孚经八美直向美人谷。沿途景色阴阳相望，崇山峻岭，流水潺潺。我想，美人谷里定有美人！

于是，遐想着美女如云的场景，开车的节奏随迂回的山道一起变幻，我们直下向美人谷！

从美人谷上段走到下段，却没见到一个美人！一老者颤颤巍巍走来，抖着手告诉我们：美人谷在上面呢！你们走过了！

我们回寻，可依旧没有看见一个美女。黄牛三三两两在公路上悠闲地踱步，老人端坐墙边。

我想，美人谷没有美人。路标指向一小道，小道向山里。路标注明：土司故居。一个藏族男子过来，趴在我的车窗上，神秘兮兮说，美人谷在山里，路烂，他载我们去。他伸出的硕大的手掌很诡异，暗藏杀机！我一挥手，一点油门，向前去！车行至巴底。

索桥桥头，一藏族大妈坐在墙角，正绞着线。她头戴藏族帽子，身穿藏族裙子，虽满脸褶皱，但笑容可掬。

绞线的大妈低头抿笑的样子恰是一幅好画的素材。

铁索桥连接河的两岸，桥栏上缤纷的经幡翻飞着。一女孩走来！我说：扎西德勒！女孩说：扎西德勒！那是一个中学生模样的女孩！她却说她是绵阳师范学院大三的学生。她皮肤洁净白皙。

我告诉她我想请她帮我们找一些老人或孩子，穿上民族服装，我们要拍点绘画素材。她欣然同意。

于是，我与她一同走在索桥上。在索桥上，她告诉我她的名字叫拉姆，我告诉拉姆我的职业是语文老师，她告诉我她的专业是汉语。

拉姆带我们向山上沿小路走向她的那些邻居，我们用汉语告诉她我们的想法，她用藏语转述我们的想法。

一会儿工夫，她就为我们找到六位老人明天做我们的模特。

住在藏家的石木楼，吃在藏家的四合院，喝的是老板自己酿的青稞酒。席间，老板敬酒，我们回敬！老板唱歌，我们唱歌。

拉姆不太会唱，她为我们唱了半首《在那东山顶上》。

拉姆的母亲来了。老板说，下面请一位尊贵的客人为大家唱歌。我说，是拉姆？

"不，她是拉姆的母亲！"

拉姆的母亲摆着双手说不行，老板已经将话筒递到了她的手中。

她扭捏着站起来，咳了咳，唱起来了……

我无法听懂她的歌声，但那歌声非常美！

一曲完毕，她怯怯地回到座位……她的高原红很美！

这时，大家都笑了，那是因为，两个两岁样子的女孩子正扭着屁股跟着音乐的节奏跳着舞。

夜深了，拉姆与我们挥手道别。

站在老板的屋顶，我看到满天繁星！天空澄澈明净如洗。

美人谷两边的山高耸着，黑漆漆地将天空裁剪成一条明亮的带子，带子上缀满星星。

下午，在索桥上，拉姆告诉我，美人谷的美人们都出去打工了，美人谷此时没有美人！

十月的时候，美人们会回到这里参加选美大赛，"身着盛装"的美人谷，就是名副其实的美人谷了！

拉姆说，明天她要穿上盛装，当我们的模特。

我期待着拉姆穿上盛装出现在我们面前的一刻，该是多么惊艳！想想，美人谷怎会没有美人呢？

穷日桑巴客栈

色脚吊桥下流水湍急，人走在吊桥上，摇摇晃晃。

穷日桑巴家客栈在桥那头。穷日桑巴在桥的另一头招揽生意，说："欢迎你到我们藏家做客！"

这是一家不大的藏家两层楼四合院，阳光在院坝里悄悄挪移。

店小二在酿青稞酒，穷日桑巴把酒糟倒在晒坝里。这个四合院一直弥漫着青稞酒的清香。

傍晚，我们爬上楼顶看夕阳；晚上，我们爬上楼顶看星星。

晚饭很晚。穷日桑巴拿起话筒说："我用一首歌敬远从千百里来的客人！"他唱得很好，声音仿佛来自他硕大的啤酒肚，又仿佛来自地底。

隔壁的小卓玛像极了天仙，有画意。我叫："天仙妹妹！"她羞涩地躲到一边去。

拉吉姆老人抱着手织藏袍来了，他是个很硬朗的老人，骨骼清晰，特点鲜明。他说着藏语，浑浊得连拉姆也要反复问很多遍。

他来让我们画他，还带了一大袋核桃给我们。

小卓玛还是没来，她还在赶作业。

那个一只手残疾的老人转着转经轮来了。他那旋转的转经筒的影子投在墙上，时间在流转。

傍晚，夕阳西下的时候，小卓玛像只夜猫般出现在穷日桑巴的屋顶上，她用一根绳子将一个装有衣服的塑料袋吊下来。拉姆踮着脚去接。

我隔着窗户喊:"天仙妹妹!"她丢下那根绳子,消失在夜幕之下。

终于,小卓玛与我们熟悉起来,穷日桑巴客栈里有了小卓玛的身影。她几乎不按我们的要求摆姿势。她总喜欢抿着嘴笑。

昨晚穷日桑巴喝高了,他又为我们唱了一曲。他唱歌的时候手掌总喜欢向上,活像托着哈达。

他用最古老的歌给我们下酒,讲美人谷的选美大赛。

青稞酒的后劲很足,青稞酒浸泡的故事很醇香。

小卓玛终于不再那么羞涩了,她领会了我们的意思,在穷日桑巴的楼顶上,我们为她拍了很多照片。

离开色脚,穷日桑巴指挥着我把车开过吊桥。车在吊桥上摇晃的时候,手机铃响了。拉姆发来的短信:小心慢走! 回望穷日桑巴客栈,看见吊桥那边,拉姆在挥手,小卓玛缠着拉吉姆老人站成一幅画。

其实,穷日桑巴客栈的店名叫"鱼庄",店招牌只有两张 A4 纸那么大。

我觉得他应该更大气些,应该叫"穷日桑巴客栈"。

多拉嘎姆

去多拉嘎姆木雅祖庆学校的那天早晨,下起了小雨,与福利学校遥相呼应的雅拉神山已淹没在厚重的云雾里,多拉嘎姆开始成为我心中渺茫的想象。

我们的车里载着几个支教的老师和木雅祖庆学校的谢老师,还有两个从福利学校转入木雅祖庆学校读一年级的藏族孩子。驶过塔公不足一公里的街道,转入一条狭窄的公路,向多拉嘎姆进发。雨中的草原别有一番韵味,云雾低低地罩着，小丘和远山如朦胧的水彩画，水色淋漓，碧草润润的，可谓翠色欲流。汽车颠簸，眼前的画面随之摇晃，越发显出神秘的美丽。

多拉嘎姆在缭绕的云雾里静候着我们的到来，木雅祖庆学校在一片凹地里静默，泥泞不堪的操场上，五星红旗高高地飘扬着，在碧绿的草原上显得格外耀眼。两排灰色的活动房并排列于操场边上，谢老师说，那就是教室和学生的寝室。

下车走过泥泞的操场，感觉发冷，我们赶紧进了一顶大大的帐篷。这是教师的办公室，所有老师都在这里办公。草原的风疯狂地摇晃着帐篷，帐篷似乎要被掀翻，心也随之震动。

进得帐篷里，才觉得有些暖和。主人家倒上一碗热茶，抱来棉大衣。主人的热情让人心里开始温暖。这时，我看到这是何等简陋的办公室呀，从帐篷顶上滴下的雨水倒映着破旧的办公桌。老师的办公桌上，汽水瓶中插着的色彩艳丽的野花，努力地绽放着。那是一抹让人快乐的颜色。木雅祖庆学校的语文老师是清一色的女老师，这些从外地来的俏丽的姑娘，早已如草原的野花一样，她们在这里栉风沐雨，在这里尽情绽放。

我们的教研活动在狂风嘶鸣中进行，在纯藏语地区，孩子们的汉语语汇几乎为零。学校使用的教材是人教社教材，而且与年级同步。这群俏丽的姑娘，根本不懂藏语，艰难地教着孩子们认识"αoe"，直到流利诵读《植物妈妈有办法》。

由于学生全寄宿在学校，一学期回家一次，老师们只能一个月到镇上一次，两个月到康定一次。爱美的姑娘们，在康定洗个澡后，买齐两个月的日用品，便马不停蹄地匆匆返校。

曾经，这些美丽的面庞在都市穿梭的人流中显得那样动人，她们有的来自繁华的深圳，有的来自悠闲的成都，有的来自美丽的大连，为着一个动人的传说，来到多拉嘎姆。她们红润的面颊上留下了美丽的高原红。

雨停了，风住了。云雾散去，雅拉神山像一个伟岸的慈父张开巨大的双臂，将多拉嘎姆揽入怀中。

多拉嘎姆不再是我心中渺茫的想象。

如歌的书声

早上六点过，孩子们的读书声将我唤醒。那声音很让我陶醉，虽听不懂，却很悠扬，仿佛来自心灵的深处。

那读书声里，可有那恋家孩子的乡愁？你，那死活不愿离开母亲的孩子，哭着闹着追着母亲离去的背影，却被老师拽回，在泥泞的操场上蹭一身稀泥后，被同学拉进教室。教室的玻璃窗上，留着你湿漉漉的脸和你抽泣的影儿。

那读书声里，可有那大眼睛的忧郁？十四岁的美丽的大姑娘，你，为了学习母语，跟着父母，从康定回到草原，想跟弟弟妹妹坐在同一个教室学习藏语。可小小的教室已经挤满了求知的孩子。父亲的无奈，母亲的哭泣，和你的忧郁的大眼睛是否敲开了学校的大门？

那读书声里，可有那独眼孩子的祝福？我没有办法将你送我的蒲公英完好地保存，但我保存了一个孩子最美的笑脸。当你将一朵蒲公英递给我的时候，我看到你的左眼泛着白色，另一只眼里分明格外清澈如水。那美丽的花，把你的脸装扮得非常美丽。

那读书声里，可有那如花笑脸的妩媚？我一直不知道你的名字，你总是羞涩地远远地看着远道而来的客人。我不同的打扮让你好奇？抑或，我的歌声让你着迷？像白云一样纯的孩子，总是那样笑眯眯的。我想询问你的名字，可你总扭头离去。

那读书声里，可有那小康巴的梦想？那是草原满目青翠中的一点红艳，就是你呀，小康巴，你扑腾的是一颗对学习强烈渴望的心。你告诉我，你的愿望就是当一个小学生，一个有知识的康巴汉子，一个顶天立地的康巴汉子。

这个早晨我浮想联翩。寝室窗户的玻璃起了一层露珠，看出去，晨曦中的草原模糊得越发神秘。如歌的书声，久久地响在耳畔。

写意草原

1

翻过折多山，就到了塔公草原。

蓝天深邃得让人无法遐想，洁白的云似乎触手可摘。山峦如翠，河流如带，牛羊成群，经幡招展。

一路行走，一路变幻，哪一种高明的比喻，都不可准确描述眼前一晃而过的神奇。

这就是草原吗？这就是草原吗？

她竟向我迎面而来了！

举起的相机无法聚焦，无法定格，无法捕捉。

草原，我梦中的草原，真的就在我的眼前势不可挡地铺展！

2

一脚踏进草原，身如一片落地的花瓣。

人是多么渺小，天地却无限宽广。

我努力扑向草原的深处，却无法走到目之所及的葱茏，我依旧站在兴奋的原点，饥渴地四望草原，草原的辽阔远远地超越了心的无限。

我躺在湿润的草地，似乎变成了一株小草。格桑花在身边美丽地开放。这绚丽的色彩让我变得黯然。

阳光照得每一块肌肉、每一寸皮肤、每一个关节开始史无前例地松弛。眼前是深蓝的天，云从头顶飘过，带着我的心自由地飞远。

静静的草原里，我如落地的花瓣，格桑花淡淡的芳香是我无声的歌唱。哦，草原，我无法用歌表达我的喜欢。

3

草原！草原！

无法拒绝没有过滤的充满紫外线的阳光，草原的一切都坦荡地在眼底呈现。比如草，比如风，比如山，就如远处飘来的康巴汉子豪放的山歌那样，毫不含蓄地撩拨你的心弦。

哦，粗犷的草原！

随云而来的草原雨，突然地来，悄然地来。

于是，草原的一切便又在簌簌而降的雨中浸润，缥缈，绰约，静静悄悄地幻化成浓重轻淡的淋漓的写意。那风，那草，那山都融进这朦胧的氤氲的水色意象里去了。

无法准确地抓拍每个着迷的瞬间，倏然而变的云雾将草原的神秘随意罩染。

沉醉于斯，心无法不自由，无法不散漫。

4

河水很浅，温柔的水草悄悄梳理着从雪山来的悠远。

轻轻流淌的是一池河水？

溯着河水来的方向，我看见巍峨的坚挺的神山，直指苍穹的神山，直指心灵的神山！

层层叠叠的玛尼堆历经风蚀雨剥，经文却清晰可鉴。

转经轮不停地诵读你的千古真言。

磕长头的身躯向你丈量着信念的深深浅浅。

鲜艳的经幡被风念了一遍又一遍。

哦，神山！从这里，把虔诚纯洁的灵魂，一直带上苍天！

5

不再信马由缰，美丽的藏族姑娘牵了马儿走上小丘。

姑娘的长辫被金贵的头饰装扮得光彩耀眼，绸质的藏袍雕刻着姑娘动人的身段，最是那娇羞的笑脸，在回眸一瞬，像格桑花矜持而不乏娇艳。

翻飞的蝴蝶勾起我唱歌的想法：

"姑娘走过的地方，一路鸟语花香……"

歌声越过小丘，飞向姑娘的心房。姑娘明眸里流淌的是河水般的妩媚，皓齿划出的是清风般的柔情：

"我是你心中的姑娘，想靠靠大哥的肩膀……"

歌声穿透云天。翱翔的鹰，在尽情舞蹈。

小丘之上，策马而下的姑娘，飘飞的长袖，在碧绿的草原上，划出一抹亮丽的云彩。

6

夕阳挂在山巅。

山头骑马暮归的汉子健壮的身子映成飞驶而去的浮云，平坦的草原上，姑娘的影子好细好长。

静静的河带着金黄的余晖恋恋不舍迂回而向远方。

把河水踩碎成满河金珠的藏家女人哟，你那美丽的高原红，被清凌的河水，浸润得分外艳丽；你那白皙的手指，被清凌的河水，浸润得分外娇嫩；你那……

转身而去的女人留下修长的身影和飘飘长发。

我不忍心踩入这水，远去的女人留下的美丽的影儿和她的娇羞，久久地，久久地，不再淡去。

我决定不再离开。

7

夜，草原的夜最香醇。

一切都退到很远，只有天上的繁星和藏家的火在遥相呼应。

星云密布的天河，可有我汉家的牛郎织女的传说？熊熊燃烧的篝火把藏家男女撩拨着。

远远飘来的酥油茶的香味，在暧昧的空气里醉了多少康巴汉子和卓玛的梦。

藏家的男女跳起锅庄^①，挥动长袖，高亢的锅庄舞曲飞向银河之上。

天上人间。

人间天上。

五色松坪沟

沿通往九寨沟的路到了茂县继续向前，然后左转取道松坪沟，经过一二十里曲折的山路，再一转，进入一道沟。沟的两边便是高耸的大山，阳光斜照进沟里，投在一片平坦的草地上。那里，鲜花密布，层层叠叠延伸至远方，由远及近地变换着颜色！

画家对于色彩的敏感远高于常人，而此刻我们惊叹的不只是这个，而是，那一片紫色里蕴含的丰富的内容，使它极具节奏与韵律！于是，我们停于此，内心里充满敬畏！

海子倒映着蓝天，似乎把水里的蓝天洗得更蓝！海子倒映着白云，似乎把水里的白云洗得更白！海子把倒映在水里的人洗得更美！

山，却在水里变得柔美了，柔柔地轻漾！

马匹静默在草地里，云从水里飘过，时间的概念只有那抹由山脚向山上挪移的阳光在提示。

拖拉机停在格桑花丛里。悄然而至的雨落在我们的画纸上，透过云隙的阳光剑一般投向大地！

---

① 藏族的民间舞蹈。

云起云散，日升日落，抓不住，画不准，记忆满满的是一帧帧画面！

画家将它画在纸上，美女画家的发丝里有夕阳的余晖在跳跃。河中的粼粼波光被画家捕捉到了！

骑马从夕阳里走来的汉子，面庞如油般亮堂；矮墙边远远望着我们画画的女主人，绣花围裙是不是她出嫁前的作品？

松坪沟不只可以画画，还可以喝酒。

可以在沉沉的夜色里喝酒，下酒菜是山上的野菜。土生土长的菌子，土生土长的花椒，土生土长的客栈老板，变着花样做着一道道土滋土味的饭菜，给每位远客创作的灵感。

与世无争的松坪沟用润泽的气息滋养每一位来这里的人，尤其是一群志同道合的画家。在简老师悠远的故事里，我们听见流水轻响的潺潺，风过山间的轻吟。人融在自然里，只有讲不完听不够的故事，心，静如海子！

面对这如画卷般的地方，如果有幸生长在这里，我甘愿不食人间烟火。只需一杯酒，一处景，一群朋友，就够了！

2. 栖所

在这里，人，不用牵扯于身外，人，只用安稳于内心，看山，观云。

寿者

绵虒，上观寨，每一处都是画。

柿子红了，小灯笼似的高悬于枝头，菊花姹紫嫣红，炊烟淡淡缭绕。

我轻轻走进寨子，不惊扰每一个主人。狗从门缝里挤出，叫几声，跟在身后，似乎很不尽责地敷衍地再干叫几声，被主人喝住，摇着尾巴进屋了。

然后依旧静谧。石块砌成的墙上，枯藤上爬满新藤，苔藓很厚。

洗衣台边，自来水在流，流进洗衣盆里。水从山上引来。老人在洗脸盆里洗手，他的猫蹲坐在洗衣台上，半闭着眼睛。我的到来惊扰了猫，它跳下洗衣台，跃上矮墙，沿柱子爬上屋顶。老人没有被惊扰，他从横杆上取下揩手的帕子，擦净手上的水，将帕子平展地晾在横杆上，端着水，走向晒坝边的一丛花。他将水倒进那些花的根部，像一位公平的大人呵护每一个孩子，他均匀地分给那些花。

老人抬头的时候，才看见我这个不速之客。我说，大爷，我来拍几张照片。

老人说，拍嘛！

老人的花开得旺盛极了，艳丽极了！

一时间，我叫不出那些花的名字，大的小的，紫的红的黄的，密密匝匝，活像一大群活蹦乱跳的孩子！

老人指点着他的花，给我讲那些花的名字，我觉得这些花名应该是老人起的吧，我从未听过；它们仿佛是自己从山上跑到老人家来的，老人收留了它们。

老人进屋端着一张条凳请我坐。我与老人并排坐着。

老人很老了，脸上皱纹纵横交错，恰如屋后的大山，沟壑纵横。

我附于他耳际，问："老人家，高寿了？"

老人说："九十七了。"

老人说："我大儿子都七十多岁了，都退休了！"

老人说："我儿孙满堂哈，汶川县城开馆子的就有我儿子，还有一个在教书呢！"

老人骄傲地举着一个手指："我都快满一百岁了！"

他的手很粗大，他的手指很粗大，像一个硕大的干笋！那根干笋般硕大的历经近百年的手指，指向苍穹！

屋后山顶的那棵千年古树直指苍穹，俯瞰大地，见证沧桑巨变！

我说"老人家，你精神好哇！"

老人眼放光芒！

老人说："你看这山，这水，都是有生命的！都是不容侵犯的！我年轻的时候，这里是密密麻麻的森林，树木大得抱不住！后来给败家子给砍了！就成了荒山！"

老人再一次举着手指说："你做了什么，天看得见你的！"

老人说："这里的鸟、虫、猫、狗，都有生命！侵犯它，于情何忍！"

我无法插嘴！

老人说："我九十七了！我见过世面的！"

我更加无法插嘴!

老人起身进屋,拿了打火机出来,给门口的神龛点上了灯。我拍下了这个镜头,并将镜头移向老人墙上的两束干鸡冠花,按下了快门。

老人说:"你喜欢,我送你!"

我说喜欢。老人取下一束,弄掉上面的蜘蛛网,递给我。我如获至宝地捧在手里。老人说:"我给你找个袋子包好!"

临别,我与老人道别!老人向我挥手道别。我不知道该说什么,我双手捧着老人送我的干花,恭恭敬敬地给他鞠躬。

老人送我出院子。

他的猫从屋顶沿柱子爬下来,跳下矮墙,在老人脚边蜷缩,老人摸摸它的背,似乎在说什么。

层层叠叠的上官寨依山傍水,依的是巍峨的高山,傍的是磅礴的大河!

……

绵虒,大禹的出生地,每每到此,我必恭恭敬敬。

转山转水火把节

四合乡在西昌城外,不远。火把节八点开始。四点钟,我们从酒店出发,下楼,打车。一路上是西昌城绮丽的风光。可刚到去四合乡的路口,便遇到交通管制不让通行,且步行也不行,须在胜利北路坐摆渡车到现场。

在赶往胜利北路的途中,聪明的司机断定我们应该去的是星月广场。于是我们更改了终点。

于是穿小巷,挤小街,等红灯,让路人。好不容易到了星月广场,那里正在搞火把节音乐会。门口的工作人员说，星月广场的火把节取消了，我们要去的就是四合乡。

我们登上了第二辆出租车，目的地酒店。因为，平台通知，火把节现场禁止带一切物品。

我们回到酒店，卸下装备，再次下楼，登上第三辆出租车。穿小巷，挤小街，等红灯，让行人，直往胜利北路。

上了路边的摆渡车，司机说，坐满了就走。还好，二十分钟后，车徐徐启动，缓缓前行。让人意外的是，时间不到两分钟，行程最多五百米，司机说，到了。所有的人都惊讶地"哦"了一声，然后汇入人流，步行大约一公里，过三重安检，过一座大桥，进一道拱门。火把节现场已是人山人海。

就这样，转街转巷，最终赶上火把节。火把节现场人头攒动，挤挤挨挨都是人。

十几个歌舞节目预热后，便是滚烫的高潮。九堆篝火同时点燃，近万人点燃手中的火把，围着篝火逆时针行走。只见火光冲天，火星飘扬，广场处处是火，处处是通红的脸庞，处处是绰约的人影。无边的广场是人海，是火海；是人潮，是火浪。

激情在燃烧，快乐在升腾，幸福在流淌。

手中的火把化作灰烬和烟尘，篝火还在熊熊燃烧，噼噼啪啪地炸响，音乐一曲又一曲，把人们送到了快乐的最高点，认识的不认识的都牵起手，围着篝火一浪又一浪地跳，会跳的不会跳的都踩着音乐的卡点，一圈又一圈地转。

……

此次南游，我们先抵达西昌，然后直达昆明，为的是避开大理和丽江的雨，可路途中还是云里雾里；再从昆明折返经大理和丽江，回到西昌，为的是奔赴一个激情狂欢夜，可还是有点波折不顺。

这趟旅程，真有点像围着篝火跳了一场锅庄——转山转水，不惧路途遥远，不惧曲折坎坷，最终汇入这股激情的洪流，卷入这个快乐的漩涡。

静静的沙溪古镇

旅游不做攻略，随心而动，随遇而安，说不准会有意外的遇见。

这一趟，我游过几个人潮如织的网红地，印象是，滇池边的海晏村，红土墙的房子有格调，但太过脏乱；白沙古镇，一锅乱炖的腊猪蹄货真价实且美味，此外，太过平庸；抚仙湖边的马房村，有一条窄窄的石板路街，往远处延伸，灯光昏暗，夜雨下，让人想吟诗，但想了半天没有哪首诗能与之匹配，也就罢了；丽江古城，我是慕名而去的，夜晚的丽江古城酒吧有些暧昧，玻璃窗上曼妙的投影让人驻足，本想多看几眼，但我被人流裹挟着走开……

看多了没有意思的东西，会怅然；看多了雷同的东西，会疲劳——不只是审美疲劳。

沙溪古镇是个例外，少有人知晓，人气也不旺。它窄窄的街道不整齐地铺着石块，路面凹凸不平。路边的石块上有青苔，可想此地人迹罕至，备受冷落。好多客栈大门紧闭，门口的牌子上写着"今日客满"，如果你匆匆走过，如果不是偶有游客拖着行李推门而进或开门而出，你一定会误以为闭门谢客是老板生意惨淡的无奈。

其实，这里原来是一个世外桃源！它深藏于大山，静卧于一片开阔的平地，其貌不扬。群山环绕下，是墨绿色的庄稼；庄稼环抱大大小小的院落。瓦灰色的屋顶和随意画成的壁画，让人觉得这里少了几分活泼。我也以为，这里太过简朴，可透过门缝，我发现，几乎每一家客栈都有一个宽大的院落，有堂屋，有厢房，有花园，有假山和走廊，不一而足。而且，每一家装修得都非常繁复，陈设极其讲究，气质超凡脱俗。

可，繁复之中，却是统一，却是平和。被阳光和月光浸泡过的所有陈设，沉稳如老人。

屋子里的人，或轻轻地聊着天，或淡淡地品着茶，或静静地阅读，或深深地发呆……连猫狗都不叫唤。除了门前的流水无声，连神龛前香烛的烟都如丝般轻轻，仿佛在述说时间不朽，日子充裕，光阴来过。

屋外的庄稼地，各种瓜，各种花，各种藤，在慢慢长。广阔的庄稼地那边是墨绿的群山，群山间，白云低垂。云外还是云，山外还有山。

这里的宁静，是真的宁静。是往来的人脚步从容的宁静，是彼此间心平气和的宁静，是劳顿之后彻底自我的宁静，是驰骋之后与世不争的宁静。是一个人由内而外的宁静。是人来鸟不惊的宁静。

如果你是一个爱热闹的人，在做旅游攻略的时候，你忽略它吧。如果你喜欢安静，追求心灵的丰盈，可以考虑在此常住。

在这里，人，不用牵扯于身外，人，只用安稳于内心，看山，观云，冥想……

苍山静卧洱海微醺

我想，大理的日落因为苍山洱海的完美结合才如此梦幻——

我驱车 300 余公里，用时四个小时，为的是奔赴一场惊艳的盛典。可我到时，遇上的是晚霞正徐徐熄灭，夜帐正缓缓降临，苍山如黛，碧水如眸，洱海羞答答，苍山静悄悄。

正在酝酿另一个美好。

苍山静卧，洱海微醺。海鸟张开双翼拥抱天边的云彩。一缕缕轻纱似的红云宛似红晕泛起。入夜的序曲轻柔地响起。

黑帐将夜完完全全罩住，夜将山水揽入怀中，多情的洱海缓缓坠入夜的柔情里了，它轻轻褪去月色一样朦胧的衣裳，轻轻讲起涛声一样荡漾的情话。

最后，山与水无形无界无我，彼与此相迎相应相融……我只看见天光下荡漾的微波，只听到静谧中起伏的喘息。

苍山洱海，在夜色里沉迷了！沉溺了！沉沦了！

我想，明天我要起一个大早，静等新的一天的到来，我一定会看到苍山睁开睡眼，洱海深情依依，太阳涨红了脸，云的裙半遮半现，水鸟的小脚在舞蹈……

成都背街

大街背后那条小街，梧桐叶翻着书页，抖落了无数的文字，编成诗签。

恰如这座城市波点的裙摆，地面有无数斑驳的抒情逗点，墙上有无数动情的泪斑。

面包车后是电动的代步车，代步车后是彩色的童车，童车后面是小汽车，送水的师傅在路边吃面，老爷爷在吃面，孩子在吃面，简单的滋味原来就在喧嚣的街背面！

缝纫机哒哒哒哒地缝补着生活的大错小错，安一条拉链，挑一个脚边，收两三块钱，小龙干洗兼营衣裤修改，隔壁是姑姑宴和"一品堂"冒饭。

小猫咪十分慵懒，它不用上班，它的爱情在迷人的夜晚；光头大哥牵着瘦狗儿，他们像父子一样亲昵，一个走得稳，一个走得欢快；树枝上鸟笼里的八哥的心思谁懂呢，它自顾自地讲着简单的成都方言。

公用电话前有个戴墨镜的大哥在冲着话筒大吼大叫，看来，今晚他有一个饭局，有话见面再谈。

双手提菜的大姐要么是主妇要么是保姆，她走得很快，她家一定有一个补课的娃娃，一定有一个不变的时刻表，有一桌可口的饭。

下棋的大爷呀，胸中有千军万马，落子能叱咤风云，战了又战，输了一盘赢了一盘。

水果店有四季飘香的果子，花店的花硬是好看的嘛，老婆婆胸前别着三两朵黄桷兰。

何处传来李伯清的散打段子，说的就是成都人的幸福与辛酸，成都人听了一遍又一遍，一年又一年。

城市最古老的书在这些背街的小街，不过就是一首没头没尾的打油长诗，适合用丁丁糖敲击的节奏阅读，用端茶碗的两根手指翻页，用吃豆腐脑的心情慢慢看。

一条路

一条路，不知通向哪里。

从喧闹的大街转入这宁静的所在，树很密，葱郁蔽日，曲径直通幽处。

路很窄，两旁树枝密匝，彼此交互，小径更幽深。简陋的农舍，掩藏在竹林深处。鲜红的门对，虚掩的门，慵懒的鸡，伏睡的狗，以及主人从窗口往外张望的目光，构成一幅淡淡幽幽的水粉画。清凉和谐的调子，简约而细腻的笔触，都罩在氤氲的氛围里。

路旁色彩丰富，斑驳的阳光活跃地跳动，像一群孩子快活的小脚，踩着欢快的节拍；又像小姑娘的裙上缀着的花朵，飘舞着。没有音乐，却分明让人感到天籁的节拍在随时间轻轻旋舞。

时间在悄悄地流，脚步也随之变轻。

藤绕在枝丫上，篱笆上，矮墙上，屋顶上，窗棂格儿上，哪里都有它们娇弱的身影。丝丝线线，缠缠绵绵。叶格外绿，水灵灵的，像含情脉脉的眼，阳光斑是最多情的眸子。彼此倾心，相互顾盼。或牵手一路向前，或执腕两心照看。蝶舞花间，或停成一朵缤纷的花瓣。不知你在忙碌什么？守候什么？

人在画中点缀，一点红艳。

那一缕幽香，栀子花？橘花？说不出名字无妨，但可停下脚步，闭上眼睛，任那香气随润润的空气，飘进全身。它，忽远忽近，似有似无，抓不住，挥不去。让你怀疑它的存在，可以为是你的想象欺骗了感觉的时候，它又分明沁入了你的心脾，丝丝缕缕的，有淡淡的甜味，不浓不腻，恰到好处，你的想象又无边地展开。

偶尔，一辆三轮车摇晃着，慢慢来，慢慢去。此时，铃声也清脆得悦耳，与树丛里的几只鸟的清唱呼应着，对唱着。渐远渐近，渐高渐低。心底有一首歌在低吟。

这条路常常让我流连，它很遥远，我没有闲情逸致去寻找它的尽头，我想，它应该通向一个很远的地方。

静静的马家场

沿着西延线向西，左转过中海国际社区和两河森林公园，你会意外地发现一条老街——马家场。

马家场不大，却囊括了许多美丽的元素。

马家场老街很小，长不足百米，宽不过两丈。房屋低矮，青瓦盖顶，木板围墙，竹竿挑窗，乱石铺街，显得古色古香。老街虽小，却很方便，小摊置于街沿，小商品一应俱全。酒坛里的纯正的高粱白酒，飘香满街。街上行人稀少，脚步散漫，很是从容。老人靠门而坐，静享安适。檐下鸟笼里，八哥欢叫蹦跃。屋顶电视天线耸立，直指云天。抬眼看，觉得天空格外宽广。

信步来到街的尽头，顿时热闹起来。这是一座拱形的石桥，桥身布满苔藓。倚桥栏右看，桥下流水潺潺。左看，断壁残垣横亘河中，流水至此，便跌宕起伏，如溅花流玉，待河水跌入一片开阔的河面，便平静下来，缓缓流走。下得桥去，从河滩下河，河水刚没膝盖，清清的河水，牵引着绿缎般的水草，袅袅娜娜，柔柔软软。河滩上，野草葱茏，莽莽的一片。白鹭时飞时停，时鸣时息。好一个自在的地方！

河边，竹影婆娑，一簇簇，一团团，密密层层。小楼翘角，掩映其中。一条歪歪斜斜的石阶，穿过竹林，伸到河边。洗衣淘菜的女人，弄碎了平静的河面，涟漪荡漾开去。

过了石桥，便看见一排矮墙，砖底灰面，岁月的流痕让墙显得斑斑驳驳。墙角杂草丛生，墙面藤萝攀附，墙头芦苇堆砌，郁郁葱葱，蓬蓬勃勃。清风过处，彩蝶翻飞，好让人激动！

我是几年前写生时发现这条老街的。那时，马家场的宁静优美、自然朴实吸引了我，以致后来竟一发不可收地去了多次，每次都会带回几张满意的画作。其实，并非我的画技多么了得，确实是马家场的诗情画意给了我无尽的联想。

雨中的马家场

雨中的马家场极有江南的风韵，一江水穿过一座古镇，一桥连接两条老街，氤氲而朦胧，潮湿得如同一幅水彩画。

雨中的马家场静谧得只听见河水流过的声音和雨靴踩水的声音。

滩涂里几个孩子冒着雨在鹅卵石上行走，雨在河心平静之处画下涟漪，恰如忧郁的诗句。泪痕斑斑的古墙上留着孩童写下的算术题。

古桥上，自行车碾过。

竹林潮湿，色彩浓重；而远树已淡成一抹墨痕。屋檐下的衣服是最艳的一点点缀。

猫在窗棂上静憩。

老人在屋子里坐着，她的眼映着天光，皱纹里有水滴。她坐在门口的凉椅上，淹没在屋子里的一团黑里，只有那双修长的手放在膝上。

时间在她手指间宽宽的缝隙间去得静谧，似乎不惊扰任何人。

我坐在她门口的屋檐下，我在画街景，她在看我的画。

她像一卷已经氧化的老式电影胶片，断断续续地讲着这个地方的老故事。她似乎在自言自语，又仿佛是在给我讲。我不相信是那些故事太遥远无法拾起，如同褪色的帧帧画面。我认为她是走不出来才不愿说与我听的。

马家场是目前离我家最近的唯一安静的古镇，有河，有桥，有猫，有老房子，像一个老人。

可惜，今夏潮汛期，河水陡涨，冲走了几间房，一排树……

很窄的小巷

这是一条很窄的小巷，车无法进去，小巷两边的人似乎不出家门就可以互递东西，共享彼此的饭菜香气。

我在这里画画。

由于我的到来，小巷的人聚在我的周围一边观看我作画，一边谈论一些家长里短、柴米油盐。他们也谈论画，他们说哪里像哪里不像。

他们很善良，会说那些不像的地方很像。

有猫开始叫唤，一直叫唤着走进邻居家门。邻居女主人像逗小孩似的说："去去，没得饭，没得饭！"

猫咪似乎没有听懂，也似乎不相信，它继续拉长声音叫唤。

"跟你说了，没得饭，没得饭！"女主人说，"这猫脸皮厚！死皮！"

我听得要笑了，她完全把这只猫当成小孩子了。猫继续叫唤，它倚靠着主人家的门，舔着嘴，叫得凄凉。看来，它真的饿了。

女主人拗不过它，盛了半碗饭放在门口，猫咪冲过去，吧嗒吧嗒地吃着。

我继续画着。他们继续谈着话。猫咪吃饱了，没说声谢谢就悠闲地走开了。时间在这个下午过得很快。

女主人问我："喝水不？"

我觉得口渴，她端了一杯水出来，放在我的身边。那水很甜，正好解渴。我心生感动，我像那只猫一样感动。

这个小巷有四十年的历史了，红砖与黑砖相间，墙上的水迹处已经布满厚厚的青苔；他们说，在这里他们做邻里已经四十年了。我想，这里的一草一木、一砖一瓦都应该与他们感情笃深了吧。

"画嘛，画嘛，以后这里要拆了，拆了就没有了！"大爷说。

我赶紧画，天要黑了。女主人拿着一个月饼递给我："吃个月饼！"我几乎没有拒绝，没有任何客套的语言，我接下了，咬一口，笑着说："甜哟！"

女主人说，过节的嘛。

天完全黑了，我收拾着画具，准备启程回家。女主人走出来，又递给我一个月饼："这么晚了，肯定饿了！"我依旧没有拒绝，用纸将它包好，放进背包里。

走出小巷，外面一片灯光。

我想，我以后会经常来这条小巷。这里很安静，猫在房檐下悠闲地踱步，家家门前摆放的花吸引着蝴蝶静静地来，静静地飞。

再回嘉州

忽然想起嘉州古城，想起码头上停泊的船，想起乐山的朋友。其实这是在常常想起中的一次忽然想起，只是今天，我特别想他们了。

决定启程直到嘉州，不为拜佛，只为会友，不为喝茶，只为聊天。便在微博里留言："乐山朋友，是否准备好了？记住，无鸡鸭也可无鱼肉也可唯跷脚牛肉不可少！当然，酒就免了。"便乘兴驱车而往，尽管一路道路不通畅，但一个半小时就到了。

跷脚牛肉自然是开胃菜，儿子两年来念念不忘。一到乐山，热情的彩丽就带我们到她家楼下的馆子里，吆喝老板上菜，立即，牛肝、牛肚、牛肠、牛肉，七八样热腾腾端上来，一大桌满满地铺开。儿子毫不客气，美美地吃。彩丽说：难得来，多吃些，老板，再来碗牛筋！漂浮着芹菜末的鲜汤激发着我们味蕾上的记忆，和着美味，无边的话题，满心满肺，就随便起头，随便说起。

这是一种久违的记忆。家在乐山那几年，乐山这群朋友就是从各行各业聚拢的，就一起邀约到跷脚牛肉店来的。这是一种简单的生活，简单得近乎简陋的小店，一口大锅一支，几张桌凳往街沿一摆，将牛肚、牛肺等往熬有各种香料的汤锅里一煮，就满街飘香，于是，就围拢好吃的又不在乎排场的"吃货"们。久而久之，朋友就成了老食客，老食客就成了老朋友。老朋友在一起就是一锅菜，熬着熬着，就浓厚醇香了。

晚饭自然又是美味。那家叫什么来着的串串香，生意红火得不得了，我们在街边选定位置。唐荣华和他的夫人张老师来了，他们看了微博，打了电话寻踪来的。这个内敛的男人，在街对面朝我们招手，和他夫人并身走过来，满脸笑容，一言不发；张老师口才极好，她不断地说话，不断地夸我儿子长得高，长得帅。

大伙围了桌子落座，锅里的汤料在沸腾。美味下酒，话题愈来愈有滋有味，愈来愈自由自在。由旅游到工资，由选校到就业，由刘二桥到下观音，由房价到职称。

酒足饭饱，朋友们硬要拽着到江边看嘉州夜色。很怀念呀。曾经，夏天的夜里，总会有三五个朋友沿着江边散步，谈古论今。凉风习习，情谊依依，不知不觉夜已沉沉睡去，我们还意犹未尽。

文彦的仁寿话我真的大半没懂。于是我对彩丽说："你老公的仁寿话，我有四成没听懂，但，他说每一句话我都是点了头的哈。"大家齐笑。我接着说：
"以后你们看见我点头，别以为我听懂了他的话哈。"大家又笑。"但我百分百
赞同他的观点。"我说。是呀，朋友间的沟通可以不用语言，用心就够了。

　　来到嘉定坊，张老师、文彦、我三人同行，一边聊文学，一边观夜色，
一边品评门匾题字。遇一联，有两字生僻，大家一起猜。哈哈，蚕丛！我猜
出来了。文彦说，外来的人好多不知道蚕丛和鱼凫的故事，我说是的。张老
师说：撰写此联的书法家叫蒋渝。怎么样，三人行，必有我师焉；三人行，
必有我友焉！择其善者而从之！与这些好朋友相处，可谓"谈笑有鸿儒，往
来无白丁"。对不？文彦兄，张老师！

　　李校长一家从乡里驱车回城，赶到江边，接我们到宾馆。一拨人挤挤挨
挨在宾馆房间里的床上、椅子上坐着，有说不完的话。想起那个春天，我们
几家人驾着车到李校长家的竹林里挖竹笋的事来。李校长洗涮我了：你的车
行至半山腰上，熄火了，你将油门踩到底，车轰轰地响，整了半天，车就是
原地不动，你整得满头大汗，我上来一看，空挡！满屋里响起了笑声。

　　我以牙还牙，说：当年你刚拿驾照，就租个面包车，嘟嘟嘟，载着我们
到碧峰峡，路边一美女过，你一晃眼，一只轮胎掉进沟沟里头了。大家又笑。
这几年，几家人开着车，晃悠晃悠到碧峰峡，晃悠晃悠到蜀南竹海，晃悠晃
悠到李庄的那些经历又在眼前晃悠晃悠地浮现了。

　　正说着，电话响了，涂大哥的："我们马上到宾馆看你们了。""太晚了，
以后再来吧。""我们马上到。"几分钟后，涂大哥夫妇推门而进："一年没见哈，
还那么精神嚯！"

　　于是，转入下个话题，聊哇聊，聊哇聊，就这样，漫无目的地聊，聊到
起了倦意。李校长起身说："明天中午，吃跷脚牛肉，还是火锅？你们选，我
安排。"

　　此时已是深夜。窗外的岷江水静静地流，将河风送来。与所有城市一样，

嘉州以惊人的速度扩张着，以至于我在城里迷了路，我只能在朋友电话遥控指挥下找到他们。一年未回来，装跷脚牛肉的碗由中碗变成了小碗，价格涨了三成，未变的是，那种带着芹菜的清香依旧润心润肺，还那么巴心巴肝。

3. 远方

生活多一点想象，多一点诗意，
你的心里就多了一分色彩，多了一分温度，
多了一分敏锐，多了一分淡然。

春川之爱

夜的春川用一场盛大的秋雨迎接远道而来的我们。

于是，这座城市流光溢彩，把氛围营造得朦胧而迷幻。透过车窗玻璃上雨滴的折射，我感受到这座异国他乡的城市，深情款款。不时的闪电，和远处的闷雷，更增加了几分热情。湿漉漉的地面，倒映着城市的霓虹，又将它随意变幻、重组、融合，更具流动的节奏，更有透明的光泽，更有交错的缠绵，更像姑娘含情的双眸。

此景此情，似乎是韩剧惯常的色彩基调和情感基调，以及打动人心的惯用手法。

"春川"这个名字，以及街头上，不时闪现的汉字招牌里"春川"二字，以及用毛笔书写的韩国文字，让在异国他乡的我们，倍感亲切。

韩国人的老祖宗可能是陶醉于汉语言好听的发音，发愁于汉文字复杂的多变的形体，提取了汉语言如歌的音元素，创造了简单的字母，经过变幻、重组、融合，拼出了汉字的发音，成了自己的语言——表音文字，韩语。韩国人用韩国字母，表达中国的意思。这已经是好久好久以前的发明，一直沿用到现在，一直流传至今，经过了多少风的雕琢、雨的浸润、闪电的调和，成了韩语独特的韵味：轻声细语，高低起伏，抑扬顿挫，余味悠长。

雨过天晴的早上，我们来到在春川考察的第一站"春川女子中学"。热情的学校领导到校门口迎接我们一行。学校里教中文的老师用中文转述校长对我们的问候和对学校的介绍，并一一转述我们用汉语介绍的我们学校的概况。完毕，校长兴奋地说，他第一次真正感受到中国的大，真的比他想象的大。

其实，中国的大不是简单的大，中国的大是"博大"，是"深邃"。这，中国人自己懂。

来到教室里，学生们正在上课。清一色的女孩子，豆蔻的年华，穿戴整齐，阳光般的笑容格外动人。

她们正是梦一般的年纪呀，蓬勃生长的挺拔的青春，以及蓬勃生长的自信的青春，让人感叹，多姿多彩，不用滤镜装饰，不用粉黛美颜，多好的时光呀。

教中文的老师对同学说，用中文向客人们打个招呼吧。

女孩们面面相觑，然后一阵笑声，然后一阵沉默，然后锁紧眉头冥思，然后彼此窃窃私语。

大家把目光聚焦到一个女孩的身上，那姑娘娇羞得脸都微红了。

她，深深吸了一口气，鼓足了勇气，睁开双眼，轻轻地说："嗯，唉，妮。"然后，大声地说："我！爱！你！"全班同学响起了笑声和掌声，掌声未停，一个同学跟着说："我！爱！你！"接着全班同学一起喊："我！爱！你！"之后又是一阵笑声和掌声。大家都被这没有编排没有预演的一幕逗得快乐起来。

我相信，女孩理解的这三个字，不只是它们的音，还有它们的意。尽管，这三个字的含义和学问实在太深奥，内涵太丰富，但谁都知道，它是一句好听的话、好美的话，可以开启心扉的话。

掌声和笑声停下，我回应说："我！爱！你！"我是认真说的——说"我爱"的时候，我缓缓地环视了每个如花的孩子，然后稍停，将目光转向那个第一个说"我爱你"的女孩，定格在那双娇羞的明眸里——那里，漾着微笑，燃着热情，蓄着友善，含着期待——说："你！"

我用眼神告诉她我愉快的心情，她用眼神领会了我的意思。

所有女孩转向她，她捂住脸，埋下头。所有的人都鼓起了掌，都发出开心的笑声。

这些特别爱看中国电视剧的孩子，从电视剧里了解到中国的故事、中国的文化、中国的风情，以及中国人的浪漫。文化交流，打通心的壁垒，从说一句"我爱你"开始，便一路畅通。

告别时，校方领导送我们出校门。

准备上车时，身后传来女孩子们的声音——"我爱你！我爱你！……"掉头看，我看到二楼的各个窗口里，挤挤挨挨的是女孩子们青春阳光的脸庞和飞舞的手。她们竭尽全力齐声喊道："我爱你！我爱你！"

我向每一个窗口挥手："我！爱！你！"

一行的我们都朝女孩们挥手，与他们隔空喊话：

"我！爱！你！"

"我！爱！你！"

……

告别春川时，骤雨初歇的春川，城市边沿的群山云蒸霞蔚，云开雾散后，便是一幅青绿山水图。

车行山水间，满目是流动的色彩。大自然在创作一幅新的长卷，等候一个意味深长的注脚，一句点睛之笔……

珍珠泪

悉尼动力博物馆是展示大洋洲科技、艺术、文化成就的地方。去参观悉尼动力博物馆的那天，下了很大的雨。偌大的展览馆陈列着数以千计的展品。走马观花般扫视完这些硬硬的冷冷的展品。我的脚步停在一个名为"戴安娜遗物展"的展馆门口。

门口的巨幅海报上，戴安娜幸福地微笑着，笑得很美丽，很高贵。

走进一个通道，来到一个小小的展室，展柜里陈列着儿时的戴安娜用过的大小物件，有溜冰鞋、童车、遮阳帽、小书包，不一而足。

投影屏幕上，循环播放着儿时的戴安娜在自家庄园里快乐玩耍的录像。这个天真无邪的小天使，在草坪里像男孩子一样打滚，翻跟头，荡秋千，追赶小狗，甚至从树权上跳下。快乐的笑声直上云霄。再看看那些大小物件，似乎都蹦跳着这个小天使快乐的影子。

在所有展品中，一本小小的发黄的日记本格外引人注目。那是父亲爱德华斯宾塞伯爵的日记本。扉页上，这位父亲工整地写道：

致戴安娜，一生幸福，1961 年 7 月 1 日。

那一天，戴安娜出生于英国诺福克郡。

来到第二展室。宽敞的展室里，陈列着一顶王冠和一件婚纱。那是一顶精致入微的白金桂冠，灯光下，熠熠生辉。那是一件洁白的婚纱，长长的后摆，铺了一地。皇冠和婚纱的主人是戴安娜——王妃戴安娜。

这个艳丽如花的女人，正是穿着这件婚纱，戴着这顶王冠，和查尔斯王储走进万众瞩目的婚礼的。

展室里的投影屏幕上将观众带进那旷世婚礼的现场——

那是一个所有英国人最欢乐的日子，在人们的幸福注视中，在皇家卫队和威尔士卫队的护送下，戴安娜挽查尔斯的手臂，走出街走向圣保罗教堂。戴安娜身着那件洁白的婚纱，长长的后摆如流水从教堂的石阶倾泻而下。鲜花与笑脸重叠，缓慢的镜头将戴安娜的无限美艳和无尽甜蜜深深刻在记忆之中。

每一个英格兰人都记得，那个让他们羡慕的名字——王妃戴安娜。

每一个英格兰人都记得，那个让他们幸福的日子——1981 年 7 月 29 日。

还有那顶昂贵的皇冠——"珍珠泪"。

来到第三展室。空空的，没有一件展品。

满地铺着血红的玫瑰花瓣，投影屏幕上缓慢地播放着王妃戴安娜的葬礼，歌曲《风中的蜡烛》的悲凉直穿人的心扉。似乎婚礼上的人们尚未散去，昔日的幸福还在心头，王妃戴安娜，这朵英格兰的玫瑰，被无情的车轮碾碎，香消玉殒。英格兰在惊愕在哭号在祈愿在呼喊。

葬礼同婚礼一样隆重，却没有昔日美艳无比的王妃。戴安娜破碎的灵魂躺在美丽的灵车里。在皇家卫队和威尔士卫队的护送下缓缓离开她生前居住的肯辛顿宫。

查尔斯王子和他的两个儿子威廉王子、哈里王子走在戴安娜的灵柩后面。伊丽莎白二世和其他王室成员，英国首相布莱尔表情凝重。英格兰在为戴安娜王妃默哀。灵车从威斯敏斯特教堂出发缓缓驶向到奥尔索普——她的家乡——奥尔索普，灵魂安息的地方。

英格兰在沉默肃立，向他们所爱戴的戴安娜王妃做最后的致意。泪在烛光中跳跃，哭喊无声，只有歌曲《风中的蜡烛》低沉哀婉地重复地唱着，撕心裂肺地唱着，在英格兰的空中回旋。

那一天是 1997 年 9 月 6 日。

小小的三个展室就这样浓缩了戴安娜王妃短暂的一生，生生死死，辉煌隆重。可谁都不会忘记，快乐影子下曾有着怎样一颗脆弱的心；谁都不会忘记，婚纱里曾掩盖着怎样一颗孤寂的心；谁都不会忘记，深宫里曾包藏着怎样一颗无奈的心。

辉煌背后是怎样的黯淡！

灵车带走了一个美丽的童话，却带不走人们的记忆。

走出展览馆，悉尼的雨还在缠绵地下。

巨幅广告牌上戴安娜的笑容依旧美丽高贵。

……

4. 心乡

我得从死胡同里轻轻松松走出来，潇潇洒洒向前去。

胡同之外，定有一条崭新的长路，定有鸟语花香。

梦已斑驳

在我个人的审美倾向里，我是不喜欢喧哗的，喜欢宁静的；不喜欢张扬的，喜欢内敛的；不喜欢直白的，喜欢含蓄的；不喜欢单薄的，喜欢厚重的；不喜欢漂浮的，喜欢沉稳的；不喜欢短暂的，喜欢久远的。总之，我喜欢令我回味和想象的美好。的确，北京胡同于我就是一个让人想走进去回味和想象的地方。

深红的门板，锈蚀的门环，无不透露出当年的大气与厚重，以及得天独厚的优越感与高雅气质。轻叩它的门环，推开它的朱门，坐在雕刻有石狮的门前或贴有窗花的窗前，静静地聆听屋外的秋雨。抑或，与老北京聊一聊北京最老的胡同与成都最美的小巷，聊一聊北京天桥的"八大怪"和成都锦江边的茶楼，聊一聊"驴打滚"和"三大炮"。那让我心驰神往的味道，就流淌于唇齿间，飘逸于鼻息间。

或者，坐在胡同的树荫下，独自想象。想象进京赶考的穷书生在这里朝着高大的城门焦急地张望。想象胡同深处传来的艺人那刺破每个宁静早晨的一声声长长短短的吊嗓。想象采耳的人敲着金属行头发出叮叮的清脆悠长的声音。想象对门学童诵读着"一去二三里，烟村四五家"时摇头晃脑的形象。想象茶馆里飘来盖碗茶的清香和高谈时事的京腔。想象见面时拱手问"您吃了吗？"的亲切。想象长须冉冉的老者，提了鸟笼子，哼着《定军山》的曲儿悠悠走过。想象抱着印花布走进裁缝铺的姑娘，与戴军帽的学生擦肩而过的回眸一笑与多情的眼光。

皇城根下的每个生命，以它优雅的姿势呈现于我的回忆与想象之中，变得愈来愈清晰。

可，时间的刻刀太锋利了，过去高贵的卑贱的光辉的黯淡的，此时，皆被时间削去，那些优雅的步伐，那些悠闲的身影，那些掷地有声的论调，那些眼花缭乱的绝活，哪里去了？是滑进了历史的隧洞还是消散于岁月的尘埃？砖墙上，门柱里，斑斑驳驳在无声地回答，俱往矣，沧海桑田，夕阳西下。那斑斑驳驳里残存的痕迹，就如我家那几本残破的古书，被虫噬得如一面筛子，那些精彩的段落已经漏掉，仅剩下只言片语，在断断续续地讲述残缺的故事。皇城根下的高贵与优越的面容滴进时间的深渊，无法捞起。

想起余秋雨在庞贝古城喟叹的那句话："简直是仙窟千载，黄粱一梦。"是呀，时间的无情在于它可以成就你，也毁灭你；身一翻，梦已斑驳！过去是一杯陈年的酒，能让你沉醉不起，也能为你踏歌壮行。我选择清醒，我需要勇气和力量。因为我明白，我的旅程太短暂，生活还未老去，日子还很漫长，我得从死胡同里轻轻松松走出来，潇潇洒洒向前去。胡同之外，定有一条崭新的长路，定有鸟语花香。

十字路口

> 我不哀悼文化的消亡，但我希望对这种消亡，就如人类对生命的死亡一样，有一定的尊重。尊重旧的，不是反对新的，而是对新的寄予更高的希望，希望其更人道，更文明。
>
> ——阿来《〈空山〉三记》

要了解北京的市井生活，必须到胡同。到胡同，绝不可到被开发了的拉皮了的胡同。比如德国女总统到过的南锣鼓巷胡同就妩媚得索然无味，就像一个浓妆艳抹的老太婆，直教人烦腻。这是那位拉我到世纪坛的出租车司机给我的指点。当然，我只是转述他的意思，尽管北京司机个个是侃爷，但我还是喜欢用我惯有的文笔表述他的大意，抒发自己的感受。

我发现琉璃厂那边有一大片原生态的胡同，一砖一瓦，一草一木，绝无半点媚俗之气。我就在那里悠然穿行。我是在每个晨曦初露的时候，提着相机，从住地出发，慢慢走进去的。

游胡同，必须走着去。走着去，必须放慢脚步。放慢脚步，还得放松心情。走走停停看看问问，与热情的北京市民聊天，你会发现，他们的北京话，有味儿！尽管我一张口，他们就说，你四川人吧？我晓得，北京话其实也不是标准的普通话。但我们的交流并未因为语言障碍造成沟通的不畅。宽容的北京市民没有阻止我拍摄他们的胡同，他们的自然、自信让我起敬。哦，我喜欢这些普通人。

与他们交谈，我理解了他们对住进高楼的向往与对小院的不舍。他们期待改造，却不愿搬离到郊外。他们平静地迎来每个阳光灿烂的早晨，送走余晖沐浴的傍晚。看得出，曾经那种身居皇城根下的恬静心情与优越心态渐渐起了涟漪，日渐长高的楼宇与纷至沓来的游客的脚步让他们的空间日渐局促，他们有些不安。他们已经意识到，这里不再是他们永久的家园。我非常理解这种复杂心态，理解他们的义正词严与无可奈何。

那个手捧茶杯的保安一开口我就知道他是地道的北京人。他给我讲进京赶考的潦倒书生，跟我讲七君子，跟我讲朝廷的汉族官员，跟我讲这些人物与这条胡同的缘分。说得投机了，参进来几个胡同的主人，大家摆得更起劲，就像摆成都的龙门阵。望着那些翘角的屋檐，厚重的门板，门前的石刻，砖墙上探出的花草，以及过道里斜射下来的阳光。我愈加感到这里每一块砖，每一道门，都值得我们怀念和尊重。

保安说，去看看南锣鼓巷的胡同吧，那才是最好的。我说，这里康有为也住过呀。但我还是抵不住好奇，感谢保安师傅的热情，打的直奔南锣鼓巷。未到目的地，的士师傅给我的热情泼了一盆冷水："得了，那家伙整得……啧啧！"下了车，师傅指着一条小巷说，就这！那是一条整洁的小巷，崭新的灰色的墙砖上镶嵌着朱红的门窗，挂着鎏金的招牌，或书法家的手迹，或电脑制作，中西结合。鳞次栉比的门店，琳琅满目，目不暇接。到处飘逸着古典的或流行的音乐和茶与咖啡的味道。年轻时尚的人们或走或停，脚步松散。五彩缤纷的服装飘逸在这窄窄的小巷。这气息，这乐音，这流彩，恰如一幅轻松淋漓的水彩画，轻盈，剔透。

面对如此轻松惬意的场景，我不得不承认，我一时没了主张，我觉得，我是否该在这新旧交接的十字路口转一个身回到那条沧桑的胡同，还是站在新与旧两条风格迥异的胡同里审视一下彼此呢？我不是哲学家，我搞不懂了。我迷失了，迷失在这条流光溢彩的胡同。我只知道，我固执地喜欢那些真正值得玩味的历久弥香的美好，但此时，我真的迷糊了。哦，我发现，我肚子饿了，我必须为我的身体充实能量了。在这条似乎能听到锣鼓声的胡同里那家叫"老北京风味"的店里买了一串冰糖葫芦，我一层层拆开塑封，我看到晶莹透亮的裹满冰糖的果子，感到自己真的饿了！闻一闻，断定未过保质期，咬一口，哇，好甜！这味道很熟悉，也很模糊，好像在哪里品尝过，让我想想，对了，锦里！成都的锦里！还有宽窄巷子！成都的宽窄巷子！还有！

我想回去了！

花儿落了

在北京城南的琉璃厂一带的胡同里走，感受到皇城根下昔日的辉煌和当下的破落。鲜明的反差，清晰地告诉我，时间的不可逆转和人生的不可预知叫人可怕。前面将是一番怎样的景象，一切皆如眼前曲折迂回的胡同，让人有期待，却心怀忐忑。

本以为已经走到尽头，收好相机，向左转，寻一条出路。却忽然被一朱门里透来的一笼丝瓜藤吸引，便驻足观看。一大爷走来，平静地说：这是林海音的故居，《城南旧事》写的就是这里的事。我无限好奇，被他引着，穿过一条并不悠长的小巷，轻轻地走进去。

看得出，这原本是一个四合院，只是在四合院中间，建了房子，显得格外局促。一大妈掀开门帘，一边摇着扇走出来，一边说："小伙子，拍这没意思，你听我说，对面才是林海音的房子。"顺着她的指引，我在四合院的一方看到一片灰色的屋顶，青瓦上布满苔藓，长了几笼茂密的野草。"林海音小时候就住在里面。"透过玻璃窗，我看不清，里面一团模糊。这就是小英子赖床不起的那个家？就是那个演绎人生冷暖悲欣的老宅？

"照这三棵树吧。"大妈说。这小小的四合院里，三棵高大的树挺拔地伸出去，蓬勃葱郁。密密匝匝的树叶间透过的阳光投射在这个小院里，每一处都有耀眼的光斑，就如那些曾经让我兴奋的、陶醉的文字。

"太阳从大玻璃窗透进来，照在大白纸糊的墙上，照到三屉桌上，照到我的小床上来了。"文字里描绘的情景现在真切清晰地呈现于眼前。那些斑驳的光斑让我感受着童年的英子那温暖的生活和淡淡的哀愁。我回头看看那道朱红的门，想，从这里走出去就该是惠安馆吧，就该看到骆驼队吧，就该看到英子用滑石画下那根白线的墙了吧。我努力地寻觅投射到书页里那些温馨的忧虑的迷茫的影子，以及从书页里掉落的文字。可我眼前局促得只看到一方被遮蔽的天空。

大妈是个非常热情的人，她穿着雪白的棉背心，发福的面容让她显得格外可亲。她说："林海音如果健在，现在已经93岁了。"老人说，她78了，海音是她的老邻居。我想从这位老人身上去了解更加具体的林海音。老人说，时间久了，她想不起海音读的哪所学校，她只知道，海音的爸爸是个儒雅的人，她还说，海音是1948年离开的，还带走了院子里的一个大学生，什么名字呢？她又想不起了。她说，海音后来又回来过几次，到过这个小院。老人爽朗的声音在小院里回荡，她的北京话听起来很地道，就像盖碗茶，带着皇城根下老北京人的高贵与典雅。

我问，她们家是大户人家吧？老人说："哪里呀，这一带，住的全是穷人。有钱人都住城里去了，这里是城外边呢。其实，她们家原先在城里有一个很大的四合院，什么时候来这里的，不知道。"

大妈端坐于一张小木椅上，兴致勃勃地指给我看，讲述着书里书外的故事。狭窄的四合院苍老的屋檐合围的窄窄的天空，被三棵树的枝叶密密地填充着。四合院显得格外幽静而温润。"窗外很明亮，干秃的树枝上落着几只不怕冷的小鸟。我在想，什么时候长满叶子呢？"那是个寒冷的冬天，漫长得让人有些耐不住想冲出城去。可如今时过境迁，眼前这树，繁茂得似乎要封住天井上的天空；现在，正是夏天。

我想起兰姨娘来，想起她的"油光刷亮的麻花髻"，想起她同德先叔坐上马车离开北京，他们惊世骇俗的爱情能经受住长途的颠簸吗？我还想起宋妈，她能在明年冬天抱着一个新的娃娃来，带一个她新的希望来吗？特别是可怜的疯女人秀贞，这个痴迷爱情的疯女人找到了自己的女儿了，九点的列车能把她带向她日思夜想的幸福吗？物已老，人已非，一切只在回忆与想象中忽远忽近。好在，太阳依旧从这里经过，雨水依旧从这里降落，狭窄的小院通风朝阳地静默着，安详着。

眼前这位老人一定是个懂得生活的人，她在院落里，种了很多的花草。花盆很简陋，花也不名贵，也未精心呵护。新老交替，自然自在，安安静静。真正感悟到人生的大起大落、大悲大喜之人，才不会嗟叹与悲悯，才不会停下追求的脚步。曾经在这个小院里的那些人物，在痛苦纠结中不是都心怀期待，尽力挣扎过吗？或破茧而出，或化为灰烬，但谁都没有沉沦。英子爸爸说得多好："无论什么困难的事，只要硬着头皮去做，就闯过去了。"是的，我看到了参天大树下阴影里炫目的光泽、跃动的心情。

走出这四合院，进入胡同。酷热的阳光下，一个人骑车而过，悄无声息。在这幽深的胡同里，院里院外，皆平静无风。我想起，应该说是与英子一起想起"西厢房的小油鸡，井窝边闪过来的小红袄，笑时的泪坑，廊檐下的锅盖，跨院里的小屋，炕桌上的金鱼缸"种种；与英子一起叩问："一切都算过去了吗？我将来会忘记吗？"我看到，英子放开蒙在脸上的手了，她走出了她的悲伤；我走出了这个小院。

我忽然想起《爸爸的花儿落了》，想问问大妈，英子爸爸的夹竹桃在吗？

我折回身去，大妈已进屋了，放下了门帘。这个狭小的四合院，斑驳一片……

第 五 辑

遇见

尽管它解决不了你的急的病、难的病、重的病、慢的病，但完全可以解决你的微微病，不伤胃，不顾此失彼；它让我觉得可靠而踏实——绝不小病大医。

1. 归处

就如画外，一条江，一个院子，一个脚背上睡着猫的老人，就这么简单。

从头开始

1

水云间那条狭窄的街道里，坐标理发店门口的旋转灯在我每次蓬头垢面地到达的时候，总是旋转着，似乎是为我守候。

我熟练地推开玻璃门，熟练地进去，径直走向洗发台，坐上去。此刻，定会有一双手往我后颈处塞进一条毛巾，一只手托着我的后背，我便放心地仰躺下去，将头放在水槽边。

我就这样将自己的头等大事交给了这个叫婷婷的女孩。

我们已经很默契了！她不会问"先生，你用什么洗发水"，或者问"你看你需要什么，我推荐你一样新产品"之类的话语。

我闻到了生姜的味道。

选择使用生姜洗发水并非我相信这种洗发水有奇异的功效，而是，这种洗发水会让头皮有种冰冰凉凉的感觉，会散发天然的清香。

但这都不重要，重要的是，婷婷在用它给我揉搓头皮的时候，我感到有种松弛的安全感。

我听到水龙头里的水流出来的声音，我闭着眼睛，感觉到婷婷用花洒像浇花一样浇灌我的头发。水的温度很合适，是我喜欢的那种，足可以在十分钟之内让我睡过去的那种。

婷婷的手指在我满头丰富的泡沫里穿梭，然后从额前一直往头顶到后脑勺按下去，然后又从头顶两侧包抄着回到额前，重复着一个部位一个部位地按着。

洗发台的台面与后背的凹凸完美地契合，硬度与宽度足够你依恋却不过于折腾。我仰躺在洗发台上，手脚自然地放着，全身松弛得如同海绵。当然，有一双手很准确地在你的每个穴位处不轻不重、不徐不疾地按压，才是打通心结的最妙不可言的时刻。

洗头的意义在于洗心。相信这个道理，婷婷这个十七岁的、只读到初二的小姑娘是不会懂的。她只是在对一位顾客尽她的职责而已。

一只手在后脑勺处轻轻抬起我的头，一只手在我的颈部上下按压。然后直达后背的脊柱。

她说："肌肉很硬！你们当老师的运动太少！"

"嗯！"我说，"是的。"

2

坐标理发店是我的定点理发店。这里的师傅与我很熟悉。

我不仅可以在他们的店里存上一百块钱，每次享受八折的优惠，还会在余额不足的时候透支。有时，我会在洗发的时候奢侈地给脸部去一次死皮。

每一次婷婷会在我的脸上抹一点药膏，然后在我的腮边揉搓出一些死皮。我看不到，但我感受得到。那是一种神奇的药膏，待它涂抹上去，婷婷的手指在那里一搓，那里便粗糙起来，便有许多硬硬的小异物堆积起来。

这时候，婷婷就会说："你肯定喜欢户外活动，太阳晒多了！"

我说："所以，我脸黑。"

婷婷说："健康色呀！"

我说："我脸皮厚！"

此时，婷婷就会笑，但她不会大笑。真好，一个女孩子，很有收敛地对你笑，和不刻意地对你关心，也应该算是一份意外的礼遇吧！

尽管我对婷婷给我洗头发时的用心与专业很满意，但我更满意的是她不会刻意与我讲话，更不会刻意讲让我开心的话，与我套近乎，向我推荐什么护发素之类的。她也许知道，我到这里来，只是想清洗我很容易油腻的头发和很容易老化的皮肤，只是想短暂放松一下而已，所以，她与我的默契就是彼此不问话不搭话。

理发店的两个当家理发师在给我理发的时候，我听出了他们有起事之心。不久，其中一个理发师果真像蜜蜂分房一样带走了几个洗发的小姑娘，另立门户去了。

婷婷没走。

那天，我去理发，我依旧熟练地推开门。我看到，婷婷起身迎接我，将我引到洗发台，她第一次对我说："你好有气质！"我深深体会到，理发店的变故让这个小妹妹有了一丝留不住客人的危机感。

这一次，她给我洗得更认真，更久。我说："我以后还在这里理发的。"

她很高兴。

3

春去春回，花开花谢。

我的头发在蓬蓬勃勃地生长着，我的面容在修修剪剪中变换着。

在我蓬头垢面时，我疲惫的身心定会朝着水云间那条窄窄的街奔去，朝那盏熟悉的旋转灯奔去，把头交给那个叫婷婷的小姑娘。

她会静静地打理。我们很默契。

这一次婷婷做得很细致。她说："我要走了，要回老家了！"

她似乎是专说给我听的，又似乎是说给她每一位顾客听的。但我觉得更多的是说给她自己听的。

"不学理发了？回家上学？"

她说："想家了！"

这一次，婷婷给我讲了很多。她一边用生姜洗发水和着合适温度的自来水清洗我头里的尘埃和我油腻的心情，用恰到好处的力道按压我头顶的穴位，驱散我的疲劳；一边给我滔滔不绝地讲，她老家在山西一个比成都小很多的县城；她喜欢成都的夜市，好吃的东西很多……

她还说，自己不是读书的料，只会做粗活。

我说："你手很巧！"

她说："我给你洗最后一次了，我多洗一会儿吧！"

我问："今后有什么打算？"

她说："我要开个理发店，挣很多钱。还要找个老公，生很多孩子！"

我说好！我们不再说话。

生姜洗发水散发的清香天然，仿佛来自土地，冰冰凉凉的感觉让人心透凉，小姑娘细长的手指在我的发间游走，在每一个节点弹奏，花洒里滴下的水，流过面颊，流过耳郭，流进水槽里，最后一滴滴滴落。滴答，滴答，滴答……仿佛钟摆的节奏。直到小姑娘用大拇指和食指将我的发梢上的水抹尽。我知道，小姑娘要离开这座城市，回她的故乡长大去了！

祖庆的草根情怀

我是一名默默无闻的一线教师，在一次研讨会上仰视了一位名师的课堂风采，那个风度翩翩的执教者叫张祖庆。那是我第一次见到他，但不是第一次听说他。

与祖庆同在一张桌前吃饭，同桌的马正平教授津津有味地谈论着教学和艺术，我观察着祖庆的样子。他很少说话，也许是他吃不惯川菜或者听不懂川话，他默默地喝着青菜豆腐汤。然后，他看着我说："高手在民间。你刚才在台上的发言很有见地，很有思想。"

刚才，我作为那次研讨会的学术观察员，在马正平教授的讲座之后，即兴做了一个简短的听后交流。我说："语言就是用来塑造形象，讲述事情，表达情思的，所以，我们的课堂，就是要带领学生走进语言文字之中去重塑形象，重述事情，领会情思的。"实话讲，我读的教学理论的书不多，我只是坚持按自己对语文的本质的理解进行教学。没想到，这样一番肤浅的谈论居然得到面前这个特级教师的肯定。

我欣喜得胃口大开。那一天，成都风和日丽。

"作文聊天吧"是祖庆的创意。

他在电话里对我说："老章，我请你当管理员。"我心情很复杂，一方面深感自豪，与全国著名特级教师一起经营一件"高大上"的事情，我自觉很光荣；一方面，我深知自己才疏学浅，粗枝大叶，又深感忐忑。祖庆说："这是一件纯粹公益的事，可能会占用你很多的时间。愿意吗？"

我说，试试吧。

2015 年 5 月 26 日，"作文聊天吧"第一次讲座，在杭州的瓢泼大雨以及群里的鲜花与掌声中开启。主讲人是张祖庆和章晓。张祖庆，是全国著名特级教师；章晓，一个默默无闻的一线教师。祖庆老师没有高谈阔论，没有引经据典，而从自己在一线教学生涯中看到的当下小学生的写作现状谈起；我用自己教学的点滴感受与发现和他互动。

我们谈论的焦点是：小学生为什么不喜欢写作文。这是一个老话题，也是一个不容忽视的话题。祖庆说，我们往往在研究学生写作技巧上着力很多，但对学生写作的动力研究不够。

这晚的讨论是这样开头的：

"这是一个草根的聊天群。谈笑有鸿儒，往来皆草根。大家敞开聊，发言要认真。"

"这是一个草根汇集的聊天群。我们来这里聚集的目的就是分享智慧，分享经验，结交朋友。余外，无他。"

那天，祖庆老师是冒着大雨赶回家，晚上 7:45 准时出现在"作文聊天吧"的。我想，但凡有建树者，定是历经风雨而坚守理想的人。祖庆当之无愧。

"扎根大地，仰慕天穹"，我们的群精神一直延续到现在，尽管一路走来，有风有雨。

"作文聊天吧"是一个小社会。在这个社会里，观念和理解往往不同，祖庆说，这就是这个群存在的意义，我们需要听取各方的意见，吸取各方学术上的主张，特别是一线教师可贵的教学经验。但是，在这个环境里，偶有言语过激的事情发生，甚至，显然超出了学术争鸣的范畴，祖庆老师总会好言相劝，循循善诱。对那些盛气凌人的所谓高论者，祖庆总会仗义执言，充分显示他对草根老师的关怀和庇护。

也许，只有有过草根经历的人，才知道草根的渴求与困惑，才知道草根理想与情怀。祖庆来自农村，靠自己的努力成了名师，个中甘苦，他体会很深。

努力营造一个包容和谐的学术氛围，让一线教师们自信而从容地表达自己的观点，这一点，祖庆做得很好。

"作文聊天吧"有一个由志愿者组成的学术组，他们在祖庆老师的带领下，精心设计活动，用心管理群的日常事务。我虽为"作文聊天吧"执行群主，但没有祖庆的适时关注和扶持，凭我的力量是难以使它正常运行的。

祖庆总是对我说："微信组、服务组、学术组的老师们很辛苦，我很心疼他们。"一个爷们对追随他的粉丝们如此柔情，使我心生感动。他知道老师们为了聊天吧费尽心血，他自愧不能给他们任何现实的补偿，他只能给他们寄书寄书！给他们寄一张亲自书写的温暖的小纸条。

赠人玫瑰，手留余香。祖庆获得的，是愈来愈多的群友的追随，不只是因为他的学术主张，还因为他平和的魅力。

"作文聊天吧"是一个纽带，一头连着专家名师，一头连着一线教师。有群友戏称祖庆为"线人"。他利用自己的人脉资源，邀请到诸如张化万、管建刚、何捷、吴勇、朱煜、李祖文等一大批在全国有名的专家和老师。祖庆的一线牵，拉近了老师与专家的距离，让老师们能够零距离地聆听优秀的思想，学习优秀的经验。

同时，"作文聊天吧"还是一个草根的平台。自2015年6月创办"作文聊天吧"以来，祖庆先后请了一批很具实践经验的一线教师进行专题讲座。有时，他还会亲自做一些点评，鼓励他们走自己的发展之路。

老师们的讲座鲜活生动，很接地气，很具操作性。

微信公众号是"作文聊天吧"的衍生产品。这里存放着"作文聊天吧"每周二的聊天记录。祖庆总是叮嘱微信编辑组的老师们："我们的内容要精要，要及时。"每一条信息他都会细致审查，他说："内容不要庞杂，要把干货呈现给老师们。"

他把老师们的好文章推荐给杂志社，推荐给专业的公众号，让他们成为"星教师"。

这个"线人"牵着一群有着教育情怀教育智慧的老师们走出来，给他们光亮与荣耀。

实话讲，经营一个学术群远比经营一个聊天群要累人得多。祖庆总是对我说：兄弟，辛苦了。

其实，他比我累。

如果祖庆只是一门心思扑在他热爱的语文教学上，我就不会觉得他有多么可爱。他的可爱在于他心里装着这个群，这群人。

祖庆是柔情的。

柔情的人总会心怀他人。他柔情似水，一张小纸条上，他用飘逸的字、简短的语言，表达最真最深的问候。只言片语，感动人心，不是语言功夫所能企及，而是因为心中的柔情。

他将自己积攒的资料分享给群友，他给家长和孩子推荐共读书目。

他语重心长地告诫群友："我们不能因为逛吧而耽误读书的时间。"他还像家长一样告诫大家，工作与学术研讨不是生活的全部，他叮嘱大家注意休息。

他谈自己读书的主张："对胃口，乱看书，是我一贯的原则，不分古今，不分党派，不分国界，看得下去，看！看不下去，扔！"

"作文聊天吧"一周年纪念，他深情地对群友们说："我常常有一种无以回报的愧疚，我不是印钞机，无法给大家发工资；我不是出版社，无法给大家寄书。"

祖庆说，他有的仅仅是深深的感激和默默的坚守。是的，他一直在与我们并肩战斗。

其实，他比我小，他称我为兄弟，我深感亲切。他反感别人称他为"大师""大咖"，所以，我称他：祖庆。

从此我们一起做了许多大事……

某女

二号线，停在羊西立交站，车厢很宽绰。

上来一姑娘，只见她身穿高帮皮鞋，紧身裤子，超短裙子，棕红褂子，面容姣好，瀑布般的头发顺一边的面颊泻下，直垂到肩头，刚好遮住半边脸颊。她睫毛微黛，嘴唇微红，眉目清秀。

她耳塞一耳机，手握一手机，她不是在听音乐，而是在轻轻讲着比音乐好听的情话。

她不是在对对面的叔叔讲，她好似自言自语，她却是在对着耳机讲的。

她时而语音轻柔，恰似柔柔的风轻抚耳畔；她时而露齿浅笑，恰似淡淡的荷微漾池间；她时而颔首低眉，形容娇羞；她时而仰面抿嘴，双目含情；她时而撩起头发，恰似揉弦；她时而拨弄手指，恰似捻花。

她时而撒娇，时而嗔怪，时而假怒，时而叮咛，时而讲述，时而聆听，时而欢笑，时而低语。

她时而转过身，说一句悄悄话，她时而抬起头来，抹一下弯弯眉。

她时而将脸靠近玻璃窗，自顾欣赏，她时而用脚轻磕地面，随意轻松。

她掏出小镜子补妆容，她对着小手机讲情话，陶醉中害羞，动情而享受，恰如一朵才绽露的花，胜似一抹不经意的霞。

我想，电话那头的小伙子，该是怎样的景象？

自己补白吧……

邻江而居

岷江水流过三道堰，流过清杠林村富庶的土地，流过尚义老师的小院，尚义老师走下院外的石阶将小桶伸向岷江打水，将江水里的余晖舀进他的小桶里。

我站在他的石阶边看向江的对岸，那里是一茏竹，两堆野火，烟淡淡而清袅，一个着红衣的农妇在江畔逗她的孩子。岷江无声地流走，它在夜幕下水光潋滟。

尚义走向他光亮的画室。猫跨过门槛，先他进了画室。画室堆满了老人的倾心之作，每一幅都堪称佳品。老人一一指点给我看。

他的画造型极其严谨，用笔极其老到，他的色彩尤其考究。老人家个子不高，有点佝偻，步履缓慢，他用枯瘦的手指指着一幅幅画，轻轻讲述，缓缓走过。我随他走过每一幅画里的高山流水，小院深巷。

老人说，他一辈子都在研究色彩——晴天的色彩，雨天的色彩，雾的色彩，雪的色彩。老人说，一定要把色彩画得含蓄而不沉闷，丰富而不喧闹。

落地窗外夜色沉沉，岷江在低吟浅唱。老人的猫叫唤着走进来，绕着老人的双脚走，老人说，它想我了。

清晨，老人起得很晚，比他的狗晚，比他的猫晚，比他的鸡晚，比他的孔雀晚，比他的鸽子晚。他走出他的卧室与我打招呼时，他的小院已经生机勃勃了！鸽子在鸽子房顶咕咕咕咕地叫着走动，孔雀在抖动羽毛，猫顽皮地爬上树又顽皮地冲下来。

老人顽皮地与一只颈毛恣张的公鸡逗玩。打扫院落的人来了，她将院落里的树叶装入筐子，她进老人的鸽子屋打扫卫生。鸽子扑腾着起飞，在小院的上空打着旋儿飞。画家来了，在轻敲院子的门；又有画家来了。

老人墙上的迎春花似乎要开了。

我和来的画家们一起画画，我们没有走出去画初春的田野，我们发现，无论是老人的鸽子屋，还是他的小亭子；无论是他的小水池，还是他挂在树上的小花钵，哪一处，哪个角落，哪个物件，都是画。

我没有成功地画出老人的鸽子屋，但我记住了它：

葱茏的柏树的掩映下，两层楼，蓝灰的墙壁，红灰的板门，紫灰的楼梯，瓦灰的鸽子。

老人指着一幅在俄罗斯的写生作品说，他喜欢莫斯科静谧的郊外。

是的，画中，一片天，一排房，一抹阳光，就那么简单。就如画外，一条江，一个院子，一个脚背上睡着猫的老人，就这么简单。

有间粥店

有间粥店，粥软，包子肉不腻，老板和气，老板娘漂亮。

这间粥店叫"有间粥店"。

该店有素菜自取，有五元一碟的，两元一碟的。菜品多，有莴笋片，炒豆芽，土豆丝，豆腐干，豆皮，虎皮海椒。

还有自制的泡菜。

我爱素食，我会点一个包子，一个鸡蛋，一碗稀饭，再拼一碟素菜。

我常去吃早饭。女主人笑眯眯地给我打招呼，她的热情让我胃口极好。

今天早上的泡白菜格外脆，有淡淡的甜味，有白菜的清香。

我忍不住说："老板，我忍不住要夸你，你的泡菜做得太好了! 太好吃了! "

老板嘴都笑烂了，像露馅的包子！

我接着说："一个女主人能不能干，看她做的泡菜就知道了！"

老板娘看了看老板，不好意思地抿嘴笑了。

这个早晨很好，在腾起的热气中，我看到明媚的晨光。

小医

1

中海国际的社区医院掩映在高大的银杏树林中，毗邻恢宏的上舍清溪酒店，显得极小。它不过两层楼的小洋房，在中海体育公园里，极不显眼地存在着——远处看，它在清凌凌的钓鱼池中倒映，在急湍湍的江安河中消融。

它很小，从未被我列入就医地的清单里，以至于我在这里生活了二十多年，轻轻重重地生过大大小小的病不下百回，却从未考虑在此求医问诊打针抓药——小病，我会开车或步行去郫县三六三，像饭后消食一样不疾不徐；慢病，我会挤地铁去成都市医院，随人流上蹿下跳，左奔右突；难病，我会等上好几天，在某个清晨的某个时刻，对着手机，点开华西某个大专家的号……

至于急诊，就直奔上述几所医院便是，有时时间就是生命，哪里快，就送哪里。

若遇头痛脑热等不要命不要紧的小病，在两河村神医李大夫处解决。个子小小的李大夫往往会抓一大把红红绿绿的药丸给你，他的大包围大围剿大撒网似的药真的立竿见影，代价是，你得打好几天的嗝，就像顿号逗号句号，毫无规律地，带着饭菜的味道不断冒出，弄得说话别有意味。

2

当我连续打了几个喷嚏咳嗽了几声后，我感觉我得的是比小小病还轻的微微病。为防微杜渐，我决定上医院。李大夫那里是去不得的了，在那里就医的后遗症大家都知道，大家都用身体验证过，是不敢再去的。

在上班期间生病就得考虑生病的时间成本。为了赶上四点钟的专题研究，我选择在合作社区医院拿药了。

车停在路边。穿过草坪，几步路就到了。我和前面的大妈一起排队挂号。大妈有点糊涂，她生气地说，怎么挂号是七块钱，不是一块吗？医生说，大妈，哪里去找一块钱的挂号嘛，是七块钱。我觉得医生的态度极好，她的美丽隔着口罩我都能感受到。

二楼共四个诊室，今天开门的只有一个，诊室里只有一个医生，正在给一个小女孩看病。门口的叫号屏也关着的，医生喊一声号，病人就进去。看看走廊里排在我前面的站着坐着蹲着步的三个老人，我心生感叹，时间除了拿来生病，还真的就是拿来变老的。我忘记了四点钟的研讨会，我有时间坐下来思考一下变老和生病的问题。

前面那个小女孩是个小学生，得的是流感。她年轻的爸爸显然对学校有点不满：学校真是的，娃娃病都好了，还要开个啥子证明才能返校，好麻烦。医生说，你想想，学校那么多娃娃，你没好彻底就返校，会传染给别的人嘛。

医生的话平复了爸爸的心，他拉着小女孩笑盈盈地验血去了。

我前面那个糊涂的大妈进去了，进去前，她瞪了我一眼，怒气冲冲地对我说，该我，不要跟我抢。我退回去，坐在椅子上。我觉得这个大妈很有意思。医生问，老人家，您叫什么名字？李继芬。您看什么病？不晓得！您哪里不舒服？不晓得！奶奶，您慢慢想，您哪里痛？没哪里不舒服！医生从电脑里查到了老人的就医记录。老人家，您的血压有点高，还有糖尿病，心脏不太好，我先给您量一下血压吧。医生起身为老人家挽起袖子，一边盯着血压计上的数字，一边说，奶奶，天气冷了，要多穿点，感冒了血压又会上去的哈。老奶奶不断地说，好嘛好嘛。老人出来的时候，恶狠狠地冲我说，去嘛，该你了。

我与医生的交流很流畅。我非常简明而准确地描述了我的症状：咳嗽，有痰，呈白色；打喷嚏，几次，不严重；有点嗜睡。医生叫我摘下口罩，张嘴，查看扁桃体，说，有点发炎，要不查个血常规。我说，四点钟我有个研讨会，查血要多久？不久，二十分钟。好的，您开单吧。

透过检验科的玻璃幕墙，我看清楚了里面的一切，放得整整齐齐的试管盒子，擦得干干净净的验血机器，还有站着漂漂亮亮的天使。我撩起袖子把手伸进小窗口，我对医生说，我的血管有点小。医生看看说，确实有点小，不是一般的小。医生叫我握紧拳头，她用手轻轻拍打我的血管，直到它突兀地暴起，然后抹上碘酊，擦去，再抹，然后，将针轻轻插入血管，我看到透明的试管里我的殷红的血。

阳光特别好，既明亮又温暖，坐在医院门口的小花园里一边等结果，一边晒太阳，一边构思年轻老师的公开课的架构，思考语文节的活动细节，一边打量这所医院的建筑与陈设，一边思考工作与健康的哲学问题。阳光真的特别好，从银杏树的间隙里投下来，医院的墙上、花园里的地面上、屋顶的阳光房上，到处斑驳陆离，轻轻舞动。钓鱼池边，几个人在静静垂钓。

时间很快就过去，不到十分钟，检验科那位为我验血的医生在叫我的名字了。我赶紧过去。她将单子递给我，说，没什么问题哈，都正常的。我说谢谢，便提着单子上二楼诊室，上楼的时候我步履轻盈，仿佛微微病已经随微风吹散了，随冬阳蒸融了。

在药房拿了四样药：一瓶止咳糖浆，一小板药，二十几颗甘草颗粒，还有一样，医生特别叮嘱，睡前吃，开车不要吃。我问，有会引起打嗝的药吗？

医生说，这些药都不伤胃的。

回校就几分钟的路，我提前赶到四点钟的研讨会，开始与一群年轻的语文老师研讨"栖息"这个词语在文中与生活中的含义。我想到了这所社区医院，它在体育公园里实在很不起眼，尽管它解决不了你的急的病、难的病、重的病、慢的病，但完全可以解决你的微微病，不伤胃，不顾此失彼；它让我觉得可靠而踏实——绝不小病大医。

停电

昨夜得到学校今天要停电的消息。从早上六点到晚上六点。

七点出门，去学校值班。七点动身正好，可以让早上的一系列事务做得从容；到学校七点二十，正好可以在校门口迎接第一个到校的孩子，第一个接受孩子新一天的问候。

到学校时，天蒙蒙亮。把车开进车库，车库里，除了被车灯照亮的区域是明亮而确定的以外，其余全是黑。停车的瞬间，人立刻被黑暗笼罩，吞噬，消融。静寂无声，除了意识，其余全无。世界似乎极小，伸手抓住的都是黑。

手机打开，屏上发出荧荧的光，照见一小块地方，在空空的车库里，它如一只萤火虫微弱。

但这种感受慢慢美妙起来，好久没有这样了，略去了所有背景，所有周遭，所有杂乱后，纯净得只有无声，单一得只有自己。好久没有这种体验了。

习惯性地把脸伸到摄像头前，发现人脸识别门禁的屏幕上没有自己的脸。才想起停电了。明知道停电了，我还是再把脸对准摄像头扫描了一次，直到再次确认没有成功，才相信真的停了电，门禁停止了工作。

门禁在清晨的昏暗里静默，彻底地休眠了。我绕行几百米，到了另一个门。保安大哥见我，面带愧疚地说，不好意思，停电了，门禁打不开了，让你绕路了。

停电不是他的错，他说得好像是他故意破坏的一样。我说，锻炼锻炼身体。于是，在晨光中，我们交流了一会儿天气与养身，甩了一会儿双臂。直到第一个孩子出现在街对面，直到保安为他用身体拦住车流，直到他向我发出今天第一个问候，我们开启了一天的工作。

发电机承载不起所有的用电设备。教室里的灯开了一半。

缺少一半光亮的教室倒更有几分安静，老师讲得很小声，娃娃也更加文静。不使用电子设备的教室，老师用语言传授，用粉笔板书。不依靠PPT，娃娃们在书里寻找答案，用笔在书中勾画。教学归于简单、本真。

下课了，娃娃们挤到教室外，在走廊上欢声笑语，在楼梯上追逐嬉戏。

下午，我问几个孩子，今天打了几道铃？有说一道，有说两道，有说四道。他们都忘记了今天打了几道铃。因为，谁也没有听到铃声。没有铃声，上课与下课的界限一下子模糊了。

在停电的今天，催促你的不是时间的节点，时间不惊扰每一个人，静静流着，不易察觉。

办公室的电脑无法工作，我想，该交的表格和该撰写的文案可以找一个理由说服自己缓一缓了。我来到三角梅书屋。

此刻，陪我的是三角梅书屋里靠窗的、长长宽宽厚厚实实的木书桌上玻璃瓶里插着的一株不知名的野草，它安静地在这里待了好几天了，前几天我进来的时候，顺手在路边扯的，顺手插进花瓶的。我也给来看书的孩子定了这个规矩，带一枝花，或一株草，书屋是要有生机的。

此刻，我与那株野草共享窗边柔和的光，我坐在窗前的木椅上阅读。

我读的是阿来的《成都物候记》，它素素的封面和作者素素的文笔，让我沉浸于宁静的物象和意境之中。

　　天色渐暗，电还未来。我看到，门口几个孩子往里探看，然后离开，然后又回来，继续探看。我想，他们一定好奇于我端坐于窗前，静读一本书的静静的剪影，充满了疑惑，就像我看到他们一样，我看到一个生动的剪影，觉得特别的美。

正是晴天

1

　　青城山，山顶之上是蓝天，一块巨大的蓝如盖一般，几朵雪白的云飘浮。

　　云朵飘过瓦灰色的"假日青城"小区上空，云的影子下，我的画家朋友文大哥走出别墅迎接我，等我们走过曲曲折折的条条小道，绕过层层叠叠的栋栋小楼，溯潺潺流水来到主人家门口，云便默默飘过山去，朋友的小院便阳光灿烂。落满点点滴滴的光斑，细细碎碎的树影。

　　画家的水彩画贴在墙上，画的是青城山下的石桥和河沟。构图极其讲究，色调极其高雅，清凉之气从画中溢出。

　　画家有眼光，选了这样清幽之所，做如此悠闲之事，令人羡慕。这样的地方，住这样的人，协调。

2

　　有共同话题，就会聊得很投机。

　　与画家从关维兴聊到约瑟夫，从海口的海聊到青城的山，我发现我竟然忽视了屋里一个漂亮的小姑娘，正坐在我身旁的凳子上，默默地笑眯眯地看着我们天马行空。

画家说，小姑娘是他的外孙女，读五年级。小名叫"晴天"。哇，好好的名字！此刻正是立秋后，地上落满密密麻麻的光斑，树上的蝉细细长长地鸣叫，正是最美"晴天"。

晴天走过来递给我一个笔记本。我打开，一页一页地翻看。那是小姑娘这个假期里的好几十篇日记，记的全是点点滴滴的小事，细细碎碎的心情。

她的字娟秀得如同桂花朵朵。

我说，写得真好，是个作家的好苗子。小姑娘不好意思地捂嘴笑，抿嘴笑，颔首低眉笑。

我说，不过我有绝招教给你，你可以写得更好。小姑娘很好奇。小姑娘的外公外婆也凑过来探着身子专注地听。

3

我说，写文章的材料到处有，随手可拾。说罢，我从窗口望出去，晴天和她的外公外婆也随我的目光望出去。我说，你们看：透过这窗户，我看到，一团阳光投在对面人家的窗户上，阳光明亮得看不清那窗户里面的景象。那窗户背后，是否有一个像"晴天"一样的小姑娘？一样好奇地透过窗子看向这边呢？

晴天随着我的讲述，似乎看到了从未发现的景象，产生了从未产生的想象，她异常专注，异常好奇，异常兴奋。眼睛里有亮光闪动。

我继续说，如果你是作家，你还会想呀，这么近的两家人，共享着这个院子的阳光和蝉鸣，彼此却那样陌生。我说，如果你是作家，你就要这样去想问题，想生活里的道理。

晴天的外公外婆回味着我讲的作文秘诀，晴天也在回味。我说，你还可以想呀，想落在你家门前的光斑，挪移到对门的时候，给邻居打个友好的招呼。

小孩子写作文，可以这样很童话。

4

晴天就像夏日的天气，她的心情在时间里悄然变化。当我讲到写母爱的时候，她眉飞色舞地讲起雨夜生病母亲背娃上医院的惯用题材。满屋子都是她的笑声，就像阳光透过细细碎碎的树叶缝隙，投在院子里的点点滴滴的小脚跳跃一样的光斑。

我说，我发现一个题材，要送给晴天：

"老章老师给晴天讲着作文。晴天听得很陶醉。外公外婆更专注，生怕漏掉老章讲的每个字、每句话，似乎，听讲的不是小晴天，而是她的外公外婆。老章讲完，外公抢着把老章的话一字一句给晴天讲一遍，外婆抢着把老章的话一字一句给晴天再讲一遍，然后，两位老人自顾自地给晴天把老章的话一字一句讲一遍。哈哈，写下来，取个题目：我家的旁听生。"

晴天眼睛放着光芒，她说，这个题材好。似乎明白了，原来，作文就这样简单！我说，题材就在身边，一切都为我们准备好呢。

5

画家文大哥所在的小区不仅树木葱郁，鸣蝉声声，还有流水潺潺。流水从家家户户门前流过，淙淙作响，低吟浅唱。门前花，门前树，都被滋养得精精神神。

就如文大哥的画一样静谧而美好，晴天就是这里最活跃的色彩。

从文大哥家里出来，他们一家送我走；假日青城的溪流，溅着水花，一路相随，送我走。

晴天一定在屋里做她的作家梦了吧。

小萤儿的那些事

1

小萤儿是我的小邻居。

这个爱笑的小姑娘，有一口洁白的牙齿和一身干净的衣服，两个小辫在后脑勺快活地舞蹈。圆圆的、胖乎乎的脸，皮肤白皙，泛着淡红。大眼睛泛着湖水一般的光泽。

一次，见到这个小可爱，我说，美女呀，你几岁了？她忽闪着大眼睛，右手食指放在嘴角，斜着头看着我，一脸疑惑的样子："人家都说，男人是不应该打听女人的年龄的。"

我差一点笑出来了："那你自己告诉我吧，美女。"小萤儿昂起头，一副藐视我的样子："不，女人的年龄是保密的。"我继续忍住不笑出声来。小萤儿的妈妈摸着她的小辫，说："跟叔叔说话要讲礼貌。"小萤儿望着妈妈，两只小手背在身后："难道我错了吗？"

小萤儿今年六岁，芬芳的年纪。跟他们家住在一栋楼里，看着这个嫩叶间小小的花蕾慢慢成长，邻居们都很高兴。

出于对这个女人的尊重，我决定不再谈论她的年龄。我说："你觉得自己漂亮吗？"

小萤儿的大眼睛泛起了涟漪，眨巴着："当然，一般般啦。"

"不过——"我故弄玄虚，学着她的招牌动作，斜着头，定定地看着她眉宇间的芝麻大小的一颗痣。

"哎，美人痣！"小萤儿骄傲地偏着头，仰着脸，活像一个大美女。

2

小萤儿人见人爱，走到哪里，都会引来很多目光。小萤儿不知从哪里捡来个词语，便活学活用，说："这叫回头率。"

不愧是美女呀，天生都自信。

小萤儿的妈妈自然喜在心里，嘴上却常说，小时候长得乖，未必以后就漂亮。言者无意，听者有心，小萤儿听了妈妈的话，开始闷闷不乐起来。好几个小时，望着墙上妈妈的照片发呆。突然，她叫起来："妈妈，你骗我，你撒谎。我不会变丑的！"

小萤儿的妈妈抚摸着她的小辫，爱怜地看着她涌潮的眼睛。小萤儿擦去流到腮边的泪水，期待妈妈的回答。

"妈妈漂亮吗？"妈妈问。

小萤儿点点头。

"你是妈妈的女儿，妈妈的女儿怎么会不漂亮呢？"

小萤儿使劲地点着头。她的小辫快活起来。

"小萤儿，你很可爱，可爱的孩子长大一定会很漂亮。"妈妈的眼里充满了希望。

小萤儿恢复了她的自信与快活，她的回头率居高不下。不同的是，偶尔，她湖水般的眼里多了些淡淡的忧伤。

她更漂亮了。

3

小萤儿开始练习滑板了。妈妈是她的教练。

小萤儿的滑板是装有两个万向轮的那种，很不好掌握。妈妈搀扶她小心翼翼地踩上去，万向轮不听使唤地乱跑。小萤儿吓得尖叫。

我说，不对。在我的指导下，小萤儿一只脚踏滑板，一只脚踩着地慢慢滑动。没几步，滑板一下子跑到一边，小萤儿一个趔趄，一屁股坐在地上。

与此同时，妈妈已经奔到她的跟前，心疼得不得了。我感到很难堪。

小萤儿爬起来，拍拍身上的泥土，一瘸一拐地走向滑板，捡起来，一脚踏上去，一脚踩地，继续滑起来。

我看见小萤儿妈妈的眼里充满了喜悦。每天早上，我总听见从操场传来滑板擦地的清脆的声音，像一支快活的晨曲。

小萤儿渐渐熟悉了滑板的性能，她的另一只脚也踏上了滑板。她一摇一摇地围着篮球场打转。她流着汗，她的小辫湿漉漉的。她像从水里捞起来似的。

小萤儿已经完全掌握了滑板的技术了。她向我身边滑过来，她平举着双手，她黑黑的脸，流淌着无限的活力。她忽地又滑走了，美女小萤儿，她小小的身姿在空旷的操场滑行，活像一只欢悦的春燕。

平凡的一天

1

咖啡屋里，飘着轻音乐和咖啡的清香。灯光柔和。很适合静思与恋爱。

邻座一对情侣，女孩长裙，男孩短裤。他们在拌嘴。

"你就不晓得跟他说清楚嘛……"女孩怒视着男孩。男孩轻声地回答她。

我仔细听没有听明白。

他？还是她？有故事！我想。

"你平时那么会说的嘛……"女孩声音愈来愈高。她抿着嘴，将手中的杯子往桌上重重一搁，咖啡溅了出来，像开花一样溅了出来。

男孩低低地说了一句话，我没听出来。

"你不晓得转个弯哟……"她的脸愈来愈红，愈来愈青，她敲着桌子。

她的手指甲很漂亮。她用漂亮的指甲敲着桌子，发出瓷一般的声音。男孩将头埋下，双手抓着头发，不知道说没说什么。

"你个瓜婆娘！猪头！……"女孩起身了，她的长裙拖在地上，她狠狠推开椅子，绕过茶几，走了。她碰翻了咖啡杯子，咖啡像泪一样从玻璃茶几面上流下，滴落在地毯上像诀别的诗。

男孩抓起女孩遗落在座位上的包包追了出去。咖啡屋依旧飘着轻音乐和咖啡的清香。灯光柔和。依旧很适合静思与恋爱。

邻座的一个绿裙子女孩，低低地对着手机讲话：咖啡屋，靠窗，绿裙子。

来吧，来咖啡屋，小憩驿站。

2

车门开了。

一辆童车进来了，粉红的童车里坐着一个穿粉红衣服的婴儿。

一个小伙子进来了，他推着婴儿车进来的。

我挪动屁股，在我和一个大爷之间为他们腾出了一个座位。

"谢谢爷爷！谢谢叔叔！"小伙子似乎是对我和大爷说的，但似乎又是对那个婴儿说的。

小伙子坐在我和大爷之间，婴儿车在他的面前。

小婴儿一下让我喜欢，她的眼睛很大，很亮，反射着地铁里的灯光。

我拿手机给婴儿拍照，小伙子很高兴。小婴儿在我的镜头里定格成一张张可爱的照片。

我把照片翻着给小伙子看，小伙子很幸福的心情掩饰不了，他仿佛在欣赏一件艺术作品。

我说，好乖，然后，伸出手指在小婴儿面前晃动，小婴儿却自顾自地寻找着车顶上的灯。

"咪咪，看这里。"小伙子轻轻拍着手。小婴儿的注意力随着我手指的移动而移动。

大爷像看自己的孙子一样脸上绽开了花，老脸皱巴巴的却很灿烂！

"多大了？"大爷问。

"八个月。"小伙子说。

"男孩还是女孩？"大爷问。

"妹妹！"小伙子说，然后对着小婴儿说，"妹妹哈，妹妹哈。"

小婴儿的眼睛又到处张望着，也许是车厢里的灯让她好奇。她伸手去抓，但她抓到了我的手，轻轻地拍打起来。

好细嫩的手手！

小伙子从背包里取出一个奶瓶，一个保温水杯。他将水倒进奶瓶里，然后又倒回去，又倒进去，拧上奶嘴，放到嘴边，抿了抿，又放在小婴儿嘴边。

小婴儿很兴奋，双手拍打着婴儿车，她张嘴熟练地衔起奶嘴，吧嗒吧嗒地吮吸起来。

我问："会烫着吧？"

"不会。"小伙子说。

小伙子不过二十二三岁的样子，紧身的黑背心衬得他很健壮，很帅。

大爷嘟着嘴逗那小婴儿，啧啧啧！小婴儿张着没有牙的嘴，拍着手笑。

我要下车了，小伙子将小婴儿抱在怀里，拿着她的小手向我做拜拜。小婴儿紧紧贴在他的怀里，小伙子粗大的手臂托起她的屁股。

我很好奇地问："你是她的……"

"爸爸。"小伙子说。

大爷眨眨眼，有些不相信，有些没听明白的感觉和惊讶的感觉。

"哦，好年轻的爸爸！"我情不自禁地说，然后与他父女俩挥手道别。

2. 为父

爱与生活两张试卷，没有标准答案，用心才会出彩。

无论结果如何，今后，我只会说："还早。"

青春在线

1. 不仅活着

今晚，我和你看完《青年中国说》，你问我，老爸，你有理想吗？我突然觉得这是这个青年节很好的命题。在客厅里，我仰躺在沙发这头，你仰躺在沙发那头，我一边给你娓娓讲述我的人生经历，一边陷入深深的回忆之中……

末了，我告诉你，青春真好，不怕失败，因为你有的是时间；不可缺少失败，因为没有闯劲是没有惊人的建树的；要敢想敢做，缩手缩脚是没出息的。

我还说，我很羡慕你，你正值梦想的年龄。

完了，你上床了，坐在床头，展开作业本。此时，你的床头放着《百年孤独》，你说那是一本魔幻现实主义作品；你极力推荐我看的《活着》正在我的床头。

儿子，我们要的应当不仅仅是活着……

2. 写在高三第一天

走进两河的黎明，走向中海的夜晚，披星戴月，穿尘埃，过雾霾，走过高三！

奋斗的一年，伟大的一年，光辉的一年，正确的一年，选择的一年，老子儿子更加团结的一年。

少讨论学习，少讨论人生，少讨论游戏，那些事，十六岁的高三学生比你懂。你要做的是，为他买牙膏牙刷，为他铺床单整理棉被，为他把电视音量调到最小！

至于青春期与更年期的交战，最好见好就收，世界是属于他们的，你瞎闹干啥！望子成龙之心，人皆有之，你可曾听说无心插柳？娃娃的事，有所为有所不为。

专注开你的车，十六岁的脸庞很英俊，赏心悦目，可等娃当爹了就知道了，这些都是父母给的，未来的模样，靠自己去混，所以看孩子的当下，还要看他的未来。

今天起，每天早上送儿子上学。一起走过高三！

于是我在何家桥的桥上写这条微信，想起了我们父子俩骑电瓶车在两河村梭巡的日子，想起娃在田间地头捉虫虫的日子。而今，这里高楼林立车流穿行，当年他打死小蚂蚁的地方就是他今天的学校。

但愿，娃懂得，高三一年，他的敌人，已不是虫虫蚂蚁儿了，而是，顽固的骨子里有冲劲的、正在经历青春期的、有男人气质的自己！

3. 今晨

早晨，六点半，我的生物钟比闹钟早响了。

匆匆洗漱完，进了儿子的房间。儿子说过，叫他时，必须开灯，否则，叫不醒他的。

儿子的小闹钟没有闹醒他，小闹钟就在他耳边。他四仰八叉地睡着，我真不忍心叫他。他穿着短裤，粗大的腿上长满暗红的痘，每一个红斑都散发着青春的力量。

我拍着他的腿，叫着他的大名。他醒了，爬起来，坐在床沿眯了一会儿，然后恍恍惚惚去了卫生间。我看见他高高的身子，像一堵墙。我听见拖鞋胶底擦地的声音和刷牙的声音，以及牙刷在玻璃杯中搅拌的水声。

完毕，我们一起出门。门口放着他的作业本，是昨晚他放的，是他写完作业后放的。那时，也许十二点半，也许一点。

有人说，叫醒一个人的，不是闹铃，而是责任。但我希望，对于一个刚刚十七岁的高三学生，叫醒他的，是时间，只是时间。

4.兄弟

路灯亮了，在我跺脚的时候亮的，它在每一个早晨的这个时候为我早早亮起。除了送牛奶的那个人将牛奶瓶从奶箱里取走，发出叮叮当当的声音外，恐怕我的脚步声是这个早晨最早的晨曲了。

我按了一下向下的按钮，便听到电梯吱吱吱吱的运行声。我看着鲜红的数字在跳跃，它恰如跃动的心脏。

儿子还在穿鞋，我叫他快点，路灯再次亮起。

我听到关门的声音和儿子的鞋底擦地的声音。他似乎没有睡醒，恍惚着，也似乎在看那些红色的数字变幻。

电梯门开了，他恍惚着进了电梯，我也进了电梯。

电梯里的灯光格外暗，我想，儿子看我的样子与我看他的样子一样恍惚。

我们不说话，只听到电梯轴承转动的声音和皮带摩擦的声音。

下到停车场，我将车打燃，预热。

发动机的声音很清脆地在车库里回旋。儿子打开车载收音机，调到95.5频道，这是个音乐频道，是每天早上陪着我们开启全新一天的频道，它有足够多的好听的歌曲让人心情愉悦。

此刻，筷子兄弟的歌悠扬地响起。儿子很陶醉地轻哼，我的手指在弹着节奏。将儿子送到校门口，还早。我问：听一会儿?

儿子说：不听了。他下了车，他高大的个子挡住了整个车门。他关上门，说声"拜"就跨进了校门。

我将收音机的音量调到最大，掉转车头，徐徐往回开。

筷子兄弟的歌洒满一路：

青春如同奔流的江河
一去不回来不及道别
……

这首歌的名字叫《老男孩》。

写给少章十八岁

十八年前的九月三日，你妈妈躺在产床上痛苦地挣扎，我与你妈妈十指紧扣，年迈的奶奶在产房门口探着头焦急地张望……一声啼哭，你来到这个世上。继而，你妈妈大出血!

我们用这样的方式迎接你的到来。

好家伙！你满头黑发，脸庞饱满！

你开始在你妈妈的乳汁和我顶着烈日到河中钓的鲫鱼熬的汤的营养下，见风就长。你爬上窗户，听着外面的垃圾车播放的音乐，踮着小脚，你跌下来，磕破了额头。留下了你额头上的伤疤。

你不再追着垃圾车跑了。我牵着你的手，你牵着妈妈的手，但你死活要爬上小乐园花坛的沿上去，于是，你比我还高，你摇摇晃晃地一路走过去。

你一直是个不规矩的孩子！

离开老家，离开你妈妈，我们俩来到成都，我把你带到成都最好的小学。有一天你爬上学校的雨棚，正好我路过，我的汗都吓出来了，我说："慢慢过来，慢慢过来……"当我抓住你的小手，我似乎抓住了整个世界！

周末，我去画画，你去捉虫子。于是，田野上，我不时在唤你，你在回答我。我们去书店看书，你在少儿馆，我在文学馆。我们去看画展，你在门口与那位长须冉冉的布展老爷爷聊天，我在里面看画。54 路公交车上，你趴在我怀里睡熟了，我在看流动的夜景。

那一次你突发脑炎，我抱着你冲下楼，救护车送你到医院。在车上，我拉着你的手，听着你的呻吟，我无限自责，无限慌乱，时间仿佛凝固在路上！那一夜，我睡在病房外的长椅上，伴着路灯投下的摇曳的清冷的树影，一夜未眠。第二天，你妈妈和我看到你活蹦乱跳的样子，我们感到，有你，我们多么幸福！

我承认，初中的三年里，你青春期的躁动与迷茫，也使我焦躁与迷茫。我们的话题不在一个点上。你的个子风一般地长，门口墙上的刻痕记录着你生命的节点，我的记忆里也镌刻着你迷茫的眼神。

人，都是这样矛盾着长大的。

在墙上刻下你 2012 年 9 月 1 日那天早上的高度，我拍拍你厚实的肩，与你一起出门，我说："我陪你三年！"那天，你读高中了！

高中三年里，你给我无限惊喜，你1米78的个子停止了增长，但你从七百多名的成绩排位一路向前，杀入一百，杀入前二十！

高三，就在我们俩当年游玩的那片庄稼地里建起的校园里，我看到每天晚上你最后一个走出校园的身影。晚上，透过门缝，我看到你伏案写作业的背影，早上，我看到你抱着作业，走进校园的背影。

当早上我叫醒你，你从被窝里伸出硕大的手与我相握，我拉你起来，我知道，我握住的是未来与希望！

离你去北京读大学的日子越来越近了！前两天你妈妈帮你收东西的时候，她想起了"慈母手中线"的诗句，流起泪来。儿行千里母担忧！

我举着酒杯为你壮行：有困难，找我！好男儿志在四方，走不通的时候，家门时刻为你敞开！

你说："妈妈，我爱你；爸爸，我爱你。"

妈妈说："狗，我爱你。"

我说："儿子，我爱你。"

十八岁，你的青春真是一本单薄的书！

送

昨晚我将手机闹钟定在今晨4点半。彰儿他妈妈也把手机闹钟定在今晨4点半。

害怕错过今天7点的航班，所以，我必须在4点半起床，5点钟出门，将儿子送到机场赶7点的飞机。

所以，我将手机的闹钟定在了今晨4点半。并且，我把音量调到了最大！那音量应该叫得醒我的。

我睡得有些恍惚，好像醒着，好像睡着。

4点半，我醒来了，不是被闹钟叫醒的。恍惚地进了卫生间，看见三只一样的口杯，三支不一样的牙刷，一支牙膏。

洗漱完毕，口中残余着薄荷的清香，走进儿子的房间。儿子健壮的身体横卧在床上，我轻声叫他，他没醒；我伸手拉他的手，他没醒；我大声地喊他的大名，他没醒；我拍打他的肩，拉他的手，大声喊他的乳名："快起来，赶飞机！"他起来了，坐在床沿上，迷糊着。

窗外还是一片昏暗，凌晨的城市有些安静，偶有早起的车在路上走，碾轧过潮湿的路面，发出特响的声音。

他妈妈在客厅里清点行李箱的东西。她将儿子必须带走的东西列了一个清单，密密麻麻的清单上写着录取通知书、档案袋、羽毛球拍、球鞋……那单子是她前几天列好的，她已经按图索骥般查了好几次，昨晚我也清点了一次。当第三次查儿子的临时身份证的时候，儿子很不耐烦地从包里一股脑掏出来，丢在床单上。然后，我看着他依着清单一样样装回他的包里。

但还是忘记了一份复印件，他妈妈提着原件进了卧室赶紧复印，说："幸好昨晚电脑没有关！"

出门的时候是5点。

关门的时候我看见家门上的对联，那是今年春节贴上去的，我在超市精心选的，很吉祥。他妈妈督促我把它贴得很平展。

出百草路，上羊西线，进绕城高速，直向机场。他妈妈说："还早，开慢点。"其实，我开得很慢。透过后视镜，我看到儿子在透过车窗看黎明的成都。

他妈妈有一茬没一茬地讲话。她讲有些群里的家长舍不得娃娃走，她笑他们矫情，可我知道，她是在掩饰自己。她开始叮嘱儿子在地铁上要把包挎在身前，要注意领取行李箱。

车轮与路面摩擦的声音恰如时间流逝的声音，天边又一抹晨光，新的一天拉开了序幕。我再看看后视镜的儿子，他一脸稚气。小时候，我开着电动自行车，他坐在我身后，抱着我的腰。现在，他抱着他的羽毛球拍，看着窗外。他有了他的新征程，远方在迎接他。

将车停在机场停车场，儿子在前面走。他背着一个大书包，装的是随身衣物和重要的文件；一个是大大的羽毛球包，里面装着两副专业球拍和两双球鞋，球鞋是他妈妈和我在体育器材门市买的专业球鞋；一个黑色的小挎包，里面装着身份证和银行卡，银行卡里有两千生活费和五千应急的零花钱。

他妈妈偷偷地给他照了相，我偷偷地给他们照了相。身后是一家三口，看起来也是送孩子读书的家庭。我听见他们手机的快门声。那家孩子是个女孩，我想，她父母一定会陪她到学校的。

偌大的机场大厅已经有很多赶早的人。我们一家赶向 67 号窗口。儿子在那里取票。可他似乎不知道该怎样与服务员交流，我准备过去帮他，可服务员已经明白了他的意思。

他妈妈说："让他自己去嘛，他又不是不会，你太低估他的能力了。"我笑笑，我十七岁还没有见过飞机呢！

过安检的队伍很长。在人群中，儿子大包小包的，牛高马大的。他一手拿着登机牌，一手拿着手机，随着人流慢慢向前走。他一直没有回头，他埋着头一直在看手机。

他妈妈说，她出去一下。一会儿她又回来了。儿子过了安检，他的背影消失了。他一直没有回头，我想，他应该是一直在看手机，或者在干别的事。

在空旷的机场大厅里，我们坐在长椅上。我想，儿子会不会找不到登机口呢？

会不会把身份证落在安检处呢？儿子 7 点的飞机，我们打算坐到 7 点。

一会儿，他妈妈接到儿子的电话。"哇，登机了？哦，能干，早饭也吃了！路上小心哈，爸爸妈妈爱你！"他妈妈很兴奋。然后对我说："我说嘛，你要相信他！"

　　其实，我一直相信他。谁不放心他呢？

　　走出机场大厅，外面已是霞光满天！

　　一架飞机从头顶飞过，徐徐升入云天。他妈妈问："是不是这架呢？"

　　看看仪表盘上的时间，我说，还有十分钟。

　　他妈妈开始后悔起来，觉得自己狠心，取档案，转户口，办托运……这些事，全由儿子自己去做，儿子独自去千里之外，也不送送，这当妈的是不是有些狠心。

　　我笑着说："我十七岁的时候就闯荡江湖了！"

3. 素描

每个走过我的世界的人，都给我留存一份美好，我回馈他们一份善意。

素描我的学生（选）

1

想到达娃央宗这个名字我就想起格桑花，想起天穹上自由的白云和无忌的流水。

这个藏族小姑娘与男孩子一起奔跑，一起激烈讨论。她，一只膝盖跪在凳子上，一只手支在桌面上，一只手高高举起："我反对！我反对！"

她的看法与众不同，她的话恰如一颗小石子投入湖中，激起层层浪，她立刻招来一片反对的声音，但我是认同的，我心想，这孩子有个性，有思想，将来定是人才！

在我们这个思想活跃的班，有些时候表达自己的独特观点是一种冒险，比如，王晨希会站起来有理有据地反驳你，范灵希会搬出一大堆道理批判你，遇到场面失控的时候，大家会没有一点绅士风度地拿你的那些鸡毛蒜皮的小错误攻击你。

于是，央宗常常处于四面楚歌的境地，有同学揭发她看课外书的时候随意下座位，写作文的时候潦潦草草，做操的时候不戴红领巾，甚至，还将一年级那些陈芝麻烂谷子翻出来。央宗受不了了，她嘟着嘴，一言不发，眼里包着泪水。

我冲向前去，大喝一声："不准说了！"教室立即静下来，我伸出双手，掌心向上，央宗会意地将双手放入我掌心，偎在我怀里，那一刻，她的泪透过我的衬衣，流到我心里。

有一次，我说，我给你唱首藏歌吧："姑娘走过的地方，一路鸟语花香……"未等我唱完，她说："走过的肯定是鸟语林！""鸟语林"是我们学校的一处景观，那里的景象是，几棵高大的榕树下，四季郁郁葱葱，花团锦簇，群鸟啁啾。

这是老教师刘鸣用十三年时间精心呵护的一方生机勃勃的天地。央宗一定喜欢这里，内心里一定有朵烂漫的花在苍穹下开放。

2

贼精的"耗子杜"大名杜浩森，一双大大的眼睛，一双挺挺的耳朵，俊俏机敏。

他长得白皙，穿得干干净净，可他的抽屉却乱糟糟一片，那里停放着好多纸飞机——那是世界上最乱的飞机场。他不停地用双手折他的小玩意，简直陶醉其中了！

我与孩儿们品味着课文里那些活色生香的文字，杜浩森却在品味他那些活色生香的纸飞机，竟不知我走到他身边，手伸进他的抽屉……

可我清缴式的惩戒没有让这个娃"改邪归正"，他的纸飞机又如雨后春笋，他的抽屉依旧乱糟糟。现在，他开始画画了，他在作业纸上的空隙处画，在书页上画，在小纸片上画。他画的是那些离奇的故事，有的看得懂，让我想起我小时世界里的那些虾兵蟹将；有的看不懂，恰如诸葛先生的八卦阵。

我最初以为他沉醉在自己的世界里不管风声雨声读书声，不管家事国事天下事了，可我错了，当我问"谁知道这个词语妙在哪"的时候，"耗子杜"举起了手，大声地说："Let me try！ Let me try！"

他的小手像一根挺拔的竹笋！

我握住它，像老朋友一样，看着他的双眼皮大眼睛，给他正能量，可我正想说"相信你"的时候，他已经开始滔滔不绝地发表他的高论了！

我可以断定，这小子在指挥他的纸飞机军，调动他的千军万马的时候，定有一对招风耳，要不，他怎能一心二用呢？

3

小苏蓉的蚕宝宝从卵里钻出来，芝麻粒大小的生命在嫩绿的桑叶上，像一个豆点。小苏蓉小心地喂养着它们，它们健康地长着，等长得像小苏蓉作文本上的方块字一样大的时候，小苏蓉正在她的作文本上写三（8）班那些事。

她一笔一画写得很工整，像刻刀刻出来的。

现在，她遇到两个难题，一个是蚕宝宝越长越大，桑叶成了问题，她必须依赖大人为她解决了。

第二个问题令她头疼，老章总在她的作文本上用鲜红的笔提醒"要描写！要描写！"可什么是描写？怎么描写呢？

小苏蓉的蚕宝宝长到一寸多长了，小家伙们快乐地吃着桑叶，我想小苏蓉一定听到了"沙沙"声，很急促，是蚕在作茧之前加班加点地积蓄能量；看见小苏蓉埋着头，一笔一画描写着。

现在，她的蚕在纸格子中结了茧，鹌鹑蛋般大小，雪白雪白的，小苏蓉小心地护着它们，不准那些顽皮的孩子摸它们，不准那些吵嘴的男生吓着它们。蚕已成了蛹，在茧中沉睡的时候，我们班的第一本书的印刷计划成形了。

小苏蓉抬起头，问我："老章，我可以一个人出本书吗？"

我说："当然可以！"

她兴奋地举起胜利的手指，那一刻，我产生了联想，我仿佛看到，此时此刻，她的蚕宝宝变成的蛾子应该破茧而出了吧！

4

"一意孤行"的张涵青今天遭遇了"有史以来"最严峻的挑战，真是"高处不胜寒"哪。

黑板上孩子们写着这节班会课的辩题："宇宙中有没有外星人？"王方涵正在美化。

张涵青很气愤，脸涨得绯红，他挥舞着黑板刷，吼着："太表面了！太表面了！我反对！我反对！"几个男生用身体护着黑板。

"我们不讨论莎士比亚！我们搞不懂！"教室里一片响应声，"就是，我们是小孩，我们不懂莎士比亚！"

张涵青似乎看不清时局，他叫喊着，想突破人墙冲上去："你们这个太肤浅了！太没文化了！太没意思了！我要擦掉！必须擦掉！"

可他的努力显然是徒劳，几个同学一边努力抵挡着他，一边用比他还猛的声音说："我们不知道莎士比亚，不讨论莎士比亚！""我们不要深沉！"

黎苏蓉冲到他面前吼道："我们是小孩！"王方涵依旧在描摹那几个字，教室里依旧闹腾。

"我是主持人，你们要听我的！"张涵青恼羞成怒了，他用刷子指着黑板，说，"必须讨论莎士比亚！必须！"

聂子涵冲上去："我们不讨论悲剧！"

"你们，太表面了！太没意思了！"张涵青已经绝望了，他冲着班长朱薪潼说，"我是主持人，为什么不听我的？你们有点文化行不行？"

朱薪潼与黎苏蓉并排站着，站得很威严："我是班长，听我的！"

"不讨论莎士比亚可以，但不要讨论这个，太表面了嘛！太肤浅了嘛！"

班长没有理他，下面议论纷纷：

"莎士比亚是什么？"

"不晓得莎士比亚！"

……

张涵青已经彻底绝望了，他丢下黑板刷，摇着头，口里说着："太表面了！太表面了！"那样子很失望，很孤独，很伤心。

走到卫欢瑭的座位时，他摊着手，试图争取一个支持者，可卫欢瑭看了他一眼，不再理他。

5

"我表面和里面是不一样的，在同学面前，我装傻，其实，我比他们聪明得多！我表面沉默着，没说话，其实一直把话憋着，纠结着说还是不说。我就是这样，爱纠结！没人能拿本姑娘怎么样！"

"我脑袋里的知识可比书本都要厚，只有本姑娘想不到，没有本姑娘做不到的！"

"希望这篇作文能全校出名，我的脑子，也像一本永远翻不完的书！没人的作文能超过我的！"

"王方涵像一匹马，跑得像风一样快；我呢，像一只白狐狸，一直跑在前面。"

朋友，我摘录这几段文字是要让你相信，坐在我面前这个留着蘑菇头，一脸文静的孩子的世界多么丰富。

她埋着头，用她漂亮的眼睛看书。我问："你为什么喜欢读书？"她抬起头，眼睛很大很亮："不知道！"

"那为什么写那么好的作文呢？"我继续问。她腼腆一笑："不知道！"

"那你告诉我，你为什么选材那么好？"在她开口的时候，我已经与她默契地不约而同地说："不知道！"我们笑了。

我说："那我给你取名叫'不知道'姑娘吧！"

我以为她会说第四个"不知道"，可她却说："不可以！"

我问："为什么？"她用书遮住嘴，咯咯咯地笑："不知道！"

我当然不能叫她"不知道"姑娘，因为，读了她的作文，那工工整整的字，那生动的句子，那透明澄澈的心，会告诉你，这孩子内心敞亮得很，有趣得很！

她的作文本扉页上写着六个字：让你笑掉大牙！

在手机上写完上面的内容，我递给她看，她将手机放在桌上，用书遮着脸，偷偷地看。完了，她抬起头，我问她怎么样。

她羞羞地微笑着，好半天，轻轻地说出三个字："不知道！"

她是谁？我知道。

6

一转眼，一个春，一个冬，这小丫头就抽条儿了，怪不得叫"高一棵"。

高一棵害羞得很，但她跟其他孩子一样，黏我得很。

我有肩周炎，常隐隐痛。有时我趴在办公桌前午休，总会有窸窸窣窣的脚步声将我惊醒，继而几个小家伙的小手会在我的肩上、背上轻轻捶打，然后我听见他们咯咯咯的轻笑声。

从那笑声里，我断定其中一个是高一棵。

我陡然觉得，有一个如此贴心的小棉袄那该是何等暖心呀！

我说："我给你吃豆豆。"

我撕开一包牛肉青豆，取出一颗："来，你叫高一棵，给你尝一颗！"放在她手心里。

她笑得很幸福，捧着那颗青豆，送到嘴边，"咯吱咯吱"地嚼着。

我丢一颗在嘴里，那小颗粒的味道瞬间在嘴里散开。

我递给了她三颗豆子，她一颗一颗地送进嘴里，脆嘣嘣儿地嚼，美滋滋地吃。

我说："还要不？"她摇摇头："不要了。"那一刻，我忽然觉得，有一种关注很小，小如一颗豆，如果埋在心里，它会生根发芽，长枝抽条，长成高高的一棵树。

于是，只要他们到我办公室，他们的目光总会在我的办公桌上搜索，像一群小老鼠，我会分给他们一些零食。

有时，一块巧克力，四十二个"小儿子""小女儿"分食之，换来的是四十二个"谢谢"，四十二个美滋滋的心情。

划得来，很贴心！

7

一群跟屁虫的前呼后拥让我享受着总统般的美好心情，他们有的抱着作业本，有的背着我的包，有的端着我的水杯，甚至，我的手机他们都会抢着给我拿。

今天我笔下的主角是饶诘浠，她风一般冲进办公室，我决定给她开个小小的玩笑，我抓起包，拿起手机，仿佛没看见她似的，从另一扇门"逃"了出去。

一出门，我就听见这小家伙叫我："老章！老章！"我没有停下脚步，没有回头，继续快速逃跑。很显然，小家伙有点意外，她似乎停下了。

可转过过道，身后传来小家伙的呼喊："老章！老章！等等我！"我没有停下，我窃笑，加快了脚步。

"咚咚咚"，我转眼看，小家伙挥着手，向我飞奔来。

这个爱笑的孩子，有时喜欢告状，有时却热心帮人；有时完成作业偷工减料，有时做起卫生来一丝不苟；有时沉默着半天不说话，有时却与男孩子嘻嘻哈哈！

多真实的孩子呀！

我停了下来，伸出手，她将手抓住我的手，气喘吁吁。

"老章，你甩不掉我的！"她说着抢过我的水杯，"我要让他们嫉妒！"

我说好，于是我们并着肩，幸福地走进教室。

有时候，我想，为什么在这群孩子中，我会如此快乐？为什么会像个孩子？

我想，因为，简单。

8

小个子朱睿熙玲珑可爱，马尾辫上系着个小小的粉红的小花花儿。小家伙的眼睛会说话，透明得像一潭湖水，俏皮得如一池微波。她眨眨眼，忽闪忽闪的。我喜欢看着她的眼睛与她说话。她说："我最喜欢的老师是你。"

"有多喜欢？"我想她会说"非常喜欢"，可她说："比爸爸少点。"

这个程度已经很深了。我信的。

"你犯过错误吗？"我问。

"犯过很多呀！"她看着我，一本正经地说。其实，一个孩子能犯多大的错呢？我只不过唬她一下，没想到她煞有介事地给我讲起她的"错事"："我不会说话，我没有李晓宇那么会说。"

我问："你的眼睛为什么好看呢？"

她翻了翻眼皮，说："我是内双。"

"哦，怪不得你很内秀？"我说。是的，这个有着明镜般眼睛的孩子有一颗明澈如水的心，她工工整整地写字，她作文里的那些世界充满了美好：动物园班级、小狗乐乐、旧同桌新同桌……

我想想说："内秀呀，就是内心很美好，很丰富。"她点点头，似懂非懂。

"像你，"我说，"你就是一个内秀的孩子！"

9

在我们这个思想活跃的班里，想用你的想法去征服那些在辩论中唾沫横飞的对手，是需要实力的，需要勇气的。

如果你的个子不占优势，那你就加快语速吧。

邱添豪推开凳子，以闪电般的速度站起来："如果……那么……只有……才……即使……也……"

他出手不凡，一鸣惊人。小嘴巴一翘一翘，一翻一翻，一只手一举一举，一扬一扬，那架势已将对手逼到了墙角，看那李晓宇的脸已涨得像染缸里染过一样，他已控制不住了，他走下座位，一边反驳一边来到邱添豪身边，于是一高一矮一胖一瘦，李俯视着邱，邱不屈不挠地扬起下巴，一场关于"宇宙中有没有第二个地球"的大讨论到了白热化的程度！

那横飞的唾沫与两个青筋暴凸的脖子，四只瞪圆的眼睛以及观众紧张的神情，足以说明时局多么紧张。

我作壁上观，暗自欣赏，一个人的气势不在于你的身高，小个子也可力挽狂澜，关键看你是否有邱同学一样的、如机关枪一样狂扫的本事。

我一般袖手旁观，但当话题旁逸时，我也会插手与喝令停止，比如，在我们讨论"大自然给我们的奉献"的时候，邱添豪像驾着失控的滑板车一样把话题一下子带到"转基因"食品上去了；比如，在谈到"生命从哪里来"的时候，邱添豪那没有刹车和方向盘的思维驾着小船一下子漂到"拐卖儿童"那八竿子打不着的地方去了。

我做了好几个停的手势，这小子才好不容易停了下来，一脸亢奋，意犹未尽。

我说："扯远了，扯远了，你跑题也跑得太快了吧？"只见他，一脸羞涩。

10

我踏着晨光来到学校，心情甚好。我用手机拍逆光中巴在树叶上喝水的蜗牛，我想起了自己的童年，想起范灵希！

范灵希告诉我，瓢虫中只有背上是七星的那种才是益虫。

这个小家伙脑子里有那么多鸟鸟虫虫的知识，他要捉校园里那些小蚜虫，学校绿墙于他来说，是一个神秘的所在！

他和他的小伙伴终于摊上大事儿了，他们去捉一只蚜虫，却折腾光了一棵树的叶子；他们为了保护一棵树，折腾死了一片三叶草。

这事被值班的老师逮了个正着，于是我很生气！

"主谋是谁？"

两个伙伴同时手指一脸茫然的范灵希："他！"

我顿觉好笑，孩子，在面对灾难的时候，会有自保意识的。从生物学（也许是动物学）的角度看，这是本能；是会避重就轻的。

所以，小孩子尚未结成攻守同盟，很容易内讧（儿童心理学缺少研究）。

此刻，我看到，范灵希抬起头来，一脸悔恨，讲述起事情的经过。

这件闹得沸沸扬扬的"残忍"事件，原来如此简单！一个对昆虫迷恋的孩子！一个没头脑的孩子！有什么不可原谅呢？

我决定在原谅他之前，小小惩戒他一下，自我反思几天。我想到自己小时候，喜欢螳螂，我觉得它的身姿是所有昆虫中最美的；后来，我读了"螳螂捕蝉"的故事，一想起它，就忍不住笑。

范灵希去捉芽豆，被值班老师逮住，却被我宽大处理了，这会不会让这个小家伙想起什么"××链"？

孩子总是在犯错的过程中长大的，看，我们在探讨"人从哪里来的？"这个话题了，这小家伙的小手举到了天花板，我给了他机会，他从银河系开始讲起了，讲到生物的种类了……

我的课堂非常精彩，是这些小精灵们成就的，他们精彩的表达让我的课堂异彩纷呈。

此刻，我们开始"天天开花"（我的作文课中的一种）了，可这个缺心眼的孩子眉头拧成了麻花状，我走过去问，怎么了？很显然，他的作文本不翼而飞了！

会不会变成一只七星瓢虫呢？我想。

11

小丫头郭恺言埋着头静静地写作业，她一笔一画地写着小蚂蚁一般大的字，她几乎不会发出声音，即使教室里吵闹得像集市一样的时候，她也只是跟同桌笑笑。

内向孩子的内心像一潭平静的水，一定是一个瑰丽无比的世界。

这不，她悄无声息地来到我身边，望着我，我知道她一定是要告状了。她声音很轻很细，游丝一般。

她的那些大事很重要，比如竖笛考试的时候，丁昊用眼睛莫名其妙瞪了她一眼；比如，加完餐后，张涵青疯了一样撞了她一下。

哦，很重要！

她说："这是感情问题。"哦？我问："那么严重吗？"

"张涵青为什么无缘无故撞我呢？丁昊为什么无缘无故瞪我呢？很伤我的感情。"

哦，小丫头是这个意思，对，同学之间的感情是不能伤的！小丫头的内心多细腻，多简单！

小丫头一般不会在课上举手发言，我问："乖妹妹，为什么不发言呢？"

她支吾半天，说："不敢。有时不会。"我问："为什么不会呢？"她张着嘴，嚼着舌头，睁着大眼睛，不再说话。

小丫头留着蘑菇头，整齐的刘海，刚刚遮住她淡淡的眉毛，刚好衬出她大大圆圆的眼睛，显得特别漂亮！

读她写的作文，我发现，那些小小的发现，那些小小的心情，蓄满她的心湖。

12

心情如风，踩着云，他与同学爬上山顶，他们比赛吹口哨：嘘……嘘……嘘……

这不是现实，这是他的一个梦。

他的现实是，此刻，他的裤裆里有一股热热的、湿湿的感觉，那种感觉不好受。

他蹬开被子，闻到了一股异样的味道，他断定，尿床了。

这个有些顽皮的孩子竟然用自己的口哨声吹得自己痛快地撒了一泡尿，不在梦里的山顶而在现实的床上！

他的心情不大好，特别是在凌晨时分。

他决定求助生活老师，便摇晃着走向了生活老师……现实中的高靖凯黑黑瘦瘦的，猴精一个。

他会恶作剧，玩空中抛物，也会在辩论中振振有词；他会耍心眼，把人家的东西藏起来，也会在我批评别人时"雪上加霜"般检举他人；他会犯傻走神，思想游离课堂之外，也会在球场上像奔驰的小鹿……

我问他："听说你那个了？"

他害羞了，吐吐舌头，说："没有。"

其实，生活老师"出卖"了他，她向我讲了那晚"涨大水"的事情，结尾是，他走到生活老师身边，惭愧地说："对不起！我犯了一个很大的错误，对不起！"

生活老师说："你很懂事了，没事的！"说话时，她眼中充满了喜欢。昨夜，他又做梦了，那时，他从梦里爬起来，大笑一声："哈哈哈，太好玩了！太好玩了！"

笑罢，又倒下去，蒙头睡去！

这孩子的梦里肯定有一个离奇古怪的故事，或者有一个莫名其妙的发现。

这不是我编的，这是他自己给我讲的，信不信由你。

13

他流着眼泪，泪水挂在腮边，像从水里捞起来的一样。

他没有用手去抹一下的意思，我知道，他在用他比汗水还多的泪水证明他"刻骨铭心"的懊悔、"洗心革面"的决心！他等待着我的宽恕。我沉着脸，心里在笑。

同学说，这个"两面派"，在我面前乖得很，可在背地里，就不一样了。比如，他会去捉弄别人，他会两面三刀，不真诚，经常装老大，总之有点"假"。

可我觉得，他是真诚的。他会走到我身边，双腿并拢，双手紧贴裤缝，上身前倾，弯下，恭恭敬敬给我行了个礼。

然后直起身，说："老章，对不起，我让你不高兴了！"如此勇敢与坦诚！由此可见，他是真诚的。一个孩子，在老师面前极力地想将自己最好的一面展示，说明他是一个有极强上进心的孩子。可他毕竟是个孩子，每个孩子有不按要求做事的权利。

当我表达了我的想法时，那些说他坏话的孩子改口说，其实他对朋友很好的，而且，他的球技超级棒。现在，他走到我身边，一本正经地问我："老章，这周我怎么样？"

我定定地看着他，将一周里他在我脑中的印象回放了一遍：上课时，他直直地坐着，他羞涩地回答问题，他勇敢地参与辩论……我说："嗯，不错！""谢谢老章！"他站好，恭敬地鞠一躬，挥挥手，拖着行李箱走了。

我在心里笑了！他不知道，在那一帧帧回放的画面里，有两张脸很清晰地在我脑海里呈现——一张挂满泪水，一张挂满汗水，像从水里捞起来的一样。

唐勇呀，唐勇！

14

小美女将头发在后脑勺盘成一个髻儿，耸成高高的一朵花。

小雨桐的名字似乎是为这个身材修长的孩子量身定制的。

我问："你靠节食保持身材？""不是的，我吃呀，就是不长胖，光长高。"

真不愧是学舞蹈的，上课了，她旋进教室；下课了，她旋出教室，长辫子一甩一甩的。做操的时候，她动作舒展，恰似一只春燕，轻盈而漂亮。

可这孩子有些小脾气，犯错的她，只要挨了我的批，会沉着脸，不正眼看人，嘴巴噘着，念念有词，好像有莫大的委屈。隔了好久，她还会走不出她的情绪，她会用眼睛瞟你，小嘴巴一翘一翘的，仿佛她苦大仇深似的。

最后，她终于忘记了不愉快，她像其他孩子一样，跑出教室迎接我，给我捶背，把我当成朋友。这个爱美的孩子总是穿戴整齐，洗漱干净，她的发型常常变。

可是，今天，她的手臂上多了一块巴掌大的乌青，我问，怎么了？她说不知道。

我问，疼吗？

她说不疼。

真怪了。她用小手使劲去搓，怎么也弄不掉。天啦，这个舞蹈演员，手臂上怎能有瑕疵呢？我说，去洗洗。一会儿，她回来了，举着水淋淋的手臂说，看，没了。

呀，虚惊一场。我逗她说："如果洗不掉了，没法上舞台了呀，怎么办呀？"

小家伙眨动着长长的睫毛说："用粉底呀！"

哦，我笑了，说："对，用粉底。"

15

教室窗前的书架上，唐浩博的猪笼草长得郁郁葱葱。

十几个"猪笼"张着紫红的口子，像一个个小喇叭。唐浩博每天给心爱的猪笼草浇水，他提着猪笼草去洗手间，用水龙头浇。

那十几个水淋淋的"猪笼"滴滴答答地留下一路水渍。这个聪明的孩子告诉我有关猪笼草的那些我从未知晓的秘密，在那个漂亮的"猪笼"里，有着怎样可怕的陷阱，有着怎样惊心动魄的故事。

这个头脑灵光动作却不大协调的孩子，做操的动作很不到位。我说，脱掉鞋袜让我看看。我发现，他原来是个扁平足。

一位老骨科医生告诉我，有些扁平足是可以通过锻炼练出足弓的。

我像一名老到的中医，背着手，开始训练这个孩子。此刻，他平举着双手，双脚交替着，沿着操场上那根白线，摇摇晃晃地向前走，活像走在钢丝上。

可，他依然很认真，来回走。我说，加油，趁着小，走出足弓来！小家伙很认真！小家伙的学习成绩比我想象的好，我总是对着全班说，我看到唐浩博一天天进步呀！

那一刻，他坐得很端正，很直。他常常拿着本子，迫不及待地问我："老章，好不好？"

我惊讶地说："好哇，太好。"

而今，唐浩博的足弓长出来没有，我肉眼看不出来，需要到医院照个 X 片看看，但他依旧在没有我的督促下，踮着脚尖跑步，尽管他的动作依旧一摇一晃的。

我在浇灌他的足弓，他在浇灌他的猪笼草。

可是，"一岁一枯荣"，他的猪笼草上的一串"猪笼"已干枯，可那细长的叶子依旧快活地活着，在享受着它的阳光。

16

"犟拐拐"王晨希有一犟起来不认人的坏脾气，如果你把他惹毛了，无论你是老师还是同学，他一定都会冲你硬着脖子，瞪着眼睛，捏着拳头。这个个子小小的、身子骨单薄的孩子，似是一只顽劣的猴子，让你不敢轻视。

现在我决定叫他站起来，原因是他的书写实在是太马虎了！他的屁股似乎粘住了凳子，没有起来的意思，我再叫他的名字，显然，音调高了些，但他粘着凳子的屁股依旧岿然不动，根本不把我的感受当回事。

我走过去，他似乎感受到了我的坏心情，弹簧似的气呼呼地站了起来，将脖子直直地僵着，脸朝一方斜视，压根不拿正眼看我。我再次提高了嗓音："看我！"

我的声音从他耳边穿过，似乎没有落在他的心里。我用手去掰他扭向一旁的脸。天，那一个硬哪，活像拧一个生锈的螺丝帽。

可这孩子不是螺丝帽，他眼中有光在闪动，他噙着泪，映着天光。泪流了下来，他一把横着擦去！用他因为瘦而显得格外大的眼睛瞪着我，指着同桌徐屹然，说："他的字也不好！"

徐屹然望着他，不知所措，他又委屈地望着我。

徐屹然的字不算太好，但人家很认真，你个"犟拐拐"，不认识自己的错，居然还要拉人下水！我说："现在不要说别人，说你自己！你看看，你的字……"我给他讲做事的态度、写字的要领，可他依旧高昂着尊贵的头，不断地抹眼泪，泪痕斑斑。

我软下来了，我知道，对于这样的"犟"孩子，暂时冷他吧，也许是明智之法。

我将他的本子丢在他面前，他一屁股坐了下去，拿着笔，对着本子，重重地，一笔一画地，纵横涂画。那一刻，本子是他的阵地，笔是他的尖刀，哈哈，老章是他的敌人！

17

一下楼，就听到有孩子叫我："老章，老章！"我没有回头，我断定叫我的是彭宇帆；我也断定他是把着楼梯的扶手"滑"下来的，他的脚步声很轻盈，像从楼上飞下来一样。

我仍然没有回头，只是向后伸出左手，拉住那送来的一只手，他自然地接住。我说："走吧！"他说："走吧！"我们走在学校荫蔽的树下，踩着满地的光斑，顿觉很清凉！

在光斑里走，我看见他满身斑驳，他的头发上也是精美的图案。我拉着他的手，没有说话，我在享受这诗一般的感受。

我问："你幸福吗？"他说："幸福！"其实，幸福是一个很大的概念，也许需要一生的时间去理解，但此刻，这孩子的理解一定是最真实、最简单的，就是，他的一只手安全地放在另一只手中！

我问："你在想什么呢？"他想了想说："我在想，长大了，我要像你这样拉着别人的手。"

我笑他："拉着女朋友的手？"他停了脚步，一本正经地说："不，是小朋友的手！"

我倍感温暖，眼前，无数光斑精灵般跳跃，我想，尽管我知道童言无忌，我也知道，未来的他也许会忘记今天的话，但至少，今天他是真切的。

给点阳光，心就敞亮，谁不是在温暖中得到鼓励的呢？

我们走到校门口，我放开他的手，他平举双手，打着旋儿与我再见，跑开。明亮的光斑在他湖蓝的校服上流淌……

18

所谓桌长，就是一桌之长，就是一个饭桌上权力最大的那个官儿。

不得了，人生四大事，吃喝玩乐，他管其一，吃！

徐皓天走马上任，饭桌是他的阵地。他静静地嚼，静静地吞，他不是在品尝红烧牛肉的味道，他在用耳朵和眼睛的余光寻找那些在餐上一点不优雅不文明的吃相。

他的兔耳朵竖了起来，他听到了不和谐的声音，不是嘴巴吃饭时的哐巴声，而是有人在交头接耳窃窃私语！桌长徐皓天放下筷子站起来，开始庄严地履行他的职责。

他决定处罚了，他悄悄地举起了一根手指，可谁都没有注意；他举起了两根手指，他心里笑了！他举起了三根手指，大吼一声：

"三圈！"

啊！那些自以为可以"瞒天过海"的桌员，连叫冤屈："为什么不早提醒？等到三才罚我们？"

"少说，跑三圈，否则，别想玩！"结果，你自然想得到的！

可是，他现在面对的是"一意孤行，我行我素"的"刁民"张涵青，这个啥事都会逼着问你为什么的孩子，总会抓住你的把柄，跟你玩文字游戏。

当徐皓天朝他举着三根手指的时候，他会说："你举得太快，等于一根手指，所以，我只跑一圈！"

张涵青举起了三根手指，挑衅地，慢慢地比："三，二，一，看清了，这是一根手指。"

徐皓天忍无可忍了，他气愤地用一根手指指着这个"刁民"，气急败坏地说："明天不能玩了！"然后举着两根手指："后天不能玩！"直到他说出这一周都不能玩时，"刁民"依旧在那里自顾自地说话，根本不把眼前这个"桌长"当回事儿。徐皓天爆发了，将双拳举过头顶，紧紧地握着，咆哮起来：

"四年级下学期第一天不能玩！"

他的脸涨得绯红。满桌的人笑的笑，跳的跳，一片混乱！

徐皓天转身走向尚老师，情况立即发生了改变，大家立刻安静下来。徐皓天立刻停住了脚步，转回桌边，点点头。

"桌长"徐皓天胜利地满意地光辉地坐下。

19

"丁耗子"开始顽劣起来，他居然看不懂我的脸色！

我看着他，不说话，目不转睛。他也盯着我看，眼睛不停地眨巴，很萌的样子。

我没有表情，也不理会他。他抬起下巴，似乎要挨过来。我伸出手，做了个拒绝的手势。他偏过脸去，眼睛乜斜着，眼皮不停地翻，更萌！

我依旧没有丝毫表情，我心里在笑，我看你怎么表演，我要把你写下来。

他正过脸来，眯着眼睛与我对视，我看到，他那两条缝里有狡诈的光。我依旧死死地盯着他。他与我僵持着。

终于，他坚持不了了，睁开眼睛，嘻嘻地笑，尽力地露出牙齿，他瘦瘦的脸皮有些褶皱，活像一个小老头。我操起了手，视线没有离开。

他再一次想靠过来，我抿紧了嘴，鼓起了眼睛，他停住了。他埋下头，眼皮翻着，他突然扬起脸，"嘿嘿"一声，嬉皮笑脸起来。

我没有改变我的表情，我知道，我的任何改变对他都是一种示弱，都是一种动摇，都将给予他得寸进尺的鼓励。

他走了一步，掉过头，看着我，一边嘴角努力向下扯，一边嘴角努力向上提，由于太夸张了，他的一只眼张得像个灯泡，一只眼皱得像个饺子，脸部极度扭曲，很丑，像被坐瘪的老柚子。

我差一点笑了，但我没有笑，我马着脸，任凭他的表演天赋极致地发挥。他将那张丑脸重复了好几次，实在没辙了，他努起嘴，将一根手指伸进去，很嗲地吸着。

我实在看不下去了，我的表情有些松动了，正欲转身离去，他一把抱住我，我顿觉气都喘不过来，我想掰开他的手，可他的脸已经紧紧贴在我的肚皮上了……

明星来了

春熙路。王府井商场门口。很多人围着，几乎阻断了门口的人行道。

我很好奇地挤了进去。

好多的摄像机、照相机、手机，齐刷刷对着王府井商场的大门。顺着他们瞄准的方向，我看到一扇黑洞洞的门。

他们在拍摄空气吧！我想。

但我忽然敏锐起来，我察觉到，几乎所有的人都异常兴奋。

几个小妹妹双手合一，十指紧扣，紧张激动地扣得手指都乌青了！

我想，肯定是哪个明星要来吧。究竟是谁呢？我发现，这些兴奋的人几乎都是小年轻；以至于我正想掏出手机的时候，犹豫了。

我确实很难堪，因为，我几乎不知道什么明星。

我挤出人群，失落地从旁门进了商场。在商场里转了一圈，忽然发现一群人潮水般地涌到我的身边，然后，潮水般地涌走，快速流向电梯口，流水般上楼而去。我一下蒙了，刚才，我差一点就被那股洪流给裹挟了。

等我回过神来，我赶紧朝那股洪流的头望去，但我没有看到哪个牛头马面的明星，我只看到，所有的人都似乎追着空气在流动。有个小妹妹显然捡到金元宝了，兴奋得脸都红了："看到了！看到了！看到了！看到了！"我顺着她的目光看去，看到那股洪流忽左忽右地在商场奔涌。

一个小妹妹和另外一个小妹妹跳着抱在了一起，她们立刻又跳着分开，不断地翻看着手机："哇，好帅哟，好帅哟！好帅哟！"

我很想凑过去看看她们手机里的照片是谁，但她们风一般追着那股洪流去了。

小徒弟

"我来画画哈！"我对着大货车底下那双沾满油污的黑腿说。

探出一个脑袋，一双眼睛，张口时我看到他是我熟悉的那个小徒弟。

"要得！"他说，又把头和整个身子探进车底，我听到叮叮当当的敲击声。

这是一家极小的汽车修理厂，坝子里顶多能停三辆货车。

老板从外面回来，提着扳手钻进那辆车。"螺丝呢？"师傅问。

"断了。"徒弟轻声说。

"断了？"师傅问，"囊个断的？"师傅没想到。

"拧断的。"徒弟低声说。

"我说你是个人才！这都能拧断嗦？"师傅显然很生气。

"真的！"徒弟说。

"你是个人才！去重新找一颗！"

徒弟从车底钻出来，进了车间，拿了个螺钉，钻进车底。

"哎，我说你真是个人才哟，拿大的，小了！"

徒弟钻出来，进车间翻动零件箱，很显然他很不熟悉，他把零件箱翻得叮当作响。

"找到没有？"师傅不耐烦了，他在车底吼。

"没找到。"徒弟回答道。

"哎，你真是个人才！这点出息都没有？你咋个在社会上混哟？"师傅边说边钻出来，他冲进车间，从零件箱里抓出一个螺钉，举到小徒弟的眼前："你硬是个人才！"

徒弟跟在师傅身后，先后再钻进车底。

那小徒弟的确很笨拙，他钻车底的动作实在没有他师傅灵活——他的师傅将肥硕的身子轻盈地躺下，卷曲着腿，一蹬，身子犹如安了轴承一样，灵活地进去了；他呢？他瘦如一只猴，可他却是慢慢趴下，双肘撑地，匍匐前进。

"你快点嘛，人才！"接下来我听到的是师傅的责骂声和小徒弟在师傅的喝令下敲击金属的声音。

午饭后，很宁静，我在画画，师傅在屋里的床上睡觉。

小徒弟钻进车厢里仰躺着睡觉。

"老师，画好学不？"我以为他睡着了，一转头，我看见他那双眼睛在黑暗的车厢里闪动。

"好学！"我说。

"要学多久？"他双手托着下巴，激动地问。

"可能要两年吧。"

"啊！那么长的时间呀！……"

他的声音被他的师傅打断了，师傅在床上吼："车都修不会，还想学画画！你是个人才！"

徒弟赶紧翻过身去，仰躺着闭着眼，仿佛睡过去了。

我的画画了很久，一拨拨人来看了走了，唯独这个小徒弟没再来，他躺在车底下敲击着，拧着……

爱花之人

去拜访恩师，我们买了六枝香水百合去。

六个含苞欲放的花骨朵，被粉绿的萼包围着；我想待开后，定然一片瓷白，香气定然清悠。

老人家的家清新典雅，灯光柔和，洁净得一尘不染。白色的百合正好。

老人家是爱花之人，她把家布置得像个花园。门口玄关墙上，挂着野花野草扎成的花环；客厅隔断的空格中，摆放着红叶；钢琴上放着细碎的紫花……餐桌上，茶几上，书架上，处处有花点缀，却不拥挤；花虽艳丽，却不张扬。

老人家的墙上挂着画着花的油画，向日葵灿然地盛开；沙发上的小枕头面子，刺绣的山茶花密密匝匝……

老人家最喜欢百合花，最喜欢我们送的白色的百合花，她精心地修剪枝叶，小心地插入透明的花瓶。她抱着花瓶进了厨房去接水，我说，我来。她说，她做得好些。她确实做得很细致，每一朵花骨朵的朝向，高矮，以及花的错落，她会精心摆弄。

老人家另一个学生按响门铃，老人家去开门，一束洁白的花进了门，一个端庄的女子进来——老人的学生们都深知老人的心境，素如百合，淡如百合。

喝着白开水，我们聊起了很多充满正能量的话题，每个人都心花怒放。此时，柔和的灯光下，五彩斑斓。

百合花没有开放，期待有一天它会怒放，就像我的老师培植不拘细节粗枝大叶的我一样充满期待。

深夜了，我们告辞。老人像平素里一样送我们。月色如霜，铺了一地，正好。 老人客厅窗外是一个小的花园，虽小，却很精致。

我想，空了，我来看她的三角梅。透过巨大的落地窗看出去，真是一幅工笔画呀。

我问："您窗外的桂花呢？"

"谢了，落了。"老人平静地说。

我在想，只有真正的爱花之人，才会有一颗平常心，才会静待花开，静送花去。

第 六 辑

杂 念

如果一本童话讲述了太沉重的道理，弄懂
它就会伤害自己。

躺平与内卷

躺平

好多天不远行，好多天不出门，活动范围：三室、两厅、一厨、双卫。

高温肆虐，惨无人道。

成天窝在沙发上，云游东京。看别人拼搏金牌，我躺平人生。

好多天不吃肉，不是为了减肥，而是不吃肉也不觉得身体不舒服，不馋。

自己做凉面吃，程序简化，佐料简单，合口味得很。中午买了两瓶啤酒，喝了一瓶，晚上或者明天，也许后天，也许大后天，再喝一瓶。无计划，计划了，连喝酒也会有摘金夺银的压力。

平哥喊我写文章，每日100字至800字，我觉得不限字数最好。我说我手痛，平哥说，你就不写嘛。

不写文章更好。

内卷

自从烫伤愈合后，我就继续治疗内伤。

但，肌腱损伤是个难题，专业医生给了专业但不乐观的治疗方案；江湖郎中的办法很暴力很流氓；佛系者说，不如让其自生自灭。

白天不太痛也许是分了神，晚上痛得厉害也许是太注意。梦里痛醒，是因为梦很脆弱。

翻身痛，不翻身也痛。这种痛来无先兆，去也不打招呼。手无搁放之处，仿佛这只手与身体只是藕断丝连，维系它们的就仅仅是那根损伤的筋。

无法躺平，躺平就是一种痛苦。

睡觉时，向左卷，蜷缩成团，右手放在胸口，嗯，这，算是最好的睡姿了。

休眠到唤醒

"休眠"

我的电脑经过一个暑假的"休眠"，至今依旧睡眼惺忪。接上电源，启动开关，蓝屏上显示一大堆看不懂的英文单词，并不断闪现，数字在缓慢地跳跃。

这样的节奏很揪心，那是一种濒临死亡的预兆。我没有足够的时间等待，我的生活不是慢生活，我在与时间赛跑。

这是一台可以扔掉的笔记本，它的内存足够小，功能足够少，键盘足够不灵便。但，就是这个骨灰级的笔记本，帮我写了我的工作计划、工作笔记和工作总结。所以，目前，我没有将它扔掉的计划。

但它实在太慢了，好像一头奄奄一息的老牛。

数字在漫长的等待后终于快速地跳动起来，我欢欣鼓舞。它足够鼓舞人心，希望总是在漫长等待后看到死而复生之时产生，但它又停止了，似乎，永远不再闪动。

静寂

世界很静寂。

没有网络，没有电脑的上午很寂静。我在欣赏学生的作文。然后，我在读《我的阿勒泰》。

这是一本很让我着迷的书，李娟笔下的生活离我那么近，仿佛在我的身边，仿佛伸手可及。却又那么远，她的辽阔与宁静离我很远，仿佛，不可捉摸。

我把这本书置于我的车上，放在挡杆处的小箱子里面。在车库，在路边，在等候面馆老板端上面条的时间里，我翻阅它。

我渐渐懂得，人之所以随着年龄的增长，愈来愈懒于改变，是因为，我们已经融入了一种固有的秩序之中，温暖而舒适地存在着。比如对电脑和手机的依赖。

我的电脑依旧没有苏醒过来。

唤醒

秋天里，我们的体育节就要来了。体育节不上课，学生在比赛，我在维持秩序。

我可以坐在学生中，像个超级粉丝一样摇旗呐喊。我的阴谋是，我要用这样的方式激发他们的潜力和集体斗志。然后，输了赢了再渲染一下失败的悲情和胜利的喜悦——荣誉感是需要唤醒的——唤醒的方式就是制造一场扣人心弦荡气回肠的集体意识的觉悟。今天下午的大型广场表演很壮观，几百个孩子从操场八方拥向中心，然后像漩涡一样流动。但因为是彩排，孩子们做得嘻嘻哈哈，散漫无比。像散兵游勇。

唤醒一词恰当地形容了我当下的状态，我的电脑死机了，无法开，无法关，它的字幕再也没有动弹了，停止在一种初始状态。

而另一种状态是，我用粉笔刀耕火种般地板书。

那天，我们班评选魅力男生，这是一项由女生当评委的选男子汉的比赛，激发的是小男生的内驱力，包括自尊心和自信心，让他们像春天的种子一样不可阻挡地萌发。

燃烧

比赛开始了，男生们一个个坐得笔直，那种直，是一种极度夸张的直，胸膛前凸，下巴前指，双手交叉搁于桌面。更不同寻常的是，他们眼巴巴看着评委，眼珠随评委的走动而转动着。

比赛结果令落选者王方涵受了刺激。他红了眼，活像燃烧的火焰。他发飙了！他抹着眼泪，几度哽咽，词不达意，声色俱厉，指手画脚。

入选者扬眉吐气。好神气的家伙！

这就是另一种唤醒的方式，唤醒孩子的荣誉感和羞耻感（可，我发现，我们的荣誉感与羞耻感会随着年龄的增长变得越来越少，不知别人是不是这样认为的）。

走进厕所方便的时候，在离小便槽只有一步的地方，魅力男生陈寅鑫激动地拉着我要告诉我他的获奖感言。他说："当你失败的时候，坚持下来，你就离成功近了一步！"

"识时务。"

我惯用形象的方式讲抽象的知识。比如，讲"识时务"的时候我说，就是要会看脸色。孩子们还是不懂。我说，比如今天，是星期五吧，明天是星期六吧，今天要回家吧，我要布置作业吧。

讲到这里，在一阵板凳擦地声响起之后，所有孩子极度夸张地极不真实地坐直了。

门外有人影，上完厕所的李同学回来了，他透过门上的小窗往里贼溜溜地看，开门的时候门板碰着抵门的桌子发出当当的响声。教室里响起小鸡一般的笑声，继而李同学推门而入了，大摇大摆进来了，全然不知此时教室的氛围多么紧张，继而，教室里响起了公鸡打鸣般的笑声！

我把桌子一拍：布置作业！哼，不识时务！教室里响起了板凳擦地的声音。一个个，夸张地坐得笔直！

耕者与歌者
——为张建容老师新书《一路阳光》作序

三江汤汤，百灵悠扬。

谁在歌唱？

不可否认，建容老师是一个才女。

她能写，为人朴实，所以情感朴实，语言朴实，事情朴实。

这本凝聚着张老师从教二十多年的沉潜与执着、人性与师爱、睿智与灵性的《一路阳光》，尽显张老师的职业操守与幸福。

一个人，要做好教师，必须对职业幸福有超乎寻常的理解。唯有老师心存热爱，才能照亮学生的前程！

展卷读张老师的文集，扑面而来是缕缕清香，片片秋色，浓浓情意，款款诗心。

书中一个又一个鲜活的故事，彰显着人性的光辉，承载着师生共同发展的经历；一篇又一篇饱含真情的书信，印刻着师生心灵的对话，迸发出情感交融的火花；一段段教育心路历程的抒写，诠释着为师之道的内蕴，铸就张老师爱岗敬业的情怀。

读《一路阳光》，我看到人性与师爱的阳光！

才女有深情。

读罢《一路阳光》，掩卷闭目沉思。

何为幸福?

学生喜欢她,家长尊敬她,同事赞美她。我确信张老师是幸福的人!

建容老师说过,她的工作不累;她的工作的意义是为了幸福。

够吗?不够。

一个老师,用书信的方式与家长沟通,一周一封,三年,79封,坚持着。

一个老师,用笔为孩子们"画像"。一篇篇素描,笔法纤细,形神俱佳,需要老师对学生多深的了解!

一个老师下水写作,以自己的写作作为学生的模本——用自己对生活的感悟濡染学生的心灵,教的不只是作文的技法,还是做人的大法!

德国诗人荷尔德林说过:"人充满着劳绩,但还诗意地栖居于大地之上。"怀有诗心者,内心柔软,用爱着色。建容老师充满劳绩,但还诗意地栖居于她的精神世界里!

才女有诗心。

我不推介她的文章,我推介这个人。因为,文若其人。

谁在歌唱?答曰:三江汤汤,百灵飘扬。

把蝉鸣蛙噪画在布上

面对张京生的画,我很想把自己心中的感受说出来,却无从说起,姑且命题为《把蝉鸣蛙噪画在布上》吧。想想,这个题目过于文学性了。我并不想用语言表达我的感受,因为,文学固然是很具表现力的,但有时,相比其他艺术,又显得苍白,虚假,无味了。

对于心中的激动,也许最具表现力的,只有忘我地舞蹈了。古有此一说:

"情动于中，而形于言。言之不足，故嗟叹之；嗟叹之不足，故咏歌之；咏歌之不足，不知手之舞之，足之蹈之也。"可想艺术的最高境界应该算舞蹈了吧。在画布上画出音韵和舞姿来，如何？看张京生的油画，我似乎真的看到一颗心在"歌之手之舞之足之蹈之"。

张不属于古典主义画家，他的油画是多层叠加直接制作出来的。薄处如水彩，厚处如浮雕。显得活泼轻松，收放自如。能做到这一点，众也；能让人听到乐音，看到舞姿者，鲜也。张是其一。

我非常赞同张所说：美加入"欢娱"一不留神会滑向低俗；美加入"忧伤"或许能让人们感动；而加上"力量"就有可能达到一种完美。欣赏张的画，首先看到的是画中纵横交错、长短变化、干脆果断的笔触，随着这些或薄或厚，或干或湿，或肥或瘦的笔触跳跃，似乎看到画家手握油画刀酣畅淋漓，堆刮铺点，力透纸背，好不痛快！画家用油画刀舞蹈，将自己的生活感悟，用艺术的形式表现出来，虽张力无穷，却波澜不兴。无声的语言比有声的语言更具穿透人心的魔力！舞蹈是流动的画，张的画是永恒的有力的舞蹈！

如果将笔触比作舞者的脚步和身姿，那张的色彩该是那动人的旋律了。张的色彩艳丽而雅致，明暗的对比，冷暖的搭配，似有增之一分则太过，减之一分则不足，在大量的灰色之中，一点或一块或一抹亮丽的纯色，如跳跃的音符，让看者欣然而动。匠心独运的色彩布局，构成的是完整而绕梁的乐章。

完美的艺术作品往往包含了构成形式美的各种要素，完美的舞蹈往往是节奏与韵律、对比与协调、条理与统一的完美结合。张的画包括了应有的形式美的因素。所以，他的画在形式上是完美的。

张的画你可以慢慢欣赏，也可以像我一样说三道四，但你不要妄想复制。因为，张的画本身不是对生活的简单再现，而是对生活的艺术表现，这是完美形式下的完美内容。当然，绝非海水与船舶、鲜花与美酒那么简单。艺术家描绘的色彩和笔触，绝非只是生活的复原，艺术家的高明在于他在运用自我的感情色彩描摹生活真实的同时，也在表现自我心灵深处的声音。艺术家融进色彩与笔触的是他的艺术理解、生活态度、人格修养。

看张的画你可以"歌之手之舞之足之蹈之"，但你无法真正走进艺术家的内心，他是神圣的；你无法复制他的内心，他是唯一的。所以，可以得出结论，远远地看着张的画，默默感受自己的感受，不用语言描述，不用语言表达，才是一种尊重，一种敬仰。

天生我，不辜负
——写给孩子

在你来到这个世界的初始，你可知道，你与你的数亿个兄弟姐妹经历过一次优胜劣汰的角逐！祝贺你，你成了唯一最幸运的那个！

但，亲爱的宝贝，你可知道，在你妈妈的子宫里，你的长成是何等的惊心动魄！你的母亲经历了何等艰难的过程，头晕，乏力，嗜睡，恶心，呕吐！祝贺你，有一天，你呱呱坠地，来到这个星球！

在茫茫无际的宇宙中，目前人类所知晓的范围里，除了地球，尚未发现第二个有生命迹象的星球，祝贺你，你生活在生机勃勃的地球上！

在生机勃勃的地球上，目前发现的物种共计千万种，祝贺你，在芸芸众生中，你有幸成了有血有肉的有高级智慧的人！

天文学家推算，宇宙存在了一百三十亿至一百四十亿年，地球存在了四十六亿年，人类存在了五百万年！你从茫茫无际的时间里走来，祝贺你，你走到了这个高度文明、高度发达的时代！

你可以用皮肤感受冷暖，你可以用耳朵感受声响，你可以用鼻子嗅闻气息，你可以用眼睛观看这个世界。祝贺你，你的人体机器是何等的精密，无与伦比！

你的大脑让你成了这个世界最高级的精灵，它让你知世界，会分析，会计算；它让你懂情感，会沟通，会处事；它让你会创造，会鉴别，会欣赏……祝贺你，你拥有一个健全的大脑！

祝贺你，你成了最好的自己！

但，你还要成长，还要懂得更多的人生道理，比如宽容，比如感恩，比如热爱，比如谦虚，比如内省，等等。

你还会长大，衰竭，消亡，你还会超越，还会获取，还会迷茫，这都是你作为一个人所拥有的成长大事，这个过程无论是痛苦的还是甜蜜的，它都是你独特的体验，美妙至极的体验！

世界那么大，人生那么长，但较于这个由时间和空间构成的宇宙，它不过是沧海一粟，弹指一挥，所以，我们的人生总是充满急迫感，这种急迫感让我们不懈怠，不浪费，不颓废。所以，我们要使人生过得充实而有意思，这是你终生的课题。

一句话，天生我，不辜负！

后 记

"散打"老章及其杂货铺

手把青秧插满田，低头便见水中天。

心底清净方为道，退步原来是向前。

今夜，想起老章，想起"老章的杂货铺"，想起唐朝末年布袋和尚的这首《插秧诗》。

一

老章是我的老朋友。谓之"老"，是因为我们从竹师学生娃时就相识相知，同声相应、同气相求至今三十余年了。这段"缘分"，我在《漫"画"老章》一文里已作叨絮，此不赘述。而谓之"朋友"，虽无过命之交，但绝非时人那种有事无事随便哪个皆"我朋友"之口头禅，更非你好我好大家好、你侬我侬情更浓，抑或蝇营狗苟、酒色财气堆叠出来的狐朋狗友。活过知天命这把年纪，偶尔回首打望一眼，多少你来我往、豪气干云的所谓朋友、铁杆，皆消失于茫茫岁月、漫漫尘烟……掌心尚能打捞出的这几粒，便也是真金沙了！

二

言归正传，说说老章其人吧。

说实话，要不是"命题作文"，我还真不愿当面——更何况是背后——指手画脚地对章某人云云，哪怕是至交。不过话说回来，人家真心实意"安排"我画像，尽管我是个睁眼瞎、蹩脚"画家"，再怎么做也不能拂了老友面子对吧？更何况，画得好撇（孬）只是技术问题，画不画那就是严重的态度问题了！

这话扯得有点远，还是直说老章这家伙吧。五十几岁的人了，还是潇洒得要命，率真得要命，果敢得要命，令我这个长他一个年代（其实也就大那么一两岁）的"师兄"好生羡慕嫉妒恨哪！

老章是个性情中人。那种骨子里透出的胆气、灵气、脾气、散气、义气、正气，包括些许小气，氤氲出这厮七分"人"气，三分"仙"气。

比如，年过半百的他常常自驾孤旅川西、西藏、大西北，一路向西，来一场说走就走的旅行；穿林海，越戈壁，奔赴山海，历艰探险，搜罗不一样的风景。又比如，课堂上的他把语文课上成了语言文字素养训练与生活体验、艺术欣赏融于一体的"杂烩课"，学生们总是在和他一起读、写、演、练、做的"玩"中，学到了知识和技能，提升了语文素养。听过他课的人无不点赞：观摩老章课堂"表演"，那真是一种享受！

或许老章本龙凤，所以在旁人眼里就有些孤傲，所言直达，从不拐弯抹角。例如，他曾为竹师广播站男主播，就在评课时戏称人家讲的是"椒言普通话"；他画画得好，就在观展时屁（贬损）人家的画一无是处、有名无实，弄得同事或圈内人当场尴尬，"挂"到那"壁子上"下不来台。这种桀骜不驯的脾性，时有风过我耳。我晓得他这脾气，就时不时也"敲打"他两下。老章依然故我。

尚在竹城时，每到周末，老章时或甩过来一个电话：走，去转坡坡！我俩就去转山转水转城郊。田间阡陌、乡野村院、竹林山涧、溪沟湖畔，漫无目的，随便走，随意聊，随心看……老章爱画画，因而常常带着相机，遇上好看的景，遇着奇特的人，便咔嚓咔嚓闪动快门，留下珍贵的素材。有一个周末，我们在城外东郊转路，大领导突然叫我传呼机！天哪，这荒郊野岭的，哪儿有电话回嘛，也没便车可搭。见我急得挠头，老章径奔不远处的包装厂，找到门卫好话说尽，门卫大爷终于让我用厂部电话回了传呼。出了厂子大门，老章又一个劲儿地安慰忐忑的我：莫急，肯定有车子路过！说话间，一辆从周家镇开往竹城的中巴灰头土脸地驶过来，老章挥手招停，我们硬生生挤了上去。

话说老章当年在故地大竹县俗称"山后"的乡村小学教书，不几年，硬是凭着一身的真本事、硬功夫，站到了全县青年教师赛课台前来，且一举夺魁，从而得以顺利调进县里首屈一指的实验小学。然后，又所向披靡，先后多次拿下全市小学语文赛课桂冠。再然后，就有了进军成都的胆略与契机。回过头来看，老章从大竹县实验小学那么好的平台挂冠而去，跳槽到成都某私立小学，真够有胆儿的。

这一别，就是二十来年。我们也就从"小城故事多，每周来一歌"变成了"我在竹城里，君已蓉城西"之天远地远"不如见一面"了。当然，鸿雁传书，QQ 邮件，"微"来"微"去，尤其是时逢过年及寒暑假回乡来"撮一顿"则是另话。

说到"撮一顿"，那些年尚在竹城任教的老章总要隔三岔五地吆三喝四去他那"斗室"喝个小酒儿。喝酒是假，谈天说地是真。每次喝完那些不知何来的假冒名酒，老章就要趁哥几个微醺状态搬出他新创作的书画"大作"向众友"讨教"。我们在欣赏、品赏加鉴赏之余，面对诸如色彩、线条、构成、结构比例等问题，我也会不留情面，与他唇枪舌剑一番，直至"欲知后事如何，且听下回分解"。而下一回，看到入眼之作，我就直接"顺走"；比如那幅油彩《江南水乡》，就挂在了我家客厅玄关的白墙上。

不过，这厮也小气"抠"门。譬如，答应给我和晓平等友的字画，至今都还打着赊账。他回到大竹，或我到成都，也舍不得请我们去撮一顿大餐。老章每每寒暑假回竹城，我们哥几个基本上都是"老地方"见。这个老地方，并非酒楼名，而是竹城有名的凉虾摊。大伙先是绕东湖或护城河环走一圈，边走边聊，然后热汗淋漓地围坐于洞天小区或环湖路上的某家凉虾摊，"呼啦啦"一阵干下一大碗红糖冰水加东柳醪糟的糯米凉虾，那才叫个痛快。吃完嘴一抹，扫了微信付款（他扫，我扫，随便哪个扫，都一样呵），然后散伙！然后，各回各家。

某一回，卸任赋闲无聊的我到了成都，时逢晓平兄又忽遇坡坡坎坎，我便打电话邀老章出来摆龙门阵。傍晚，老章乘地铁转公交差不多两个小时才急急忙忙赶到春熙路来，拉着我要去烫火锅撸串串。我哪有那心情呵！就转身拉他拐进总府路的春熙坊小吃街，一人一大碗特色菜粥，再拼几碟夫妻肺片之类的成都小吃，两人一边吃一边聊一边感叹，直到夜色阑珊，灯火清冷。我三番五次催促，他才打车返校。望着老章快快远去的车影，我不禁慨然喟叹：时事弄人，挚友如斯呵！

三

初识"老章的杂货铺"，大约在冬季，七八年前吧。老章经营的公众号起初叫"老章论语"，我怀疑这厮有从孔子那儿"挖油"的意思？然而，不久后的某个春暖花开的良辰吉日，老章论语"挥手自兹去"，"老章的杂货铺"粉墨登场，并非敲锣打鼓地低调开张了！

好家伙，这个杂货铺子借用微信公众号这一现代信息技术平台，上载其原创性情美文，展挂其一手画作，还真有点儿意思。到底多有意思？此处省略一千字……你要有兴趣，自己去铺子里逛逛吧，定不会失望而归，说不定还能捞点儿用得着的"干货"。

日前，老章把铺子里的东西收拾收拾，列了个大纲"微"我，说是要出个集子。我留言，用你手书书名更妙！平心而论，相较于老章的画，或是他擅长的水彩与油画，我更喜欢他的字。那种挥洒自如的笔墨、线条，那种无拘无束的结体、章法，那种抑扬顿挫的节奏、韵律，堪称卓尔不群、灵气飘逸的"章氏"行草。这种颇具辨识度的笔法字法，隐约可见二王及颜鲁公的影子，而绝非江湖书法做派。其实他这底子，早在读师范时已埋下伏笔，后来又在语文教学及书画研习中得以磨砺精进并融会贯通。中华文化源远流长，所谓书画双璧，这在晋唐已有发端，宋有苏轼、明有徐渭、清有郑板桥等历代文人墨客赓续传衍发扬，现当代中国书画俱佳者亦是层出不穷、不在话下。老章，你这厮亦书亦画，还是那么才气毕现、锋锐不可当嗫！

受其磁吸，这些年，我抽空浏览、逗留老章的杂货铺，老章也不时将铺子上的"新货"推送"微"我。偶有发现、触有所获，我或点赞或留言，且不吝转发、推荐给年轻伙伴们。老人们讲，"识得宝中宝，方为人上人"嘛！

我以为，"老章的杂货铺"，不是流量带货的货郎担，而是一个充满智慧与机敏，充溢对生活的热爱与激情，充盈着幸福质感与美好畅想的金矿。"牛皮不是吹的，火车不是推的"，不信，瞧瞧去！

大数据时代，信息平台、电子介质亦有其局限性。传统纸质书籍更有持久的传播力和耐力，富含难以言说的温度与质朴。"老章的杂货铺"精挑细选、结集成书，这是多么欢欣鼓舞的事儿。

老章，为兄期待着！

四

多年过去，无论竹城还是蓉城，无论家乡还是异乡，老章还是老章——"晓看红湿处，花重锦官城"！

老章，我抄给你的布袋和尚那首禅诗，如何？

山君